Ullstein

DER AUTOR:

Hugo Wiener, am 16. Februar 1904 als Sohn eines Musikers in Wien geboren. Musikstudium, Kapellmeister, Klavierbegleiter im Kabarett, dann Verfasser von Texten, was schließlich – bis heute – sein Hauptberuf wurde. Libretti für Operetten, Filmdrehbücher (seine Satiren waren auch Vorlagen für die beliebte Fernsehserie *Ein verrücktes Paar*). 1949 wurde er gemeinsam mit seiner Frau Cissy Kraner an das Wiener Kabarett *Simpl* engagiert, für das er als Hausautor gemeinsam mit Karl Farkas 16 Jahre tätig war. Hugo Wiener lebt heute als freier Schriftsteller in Baden bei Wien.

Hugo Wiener

Mein Neffe Ladi

Satiren

Mit Zeichnungen von
Rudolf Angerer

Ullstein

ein Ullstein Buch
Nr. 22884
im Verlag Ullstein GmbH,
Frankfurt/M – Berlin

Ungekürzte Ausgabe

Umschlagentwurf:
Hansbernd Lindemann
Illustration:
Rudolf Angerer

Taschenbuchausgabe mit
Genehmigung der Amalthea
Verlag Ges.m.b.H., Wien · München

Printed in Germany 1992
Gesamtherstellung:
Ebner Ulm
ISBN 3 548 22884 4

Dezember 1992
Gedruckt auf Papier
mit chlorfrei
gebleichtem Zellstoff

Vom selben Autor
in der Reihe
der Ullstein Bücher:

Die lieben Verwandten
und andere Feinde (20806)
Immer mit der Ruhe (20887)
»Lesen Sie wohl!« (22072)
Hugo Wieners beste Geschichten (22158)
Das kann nur mir passieren (22234)
Heiterkeit auf Lebenszeit (22289)
Verliebt, verlobt, geheiratet (22368)
So spielt das Leben (22499)
Strichweise Sonne (22636)
Ich erinnere mich nicht (22684)
Doppelconférence (22797)

Die Deutsche Bibliothek –
CIP-Einheitsaufnahme

Wiener, Hugo:
Mein Neffe Ladi: Satiren/Hugo Wiener.
Mit Zeichn. von Rudolf Angerer. –
Ungekürzte Ausg. – Frankfurt/M; Berlin:
Ullstein, 1992
(Ullstein-Buch; Nr. 22884)
ISBN 3-548-22884-4
NE: GT

Inhaltsverzeichnis

Erinnerst Du Dich? (Ein Brief anstelle eines Vorwortes) 7
Mein Neffe Ladi 10
Ladis Rechenproblem 14
Ladis Ferienerlebnis 19
Sprüche für das Stammbuch 25
Nehmen Sie ab! 30
Nachhilfestunden 36
Mahlzeit! 43
Die B-Sprache 48
Rotkäppchen 52
O selig, o selig 62
Monolog eines Gekränkten 67
Es ist noch kein Meister vom Himmel gefallen 71
Es war einmal 75
Joseph und Potiphar 80
Supermarkt 91
Ein rätselhafter Brief 96
Der perfekte Mord oder Ein paar liebe Kinder 100
Ladi muß nachsitzen 104
Peinliche Frage 109
Onkel Adi 114
Ladi schreibt an einen Nachbarn 118
Ladi will zum Fernsehen 123
Ladi nimmt Nachhilfeunterricht 130
Ladi baut einen Computer 134
Ladi, damals fünf 139
James Bond 145
Die drei Wünsche 150
Krankenbesuche 157
Das Fernsehdeutsch 164
Von der Seele gesprochen 166
Rotkäppchen, Aschenbrödel und Schneewittchen 174
Der Ernst des Lebens 181

Der Lügenbaron 186
Ein liebes Kind 193
Generationsproblem 200
Eine schwierige Rechnung 204
Ladis erste Liebe 208
Lateinische Sprach – schwere Sprach! 214
Die Geschichte vom A, das nicht arbeiten wollte 220
Farbfernsehen 223
Eitelkeit 228
Ladi und die Bürgschaft 232

Erinnerst Du Dich?
(Ein Brief anstelle eines Vorwortes)

Mein lieber Neffe Ladi!

Aus Anlaß des Erscheinens dieses Buches will ich, Dein Onkel, einige Worte an Dich richten.

Bei Deiner Geburt, als die Welt Dein Licht erblickte, warst Du genauso häßlich wie alle anderen Neugeborenen. Mit drei Jahren warst Du ein kleiner Engel, mit sechs ein kleiner Teufel. Deine ersten Aussprüche sandte ich den Zeitungen noch unter dem Titel »Kindermund« ein.

Erinnerst Du Dich, wie Du Deinen Vater fragtest: »Bist du noch im Wachsen, Papi?«

»Warum fragst du?« wunderte sich Dein Vater.

Darauf Du: »Weil dein Kopf durch die Haare kommt.«

Oder wie Du mit Deiner Mutter ein befreundetes Ehepaar besuchtest, welches in Eurer früheren Wohnung wohnte. Die Frau hatte kurz vorher ein Kind bekommen. Beim Nachhausegehen sagtest Du zu Deiner Mutter: »Schade, daß wir ausgezogen sind. Wären wir in der Wohnung geblieben, würde das Baby jetzt uns gehören.«

Oder als Du mit fünf Jahren zu Deiner ersten Kinderparty geladen wurdest und Dich die Hausfrau fragte: »Willst du nicht noch etwas Süßes, Ladi?«

»Danke«, sagtest Du mit braver Miene, »ich bin schon voll.«

»Dann steck doch etwas in deine Taschen für den Heimweg«, ermunterte Dich die Hausfrau.

»Danke«, sagtest Du wieder, »die sind auch schon voll.«

Ich bekam fünf Schilling für jeden Deiner Aussprüche, das ist kaum eine Mark, also nicht viel. Anders war es schon, als Du sechs Jahre warst und überall mitreden wolltest.

Erinnerst Du Dich?

Dein Vater wollte damals seine Schwester verheiraten. Der junge Mann, der sich für sie interessierte, wurde zur Jause geladen.

»Meine Schwester«, erwähnte Dein Vater beim Kaffee wie beiläufig, »zählt vierundzwanzig Lenze«, worauf Du dazwischenriefst: »Weiter zählen kann sie nicht!«

Aus der Heirat wurde nichts, aber für diesen Ausspruch von Dir bekam ich bereits zehn Schilling.

Deine Worte und Taten wurden immer deftiger.

Erinnerst Du Dich an Deinen Deutschlehrer?

Er verlangte von Euch Kindern, daß Ihr gleichzeitig vier Themen in einem Aufsatz behandelt: Religion, Gesellschaftslehre, Liebe und Mysterium. Nach fünf Minuten gabst Du Deine Arbeit ab, und der Lehrer las folgendes:

»Du lieber Gott«, sagte die Gräfin zum Bischof, »ich bin schwanger und weiß nicht, von wem.« Religion, Gesellschaftslehre, Liebe und Mysterium. Für diese Tat bekam ich bereits zwanzig Schilling.

Die erste mehrseitige Geschichte über Dich schrieb ich, während eines Urlaubs in einer Kleinstadt, für das dortige Lokalblatt. Sie ist in diesem Buch enthalten, also will ich sie nicht verraten. Verraten will ich nur, daß, als die Geschichte erschienen war, alle Eltern des Städtchens ihre liebe Not mit ihren braven Jungen hatten. Für diese Geschichte (je böser man schreibt, desto mehr bekommt man bezahlt) bekam ich hundert Schilling sowie die Aufforderung des Bürgermeisters, die Stadt zu verlassen. Von da an schrieb ich viele Geschichten über Dich, aber daß diese einmal ein ganzes Buch füllen würden – daran habe ich nicht einmal im Traum gedacht.

So möchte ich Dir, lieber Neffe Ladi, meinen Dank aussprechen. Verübe noch viele Streiche, sei frech zu Deinen Mitmenschen, mach, was Du willst – wenn es nur den Anlaß zu einer Geschichte hergibt. Dann wird es vielleicht eines Tages eine Fortsetzung dieses Buches geben:

Mein Neffe Ladi, zweiter Band.

In diesem Sinne
Dein dankbarer Onkel

Apropos Verwandtschaft! Kritisieren Sie niemals die Verwandtschaft Ihrer Frau. Erinnern Sie sich: Sie haben sie sich selbst ausgesucht. Wenn es früher, als ich noch Idealist war, an meine Tür klopfte, dachte ich: »Das ist das Glück.« Heute weiß ich, es ist die Verwandtschaft.

Mein Neffe Ladi

Meine Frau rief aus dem Vorzimmer: »Ladi ist da!«

Ladi ist nicht nur mein siebenjähriger Neffe, sondern auch die Abkürzung von »Ladislaus«. So hießen einige ungarische Könige, die mit unserer Familie weder verwandt noch verschwägert waren. Und Ladi hieß auch nicht Ladi, sondern Heinz. Da aber »Ladi« das erste Wort war, das seine damals noch unschuldig-kindlichen Lippen formten, nannte ihn seine Mutter ab diesem Tag »Ladi«. So rufen ihn auch alle Verwandten und Bekannten »Ladi«, bis auf seinen Vater, der ihn immer mit »Was-hast-du-schon-wieder-angestellt-du-Lausbub« begrüßt.

Ladi war ein hübscher Junge und ein Kind seiner Zeit. An seinem letzten Geburtstag schenkte ich ihm ein Atomstrahlengewehr, wie man es heute in allen Spielwarengeschäften zu kaufen bekommt. Ladi ging damit in den Park, wo seine rückständigen Kameraden Indianer und Trapper spielten. Wolfgang, der Trapper, richtete seine Pistole auf ihn und rief: »Bäng, bäng, du bist tot!« Aber Ladi dachte nicht im Traum daran umzufallen. Er hob sein Strahlengewehr und sagte: »Zap, zap, du bist sterilisiert!«

Jetzt stand er im Zimmer. Ich wußte, weshalb er gekommen war. Er hatte in der Schule in Grammatik eine Fünf bekommen, und das ist bei uns in Österreich die schlechteste Note, über die wir verfügen. In anderen Staaten, in Venezuela zum Beispiel, reichen die Noten von eins bis zwanzig. Eine Zwanzig ist die beste Note, eine Eins die schlechteste. In Venezuela, behauptete Ladis Mutter, wäre er mit seiner Fünf immerhin ein durchschnittlicher Schüler. Daß er in Österreich leben muß, ist die Schuld seiner Eltern.

Aber Ladi war ein richtiger Lausbub. Sein Vater sagte einmal zu mir: »Ich gebe ihm jeden Morgen eine Ohrfeige. Wenn *ich* nicht weiß, warum – *er* weiß es!«

»Also?« fragte ich und legte mein Gesicht in strenge Falten. »Was gibt es?«

Ladi gestand treuherzig: »Ich habe in Grammatik eine Fünf bekommen, und Papa schickt mich zu dir, damit du mir die Konjugation beibringst.«

Halb war ich stolz, daß mein Schwager mir solches zutraute, halb hätte ich ihm am liebsten eine Ohrfeige gegeben.

»Das mußt du mir genauer erklären«, meinte ich.

»Ich konnte das Wort ›Fahrrad‹ nicht konjugieren.«

»Das Wort ›Fahrrad‹ könnte ich auch nicht konjugieren«, gab ich gültig zu, »weil ›Fahrrad‹ ein Hauptwort ist, das man dekliniert. Nur Zeitwörter konjugiert man.«

»Das hat unser Lehrer auch gesagt, aber ich habe gesagt, ich kann auch Hauptwörter konjugieren, und da ist er bös geworden.«

Jetzt wußte ich es. Ladi war wieder einmal frech gewesen. Schon wollte ich auffahren, aber ich hielt mich zurück. Ich dachte an meine Frau, die immer sagt, Kinder haben sensible Nerven, mit denen man vorsichtig umgehen muß.

»Was liegt hier auf dem Schreibtisch?« fragte ich und zwang mich zur Ruhe.

»Pfeifentabak«, sagte Ladi.

»Richtig, ›Pfeifentabak‹ ist ein Hauptwort – wir deklinieren also: der Pfeifentabak, des Pfeifentabaks, dem Pfeifentabak, den Pfeifentabak. Hast du verstanden?«

»Ja«, sagte Ladi, »aber ich kann ›Pfeifentabak‹ auch konjugieren. Ich pfeife Tabak, du pfeifst Tabak, er pfeift Tabak –«

»Sei still!« unterbrach ich ihn streng. »Das ist ein Unsinn.

Ich werde dir jetzt eine Geschichte erzählen, wie *ich* als Kind das Konjugieren erlernte. Ich war im Sommer mit meinen Eltern in Laufen bei Ischl.«

»Ich laufe bei Ischl, du läufst bei Ischl, er läuft bei Ischl!« konjugierte Ladi vergnügt.

»Ruhe!« sagte ich bereits ziemlich gereizt und fuhr fort: »Wir lernten dort einen Herrn aus Wien kennen. Er wohnte hier auf dem Platz vorm Finanzamt.«

»Ich platz vorm Finanzamt, du platzt vorm Finanzamt, er platzt vorm Finanzamt!« warf Ladi sofort ein.

»Genug!« rief ich. Fast hätte ich auf den Tisch geschlagen, als mir zum Glück noch rechtzeitig die verdammte Sensibilität des kindlichen Nervensystems einfiel. »Der Herr war immer sehr gut gekleidet, und besonderen Eindruck machten auf mich seine mausgrauen Handschuhe.«

»Ich maus graue Handschuhe, du maust graue Handschuhe, er maust graue Handschuhe –«

Jetzt schlug ich auf den Tisch, und auch meine Stimme klang lauter, als ich fortsetzte: »Er hatte eine berühmte Antiquitätensammlung, und als wir wieder in Wien waren, lud er meine Eltern und mich zum Mittagessen ein, um uns diese Sammlung zu zeigen. Zuerst gab es Braten mit Wirsingkohl –«

»Wir singen Kohl, ihr singt Kohl, sie singen Kohl!«

Ich beschloß, ihn zu ignorieren. »Dann Grießpudding –«

»Ich grüß Pudding, du grüßt Pudding, er grüßt Pudding!«

»Und dann zeigte er uns seine Sammlung«, erzählte ich weiter, während ich die Zähne zusammenbiß und meine Fingernägel in die Handflächen bohrte. »Der Mann besaß zwei der ältesten Stehlampen.«

»Ich stehl Lampen, du stiehlst Lampen, er stiehlt Lampen!«

»Ich stehle keine Lampen!« schrie ich und sprang auf.

»Ich konjugiere ja nur!« verteidigte sich Ladi.

Ich fühlte, wie der Herzinfarkt nach mir griff. »Willst du mir zuhören, ja oder nein?«

»Ja.«

Ich beruhigte mich langsam. »Endlich zeigte er uns das Glanzstück seiner Sammlung: eine Spieldose.«

»Ich spiel Dose, du spielst Dose, er spielt Dose . . .«

»Schweig!« brüllte ich so laut, daß meine Frau aus dem Nebenzimmer kam. Ich faßte Ladi an beiden Schultern, schüttelte ihn und schrie: »Es war ein japanisches Kunstwerk aus Nagasaki!!!«

»Ich nag a Sacki, du nagst a Sacki, er nagt a Sacki!«

»Schau, wie er es schon kann!« rief meine Frau freudig überrascht.

Ich tobte. »Nichts kann er! Er soll gehen! Hinaus! Ich enterbe ihn!«

Ladi verflüchtigte sich.

Meine Frau sah mich vorwurfsvoll an. »Mußtest du so schreien?« fragte sie. »Weißt du nicht, wie sensibel die Nerven eines Kindes sind?«

Seit einigen Tagen trage ich einen Kopfverband. Seien Sie niemals unfreundlich zu einem Kind. Erstens hat es sensible Nerven, und zweitens könnte es Ihnen einen Stein nachschleudern.

Ich erinnere mich an meine Schulzeit.
»Müller«, fragte der Lehrer in der Rechenstunde meinen Nebenmann, »wenn du fünfzehn Orangen hast, und ich nehme drei davon weg, wie viele Orangen hast du dann?« Müller schwieg. »Na«, ermunterte ihn der Lehrer, »diese Aufgabe hatten wir doch schon einmal.«
»Ja«, sagte Müller, »aber mit Äpfeln.«
Diese Zeiten sind vorüber. Aus der Rechenstunde ist eine Mathematikstunde geworden. Die Kinder rechnen anstatt mit dem Hirn mit elektronischen Taschenrechnern, die sind verläßlich, die sind genau, die zeigen kein falsches Ergebnis – außer sie sind kaputt. Ladis Lehrer ist noch ein Mann der alten Schule. Er achtet darauf, daß die Kinder das Kopfrechnen nicht verlernen – und so kam es eines Tages zu

Ladis Rechenproblem

Ladis Eltern waren auf Skiferien, weshalb Ladi vierzehn Tage bei uns verbrachte.

Als ich am zweiten Tag, nach dem Mittagessen, in mein Arbeitszimmer trat, saß Ladi an meinem Schreibtisch.

»Was machst du da?« fragte ich.

»Meine Rechenaufgabe«, antwortete Ladi.

»Das ist gut«, lobte ich ihn.

»Das ist *nicht* gut«, sagte er, »weil ich mich nicht auskenne.«

Ich wurde strenger. »Versuch es nur«, sagte ich, »es wird schon gehen.«

Ich beobachtete ihn. Er schrieb, strich durch, schrieb, strich durch – bis ich endlich eingriff. »Zeig her!« forderte ich ihn auf. »Ich werde dir helfen.«

Ladi gab mir das Buch.

Ich las:

»Ein Mann läßt sich für dreitausend Schilling einen Anzug machen. Da seine Frau bei dem Schneider vorüberkommt, bittet der Mann sie, den Betrag mitzunehmen. Der Frau gelingt es, dem Schneider fünfhundert Schilling abzuhandeln. Am Nachhauseweg denkt sie: Meinem Mann werde ich sagen, der Schneider hat zehn Prozent nachgelassen, das sind dreihundert Schilling, und zweihundert werde ich für mich behalten. Na und?« fragte ich Ladi.

»Wenn die Frau zehn Prozent abgehandelt hat«, sagte Ladi, »zehn Prozent von dreitausend sind dreihundert – dann hätte der Mann für den Anzug zweitausendsiebenhundert bezahlt. Zweihundert hat die Frau für sich behalten, sind zweitausendneunhundert – wo sind die restlichen hundert Schilling?«

»Das ist doch ein Unsinn!« sagte ich. »Paß auf! Die Frau bezahlt dem Schneider um fünfhundert Schilling weniger, ihrem Mann sagt sie aber, daß der Schneider zehn Prozent nachgelassen hat – das sind bloß dreihundert –, und zweihundert behält die Frau für sich. Der Anzug hat also zweitausendsiebenhundert gekostet, zweihundert hat die Frau behalten, sind zweitausendneunhundert – wo sind wirklich die restlichen hundert Schilling?«

Ladi triumphierte. »Du weißt es auch nicht!« rief er.

»Sei nicht dumm!« sagte ich kurz. »Du kannst nicht rechnen!«

»Du aber auch nicht!« freute sich Ladi.

»Ich schon!« entgegnete ich hart. »Das ist doch ganz einfach. Die Frau bekommt von dem Mann dreitausend Schilling, sie handelt dem Schneider fünfhundert ab, behält sich davon zweihundert und sagt dem Mann, der Schneider hat zehn Prozent nachgelassen. Der Mann hat also für den Anzug zweitausendsiebenhundert Schilling bezahlt, zweihundert hat die Frau behalten, sind zweitausendneunhundert –«

»Wo sind die restlichen hundert Schilling?« lachte Ladi und hüpfte im Zimmer herum.

Ich fühlte, wie ich rot wurde. »Setz dich«, befahl ich ihm.

»Wir rechnen das noch einmal durch! So lange, bis du es verstehst!«

»Du verstehst es doch auch nicht!«

»Ruhe!« kommandierte ich. »Gib acht! Ein Mann läßt sich für dreitausend Schilling einen Anzug machen –«

Meine Frau kam ins Zimmer. »Was macht ihr da?« unterbrach sie mich.

»Ladi hat eine Rechenaufgabe und kann sie nicht lösen.«

»Und der Onkel auch nicht!« jubelte Ladi.

»Ich habe andere Sorgen!« sagte ich, etwas laut.

»Schrei nicht mit dem Kind!« wies meine Frau mich zurecht. »Mit Kindern muß man Geduld haben!« Sie wandte sich liebenswürdig Ladi zu. »Gib mir das Buch!« flötete sie und las: »Ein Mann läßt sich für dreitausend Schilling einen Anzug machen. Da seine Frau bei dem Schneider vorüberkommt, bittet der Mann sie, den Betrag mitzunehmen. Der Frau gelingt es, dem Schneider fünfhundert Schilling abzuhandeln. Am Nachhauseweg denkt sie: Meinem Mann werde ich sagen, der Schneider hat zehn Prozent nachgelassen, das sind dreihundert Schilling, und zweihundert werde ich für mich behalten.«

»Der Mann hat also zweitausendsiebenhundert Schilling bezahlt«, setzte Ladi siegesgewiß fort, »zweihundert hat die Frau behalten, sind zweitausendneunhundert – wo sind die restlichen hundert Schilling?«

Meine Frau stutzte. »Wo sind die restlichen hundert Schilling?« fragte sie mich in einem Ton, als ob ich sie unterschlagen hätte.

»Das ist es ja, was Ladi nicht weiß!« sagte ich.

»Und der Onkel auch nicht – und die Tante auch nicht!« rief Ladi glückselig.

»Das ist nicht wahr!« fuhr meine Frau ihn an.

»Schrei nicht mit dem Kind!« rügte ich sie. »Mit Kindern muß man Geduld haben!«

Meine Frau warf mir einen gereizten Blick zu. Dann sagte sie zu Ladi, äußerst freundlich: »Komm, Ladi – das werden wir gleich haben. Ein Mann läßt sich für dreitausend Schilling einen Anzug machen. Verstehst du das?«

»Ja!« sagte Ladi belustigt.

»Da seine Frau bei dem Schneider vorüberkommt, bittet der Mann sie, den Betrag mitzunehmen.«

»Ja!« sagte Ladi wieder.

»Der Frau gelingt es, dem Schneider fünfhundert Schilling abzuhandeln.«

»Ja!« sagte Ladi, und es gelang ihm kaum noch, das Lachen zu verbeißen. Je mehr meine Frau sich dem Ende näherte, um so mehr freute er sich.

»Am Nachhauseweg denkt sie: Meinem Mann werde ich sagen, der Schneider hat zehn Prozent nachgelassen, das sind dreihundert Schilling, und zweihundert werde ich für mich behalten.«

»Ja!« jauchzte Ladi.

Meine Frau kam zum Schluß: »Der Mann hat also für den Anzug zweitausendsiebenhundert Schilling bezahlt, zweihundert hat die Frau für sich behalten, sind zweitausendneunhundert –«

»Wo sind die restlichen hundert Schilling?« riefen Ladi und ich schadenfroh.

Meine Frau ärgerte sich. »Du bist genauso dumm wie der Bengel!« zischte sie mich an.

»Beleidige das Kind nicht«, sagte ich ernst. »Mit Kindern muß man Geduld haben.«

Ladis Großpapa trat ein: »Was macht ihr da?« fragte er.

»Wir rechnen«, antwortete meine Frau. »Der Kleine hat eine Rechenaufgabe und kann sie nicht lösen.«

»Und die Großen auch nicht!« freute Ladi sich wieder.

»Gib her«, sagte der Großpapa. »Ich war immer einer der besten Rechner.« Ladi gab ihm das Buch, und er las: »Ein Mann läßt sich für dreitausend Schilling einen Anzug machen. Da seine Frau bei dem Schneider vorüberkommt, bittet der Mann sie, den Betrag mitzunehmen. Der Frau gelingt es, dem

Schneider fünfhundert Schilling abzuhandeln. Am Nachhauseweg denkt sie: Meinem Mann werde ich sagen, der Schneider hat zehn Prozent nachgelassen, das sind dreihundert Schilling, und zweihundert werde ich für mich behalten. Was wollt ihr wissen?«

»Der Mann hat für den Anzug zweitausendsiebenhundert Schilling bezahlt«, sagte meine Frau.

»Zweihundert hat sie für sich behalten«, sagte ich.

»Sind zweitausendneunhundert«, sagte Ladi.

»Und?« fragte der Großpapa.

»Wo sind die restlichen hundert Schilling?« fragten wir alle drei. Den Großpapa riß es herum. »Wo sind die restlichen hundert Schilling?« fragte er. »Die muß doch einer haben?!« Um es kurz zu machen: Meine Frau und ich stritten bis in die Nacht hinein. Sie schimpfte auf alle Männer, die zu faul sind, um selbst zum Schneider zu gehen – ich schimpfte auf alle Frauen, die sich nicht scheuen, ihre Männer um zweihundert Schilling zu betrügen, Ladi hatte einen herrlichen Tag hinter sich – und der Großpapa sitzt heute noch in der Nervenheilanstalt und rechnet, wohin die restlichen hundert Schilling gekommen sind.

Dabei ist die Lösung ganz einfach. Wissen Sie sie? Ich nicht.

Ein Ferienlager ist ein Ort, an dem die Kinder so laut und unbändig herumtollen können wie sonst nur zu Hause. Und wo sie etwas erleben, woran sie noch lange zurückdenken.

Ladis Ferienerlebnis

Ladi, damals sechs, kam aus dem Ferienlager.

»Was für Eindrücke hat er vom Land mitgebracht?« fragte ich seinen Vater, Walter Goldmann.

»Eindrücke gar keine«, sagte Goldmann, »nur Ausdrücke.«

Am Abend waren wir beisammen.

»Na, Ladi«, erkundigte ich mich, »was hast du auf dem Lande alles gesehen?«

»Ich habe einen Festzug gesehen«, antwortete Ladi, »ich habe die Feuerwehr gesehen, und ich habe gesehen, wie ein Hahn auf eine Henne gehüpft ist.«

Wir waren starr.

»Geh auf dein Zimmer!« befahl Goldmann.

Ladi ging.

»Eine schöne Geschichte!« sagte Goldmann fassungslos. »Dieser Lausbub!«

»Es ist deine Schuld!« weinte seine Frau Hermine. »Du hast ihn in das Ferienlager geschickt! Die großen Buben dort haben ihn verdorben! Jetzt weiß er alles!«

»Ist denn das so schlimm?« fragte meine Frau. »Heutzutage? Ihr hättet ihn längst aufklären müssen.«

»Ein Kind mit sechs Jahren?« schluchzte Hermine.

»Ich finde, Hermine hat recht«, mischte ich mich in das Gespräch. »Man soll Kinder nicht aufklären. Es ist viel amüsanter, wenn sie selbst draufkommen.«

Goldmann sah mich an. »*Du* mußt ihn aushorchen!« sagte

er plötzlich. »Wir müssen wissen, was und wieviel er weiß. Für uns, seine Eltern, wäre das bedeutend peinlicher.«

»Aber wie soll ich –?«

»Erzähl ihm von Bienchen und Schmetterlingen«, meinte meine Frau belustigt, »und sag ihm dann, daß es die Menschen genauso machen.«

»Von Bienchen und Schmetterlingen? Wenn er einen Hahn und eine Henne gesehen hat?«

»Auf Hahn und Henne wirst du schon zu sprechen kommen.«

»Also gut!« seufzte ich.

Am nächsten Tag fuhr ich mit Ladi in den Wienerwald. Während wir spazierengingen, forderte ich ihn auf: »Erzähle mir doch noch einmal, was du auf dem Land alles gesehen hast.«

»Ich habe einen Festzug gesehen«, sagte Ladi prompt, »ich habe die Feuerwehr gesehen, und ich habe gesehen, wie ein Hahn auf eine Henne gehüpft ist.«

Da war es wieder. Zum Glück kam uns ein Liebespaar entgegen. Die jungen Leute hielten sich umarmt, blieben stehen und küßten sich. Das war das Stichwort für mich.

»Hast du gesehen, was die beiden gemacht haben?« fragte ich Ladi.

»Ja«, sagte er.

»Na was?«

»Sie haben sich geküßt.«

»Richtig!« lobte ich ihn. »So machen es die Menschen, und genauso ist es bei den Bienchen und Schmetterlingen!« Trottel! Umgekehrt! Mit den Bienchen und Schmetterlingen hätte ich anfangen müssen. Wir fuhren nach Hause. Ich lehnte es ab, Ladi weiterhin auszuhorchen. Meine Frau übernahm die Aufgabe. Sie fuhr mit Ladi in den Prater.

»Jetzt erzähle mir einmal ganz genau«, forderte sie ihn auf, »was du auf dem Land alles gesehen hast.«

»Ich habe einen Festzug gesehen«, antwortete Ladi, »ich

habe die Feuerwehr gesehen, und ich habe gesehen, wie ein Hahn auf eine Henne gehüpft ist!«

»Siehst du«, sagte meine Frau, »wenn ein Hahn auf eine Henne hüpft, so ist das ein Zeichen – ein Zeichen –« sie stotterte –, »daß er gewisse Gefühle hat – weil ja auch die Bienchen –« Auch sie trat von dem Job zurück. Nun übernahm Goldmann persönlich die Sache. Er fuhr mit Ladi in den Zoo.

»Erzähl mir«, begann er und nahm sich vor, ganz ruhig zu bleiben, »was du auf dem Land alles gesehen hast.«

Ladi mußte uns für verrückt halten. »Ich habe einen Festzug gesehen«, erzählte er zum x-tenmal, »ich habe die Feuerwehr gesehen, und ich habe gesehen, wie ein Hahn auf eine Henne gehüpft ist.«

In Goldmann erwachte der alte Choleriker. »Warum hast du nicht weggeschaut, wie der Hahn auf die Henne gehüpft ist? Warum nicht? Ha? Nur weil es dir Vergnügen gemacht hat! Weil du deinen Vater ins Grab bringen willst, du Lausbub!« Er gab Ladi eine Ohrfeige und brachte ihn nach Hause. Jetzt wäre die Reihe an Hermine gewesen, aber sie lehnte es ab, mit ihrem Sohn über derlei Dinge zu sprechen.

Ich hatte eine Idee. »Wie wäre es, wenn wir Ladis Lehrer zu Rat ziehen würden?«

Wir gingen zu Ladis Lehrer und berichteten über den Vorfall. Der Lehrer, ein junger, progressiver Mann mit Vollbart, ließ Ladi rufen.

»Na?« begann er jovial. »Du kommst doch jetzt aus den Ferien. Was hast du auf dem Lande gesehen?«

»Ich habe einen Festzug gesehen«, antwortete Ladi, »ich habe die Feuerwehr gesehen, und ich habe gesehen, wie ein Hahn auf eine Henne gehüpft ist.«

»Hm!« machte der Lehrer und ließ sich den Bart abrasieren.

Er war doch nicht so progressiv, wie er gedacht hatte. »Sie sollten sich mit einem Kinderpsychiater besprechen.«

»Das ist auch meine Meinung«, sagte ich.

Goldmann brauste auf. »Weißt du, was das kostet?«

»In diesem Fall darf uns nichts zu teuer sein«, erklärte Hermine. Ich kannte einen berühmten Kinderseelenforscher: Dr. Pinter. Mir zuliebe kam er sogar ins Haus.

Am Abend versammelten wir uns in Goldmanns Salon und erzählten ihm die Geschichte.

»Da können Sie von Glück sagen«, meinte der Arzt. »Durch die plötzliche Erkenntnis der Beziehungen zwischen Mann und Frau bzw. zwischen Hahn und Henne hätte der Junge einen Schock fürs Leben bekommen können.«

Ladi wurde hereingerufen. »Du bist also der junge Mann, der so interessante Dinge zu berichten weiß«, versuchte Dr. Pinter sein Vertrauen zu gewinnen. »Erzähl auch mir, was du auf dem Land alles gesehen hast.«

Noch ein Verrückter, schien Ladi zu denken. Dann begann er: »Ich habe einen Festzug gesehen, ich habe die Feuerwehr gesehen, und ich habe gesehen, wie ein Hahn auf eine Henne gehüpft ist.«

»Da ist es«, murmelte Dr. Pinter und flüsterte uns zu: »Man muß versuchen, dieses Bild aus seinem Unterbewußtsein zu verdrängen.« Er wandte sich Ladi zu. »Was hattest du für ein Gefühl, als du das sahst? War es ein Lustgefühl? Oder ein Wunschgefühl? Wärest du vielleicht selbst gern an Stelle des Hahns gewesen?«

Ladi sah Dr. Pinter verwundert an.

»Oder wünschtest du, daß dein Vater auf der Henne gesessen hätte?«

Ladi bekam Angst. Auch Goldmann fand die Frage eigenartig. Was sollte er auf der Henne?

»Weißt du überhaupt«, setzte der Psychiater fort, »*warum* der Hahn auf die Henne gehüpft ist?«

Wir horchten auf. Das war eine Frage, die noch keiner von uns gestellt hatte.

»Natürlich weiß ich das«, entgegnete Ladi.

»Also?« triumphierte Dr. Pinter. »Warum?«

»Das ist doch ganz einfach«, sagte Ladi. »Weil er den Festzug besser sehen wollte.«

Wir atmeten erleichtert auf. Das war wieder unser unschuldiger Sohn bzw. Neffe Ladi. Diese Geschichte hat sich vor einigen Jahren zugetragen. Heute weiß Ladi nicht nur Bescheid, er fragte mich vor kurzem sogar, ob ich wisse, warum Sex so beliebt sei. Ich verneinte.

Darauf er: »Weil er so zentral gelegen ist.«

Kluge Männer sprechen kluge Sätze – kluge Autoren wiederholen sie.

Sprüche für das Stammbuch

»Ladi ist da«, sagte meine Frau. »Er hat eine Bitte.«

Mir war gar nicht wohl zumute. Ich kannte die Bitten meines Neffen zur Genüge. Ladi, zehn, trat ein.

»Na?« fragte ich und versuchte, mein Gesicht in möglichst freundliche Falten zu legen.

»Es ist ...« begann er stockend, »es handelt sich darum: Der Tritsch aus meiner Klasse hat ein Stammbuch bekommen, und der Lehrer hat gesagt, wir sollen ihm alle etwas hineinschreiben. Und weil die andern so dumme Sachen geschrieben haben, habe ich mir gedacht, du bist doch so gescheit, Onkel, du schreibst Bücher ...«, meine gezwungen freundlichen Falten verwandelten sich in gewollt wohlwollende, »du kannst mir bestimmt etwas sagen, was ich dem Tritsch ins Stammbuch schreiben soll.«

»Hm ...« machte ich. »Das wird nicht so leicht sein.« Dabei wußte ich schon genau, daß es mir nicht schwerfallen würde. Nicht umsonst hatte ich mir seit je meine weisen Aussprüche notiert. Und nicht nur meine, auch die der andern. Prozentual verhielt es sich 98:2. Achtundneunzig Prozent waren von den andern, zwei von mir. Aber das sagte ich weder vor Ladi noch vor meiner Frau. Sie bewundert mich so oft wegen meiner klugen Einfälle. »Geh mit Tante ins Nebenzimmer und laß mich nachdenken«, sagte ich daher. Kaum waren die beiden verschwunden, hastete ich zur Bibliothek, drückte auf den verborgenen Knopf, ein Teil der Bücherwand rückte zur Seite und gab einen Geheimsafe frei. Da drinnen ruhte sie: meine Witzesammlung. Ich nahm sie heraus, suchte unter »A« – Aussprüche. Das war es. Rasch hatte ich etwas Geeignetes für Ladi gefunden, eilte zur Bibliothek, gab die Sammlung in den Safe zurück, drückte auf einen zweiten Knopf, die Bücherwand schob sich an ihren alten Platz, ich rief Ladi herein.

Ladi kam. »Hast du dir schon etwas ausgedacht, Onkel?« fragte er erwartungsvoll.

»Ja«, sagte ich selbstgefällig. »Wie gefällt dir das: ›Man braucht Jahre, ehe man lernt, richtig zu sprechen – und den Rest seines Lebens, um den Mund zu halten.‹«

»Riesig!« sagte Ladi und sah mich voller Ehrfurcht an. Auch meine Frau warf mir einen bewundernden Blick zu. »Wie dir das so einfällt . . .« meinte sie.

»Genie«, sagte ich bescheiden. »Es fliegt mir so zu.« Lichtenberg wird mir verzeihen.

Am nächsten Abend saßen wir beim Abendessen, als Ladi eintrat. »Ich habe wieder eine Bitte, Onkel«, sagte er. »Ich habe dem Tritsch deinen Spruch ins Stammbuch geschrieben, und der hat dem Swoboda so gut gefallen, daß er mich gebeten hat, ihm auch etwas ins Stammbuch zu schreiben.«

Ich war stolz auf meinen Erfolg und daher bereit, meinem Neffen zu helfen. »Geh mit der Tante ins Nebenzimmer und laß mich nachdenken«, sagte ich. Die beiden gingen ins Nebenzimmer, ich hastete zur Bibliothek, drückte auf den Knopf, die Bücherwand rückte zur Seite, gab den Geheimsafe frei, ich nahm die Sammlung heraus, suchte einen Spruch, gab die Sammlung zurück, drückte auf den zweiten Knopf, die Bücherwand schob sich an ihren alten Platz, ich rief Ladi herein. »Wie gefällt dir dieser Spruch?« fragte ich und zitierte: »›Das Wissen hat nur dann einen Sinn, wenn man es weitergibt.‹«

»Der ist noch besser als der erste«, sagte Ladi erfreut. »Danke, Onkel!« Er schrieb sich ihn auf und ging.

»Du bist wirklich unerschöpflich«, meinte meine Frau. »Und wie schnell du das bei der Hand hast!« Kunststück. Ich brauchte nur auf den Knopf zu drücken.

»Routine«, sagte ich diesmal. »Ich muß bloß ein bißchen nachdenken.« Winston Churchill wird nichts dagegen haben, hoffte ich, und Livingstone auch nicht. Ich hatte mir den Spruch zweimal notiert, und er war beide Male von einem andern Autor. Das gibt es. Manche Sprüche haben bis zu acht Autoren. Bald sind sie von Wilde, bald von Fernandel, dann wieder von Dumas, von Peter Ustinov, von Voltaire, Disraeli, Goethe oder Anzengruber. Wobei sie außerdem immer noch unter »Unbekannt« oder »Volksmund« auftreten können.

Am nächsten Abend kam Ladi wieder. »Ich habe schon wieder eine Bitte, Onkel«, sagte er. »Der Spruch für den Swoboda hat dem Kern und dem Lechner so gut gefallen, daß sie auch einen haben möchten.« Ich wußte nicht, wie ich mich verhalten sollte. Einerseits freute ich mich über die Anerkennung von Ladis Mitschülern, andererseits konnte es so nicht weitergehen.

»Das ist aber das letztemal«, sagte ich, leise warnend. »Geh mit der Tante ins Nebenzimmer und laß mich nachdenken.«

Die beiden gingen, ich zur Bibliothek, Knopfdrücken, Wand zur Seite, Safe, Witzesammlung, Aussprüche, hab' schon was, Sammlung zurück, zweiter Knopf, Bücherwand. »Ladi!!«

Ladi und meine Frau kamen.

»Wie gefallen dir diese?« fragte ich. »›Das Geheimnis des Lebens liegt nicht darin, zu tun, was man liebt, sondern zu lieben, was man tut‹, und ›Weise Menschen wissen mehr, als sie sagen – Narren sagen mehr, als sie wissen.‹«

Ladi riß Mund und Augen auf. »Mann!« sagte er. »Wie du das machst! Und so schnell!«

Das wunderte mich nicht, ich hatte schon Übung. Ladi schrieb sich die beiden Aussprüche auf und ging.

Am nächsten und am darauffolgenden Tag ließ er sich nicht blicken. Dann kam er wieder. »Ich habe eine Bitte, Onkel! Die Sprüche, die du mir für den Tritsch, für den Swoboda, für den

Kern und für den Lechner gegeben hast, haben dem Smrkal, dem Huber, dem Seifert, dem Kugler und dem Zimmermann so gut gefallen, daß sie jetzt auch welche haben wollen.« Er bat: »Ich brauche noch fünf, Onkel! Die letzten!«

Wer kann einem Kinderherzen etwas abschlagen, noch dazu, wenn es einem in den Augen der Frau einen gewissen Nimbus gibt.

»Nun gut«, sagte ich. »Ich werde dir noch fünf geben. Geh mit der Tante ins Nebenzimmer und laß mich nachdenken.«

Die beiden gingen, ich Bibliothek, Knopf drücken, Wand, Safe, Sammlung, Aussprüche, Safe, Knopf, Wand. »Ladi!!!«

Ladi und meine Frau traten ein.

»Ich habe die fünf«, sagte ich, mit einem stolzen Seitenblick auf meine Frau. »Schreib mit! Eins: ›Gesundheit ist nicht alles, aber ohne Gesundheit ist alles nichts!‹ Zwei: ›Manchmal scheint es, als ob die Gegenwart ein Auto wäre, das von der Zukunft überholt worden ist!‹ Drei: ›Arm zu sein ist keine Schande, nur können es sich heute die wenigsten leisten!‹ Vier: ›Wer laut schreit, hat unrecht!‹ Fünf: ›Alles gleicht sich aus im Leben. Wenn man weniger Haare zum Kämmen hat, muß man sich mehr Gesicht waschen.‹« Ich möchte bemerken, daß der letzte Ausspruch von mir stammt. Die andern waren von Chesterton, Konfuzius, Hebbel und Unbekannt.

Ladi war überglücklich. »Danke!« rief er und ließ uns allein.

Meine Frau sagte: »Ich bin wirklich stolz auf dich!«

»Talentsache«, wehrte ich ab. »Es wurde mir in die Wiege gelegt.«

Tags darauf war ich allein. Stolz auf meine Sammlung, schritt ich bedächtig zur Bibliothek, drückte langsam auf den verborgenen Knopf, die Bücherwand rückte zur Seite, ich öffnete den Geheimsafe, nahm meinen Schatz heraus – plötzlich stand meine Frau im Zimmer. Ich hatte ihr Kommen überhört.

»Was bedeutet das?« fragte sie und starrte auf die offene Bibliothek. Sie trat näher, mit einem Blick hatte sie alles überschaut. Mein Genie, mein Talent, meine Routine, alles schwand und machte einem beschämenden Minderwertigkeitsgefühl Platz. »So ist das also!« sagte sie verächtlich, warf eine Zeitung auf meinen Schreibtisch und ging wieder. Ich fühlte mich wie eine Eintagsfliege, die an einem Regentag zur Welt gekommen ist. Alle Freude war von mir gewichen. Ich wußte, daß ich in den nächsten Monaten in den Augen meiner Frau kleiner sein würde als der kleinste Zwerg. Nie wird sie mehr glauben, daß etwas, das ich geschrieben habe, auch wirklich von mir war. Mehr noch – sie wird jeden Eid drauf leisten, daß die Schöpfer meiner Lieder, Stücke und Bücher die Herren Schopenhauer und LiTai-pe sind. Mein Blick fiel auf die Zeitung, die sie auf meinen Schreibtisch geworfen hatte, ehe sie ging. Es war eine Kinderzeitung. Auf der ersten Seite stand: »Schluß unseres Sprüche-Preisausschreibens. Der Preis von fünftausend Schilling geht an den zehnjährigen Ladi Goldmann.«

Dieser Lausbub! Das auch noch. Er hat mich betrogen. Er hatte die Aussprüche nicht für die Stammbücher seiner Mitschüler gebraucht, sondern für ein Preisausschreiben. Verzeiht mir, Lichtenberg, Churchill, Livingstone, Unbekannt und all die andern – ich habe euch verraten! Ich las weiter: »Prämiiert wurde der Ausspruch ›Wenn man weniger Haare zum Kämmen hat, muß man sich mehr Gesicht waschen.‹« Na also, wenigstens einer von meinen eigenen. Das gab mir ein gewisses Gefühl der Befriedigung. Neben den Aussprüchen so vieler weiser Männer hat eine sicherlich sorgsam ausgewählte Jury gerade den meinen prämiiert. Ich fühlte mich zu den Unsterblichen emporgehoben. Doch da stand noch etwas: »Wenn der prämiierte Ausspruch auch nicht gerade der Beste ist, so legt er doch Zeugnis ab von der Denkkraft des Gehirns eines Zehnjährigen.«

Man sollte sich nie schlafen legen, ohne sagen zu können, daß man an dem Tag etwas gelernt hat.

(Volksweisheit)

Dicke Menschen sind gutmütig. Sie müssen es sein. Sie können weder raufen noch laufen. Darum rate ich jedem Übergewichtigen:

Nehmen Sie ab!

Im Hause meines Schwagers Goldmann war die Sorge eingezogen. Walter und seine Frau Hermine schlichen beklommen durch die Gegend, sahen einander an und seufzten. Was war geschehen? War Goldmann pleite? Hatte er Erpresserbriefe bekommen? Drohte man, ihn zu entführen? Hatte er eine Freundin, und war Hermine dahintergekommen? Nichts von alledem. Was war passiert? Ihr Sohn, mein Neffe Ladi, zehn, fühlte sich müde. Man ging mit ihm zum Arzt, und Dr. Merzenberger sagte: »Der Junge frißt zuviel, er hat zehn Kilo Übergewicht – die müssen herunter!« Die Eltern waren außer sich. In der ganzen Familie gab es niemanden mit Übergewicht. Goldmann hatte einen kleinen Wohlstandsbauch, Hermine war eher schlank zu nennen – nur Goldmanns Bruder Felix ... Aber das ist eine andere Geschichte. Als Felix ein kleiner Junge war, lehnte er jede Nahrungsaufnahme, soweit es möglich war, ab. Da verfiel sein Vater auf einen Trick, den man auch bei ihm angewendet hatte. Er erzählte dem Kind, während er ihm zu essen gab, Märchen. Ungefähr so: »Es war einmal ein armes Holzfällerehepaar – trink deinen Tee – das hatte zwei Kinder – iß deine Semmel – Hänsel und Gretel – nimm Marmelade. Eines Tages gingen die Kinder in den Wald – trink deinen Tee – sie verirrten sich – iß deine Semmel – und kamen zu einem Haus, das aus lauter Lebkuchen gebaut war – nimm Marmelade.« Wie es sich herausstellte, war das nicht die richtige Methode. Heute ist der Bub dreißig Jahre, wiegt achtzig Kilo und

hat noch immer nicht das Ende der Geschichte gehört. Aber zurück zu Ladi.

Ladi wurde auf Diät gesetzt. Auf strengste Diät. Er bekam keine Nahrungsmittel zu essen, er bekam Kalorien. Alle seine Lieblingsspeisen wurden gestrichen. Und für Ladi war jede Speise eine Lieblingsspeise. Am ersten Abend ging er hungrig schlafen. Am zweiten Abend gab es eine Überraschung. Als die Eltern aus dem Geschäft nach Hause kamen, war der Kühlschrank leer und drüber stand geschrieben. »Der kühne Fresser hat zugeschlagen!« Ladi lag mit vollem Bauch im Bett und schlief. Die Eltern berieten sich, Goldmann hängte ein Vorhängeschloß vor den Kühlschrank und versteckte den Schlüssel unter dem Speisezimmerteppich.

Als sie am Abend nach Hause kamen, war der Kühlschrank abermals leer, und auf dem Vorhängeschloß hing ein Zettel: »Der kühne Fresser hat wieder zugeschlagen!« Ladi hatte den Schlüssel gefunden.

Nun kam Goldmann in Wut. Er ließ ein Safeschloß an dem Kühlschrank anbringen, das nur mit einer besonders komplizierten Kombination zu öffnen war. Ladi fand sie heraus. Als die Eltern nach Hause kamen, hatte der kühne Fresser ein drittes Mal zugeschlagen. Goldmann stellte den Kühlschrank zu seinen Nachbarn, dem Ehepaar Piwak, mit dem er und Hermine im besten Einvernehmen lebten. Als sie am Abend kamen, standen Polizisten vor der Tür, während Frau Piwak, am ganzen Körper zitternd, jedem, der es hören wollte, erzählte, was sich zugetragen hatte: »Ich stehe in der Küche und wärme das Essen auf, auf einmal stürzt ein Mann herein, mit einer Strumpfmaske über dem Kopf und einem Gewehr in der Hand, und hält mir einen Zettel entgegen: ›Das ist ein Überfall!‹ Dann läßt er mich mit dem Gesicht zur Wand stellen, räumt in aller Ruhe den Kühlschrank aus und verschwindet!«

Goldmann hielt sich den Kopf. Der kühne Fresser! »Haben Sie ihn denn nicht erkannt?« schrie er Frau Piwak an. »Das war doch unser Ladi!«

»Ihr Ladi? Wie hätte ich ihn denn erkennen sollen, wenn er eine Maske vorm Gesicht hatte?«

»An der Statur!« stöhnte Goldmann. »Sie hätten doch sehen müssen, wie klein er ist!«

»Das sagt gar nichts«, meinte Frau Piwak. »Es gibt auch kleine Verbrecher.«

Das war Hermine zuviel. »Mein Sohn ist kein Verbrecher!« rief sie. »Halten Sie Ihren Lästermund!«

»Was sagen Sie da?« Herr Piwak war aus dem Zimmer gekommen. Er war einmal Meisterstemmer gewesen.

»Ihre Frau hat nicht zu sagen, daß unser Sohn ein Verbrecher ist«, meinte Goldmann etwas kleinlaut.

»Wo Sie selbst immer mit einem Fuß im Landesgericht stehen!« trumpfte Hermine auf.

Mit einem Fuß stand Herr Piwak im Landesgericht, mit dem andern gab er Goldmann einen Tritt, daß er zur Tür hinausflog. Hermine folgte.

Goldmann ließ den Kühlschrank zurückholen, ließ einen Trupp Spezialarbeiter kommen und statt der Küchentür eine Stahlpanzertür anbringen, zu der es bloß zwei Schlüssel gab. Den einen trug Goldmann um den Hals, der andere wurde in eine eiserne Kassette gelegt und bei einem Anwalt deponiert.

Der kühne Fresser gab sich geschlagen. Er aß nach ärztlicher Vorschrift – also so gut wie nichts. Die Eltern, denen er insgeheim leid tat, machten die Diät mit, weil sie es nicht übers Herz brachten, mehr zu essen als ihr Sohn. Auch die Gäste bekamen nichts anderes, und wenn man einen Bekannten traf, der besonders müde und hungrig dahinschlich, wußte man, daß er von Goldmanns kam.

Goldmann hatte nach der ersten Woche eineinhalb Kilo abgenommen. Hermine ebensoviel, Ladi hatte zugenommen. Nach der zweiten Woche hatte Goldmann weitere zwei Kilo verloren, Hermine zweieinhalb, Ladi hatte zugenommen. Und dann kam der Tag, an dem Ladi den Appetit verlor. Von da an aß er überhaupt nichts mehr, aber er nahm zu.

Die Eltern machten sich Sorgen. Vielleicht hatte er eine geheimnisvolle Krankheit. Eine Drüsengeschichte. Hermine weinte die Nächte hindurch, weil sie sich bei Tag, des Kindes wegen, zurückhalten mußte. Goldmann lebte nur noch von Tabletten. Er machte sich Vorwürfe wegen jeder Ohrfeige, die er Ladi gegeben hatte. Und da er ihm viele Ohrfeigen gegeben hatte, hatte er sich viele Vorwürfe zu machen. Wenn Ladi gesund werden sollte – nie mehr würde er ihn schlagen! Saft- und kraftlos kroch er dahin, während Hermine so mager war, daß es ihr nicht mehr gelang, einen Schatten zu werfen. Als sie wieder auf die Waage stiegen, hatte Goldmann fünf Kilo abgenommen, Hermine sechs, Ladi hatte zugenommen. Meine Frau und ich rieten, eine medizinische Kapazität aufzusuchen: Prof. Tschurtschenheimer.

Ladi wurde gründlich untersucht – nichts. »Ihr Sohn ist vollkommen gesund«, sagte die Kapazität, »aber er hat fünfzehn Kilo Übergewicht – die müssen herunter.« Er verschrieb Ladi eine noch strengere Diät als Merzenberger. Die Eltern waren außer sich. Was sollten sie tun, wenn der Bub nicht abnahm? Betrübt gingen sie nach Hause. Unterwegs trafen sie Pomeisl.

»Gratuliere!« rief er erfreut. »Schon gesund?«

»Gesund?« fragten Goldmann und Frau verwundert.

»Ladi hat mir erzählt, daß Sie beide sich aus Tunesien ein böses Magenleiden mitgebracht haben, daß er deshalb einige Wochen in meinem Restaurant essen muß und daß Sie die Rechnung im nachhinein bezahlen werden.«

Goldmann starrte ihn aus hohlen, hungrigen Augen an. »Ladi hat bei Ihnen gegessen?« fragte er.

»Ja.«

»Allein?«

»Manchmal allein, manchmal mit Freunden. Er hat sie eingeladen, damit sie ihn trösten, weil seine Eltern nichts essen dürfen. Sie glauben nicht, wie er an Ihnen hängt. Die Buben haben fast immer eine Flasche Wein auf Ihre Gesundheit getrunken.«

Goldmann zerrte Ladi nach Hause. »Deine Eltern haben sich also aus Tunesien ein Magenleiden mitgebracht?« fragte er grimmig und gab Ladi eine Ohrfeige, daß dieser ganz Afrika vor den Augen sah. Und was für Goldmann das schönste war – er machte sich darob keine Vorwürfe. Im Gegenteil, er gab ihm eine zweite und eine dritte. Am Abend gab es ein lukullisches Mahl, ohne daß Ladi einen Bissen davon bekam.

In den nächsten Tagen erhielt Goldmann viele Briefe. Die Rechnung von Dr. Merzenberger, die Rechnung von Prof. Tschurtschenheimer, die Rechnung des Restaurants Pomeisl, die Rechnung von der Konditorei gegenüber, die Rechnung vom Eissalon nebenan, die Rechnung für einen Fußball, den Ladi gekauft hatte usw.

Ladi bekam nur seine Diätspeisen, aber er machte sich nichts draus. Er freute sich sogar darüber. Er war gegen jede Art von autoritärer Erziehung. Nun hatte er seinen Eltern gezeigt, was es heißt, einen kleinen Jungen hungern zu lassen.

Vom ideologischen Standpunkt aus betrachtet, muß man gestehen: Der kühne Fresser hat gesiegt!

»Papi, Papi!« jubelt der Sohn des Ministers. »Heute habe ich die Prüfung mit Auszeichnung bestanden! Dabei hat man mich nur gefragt, ob ich dein Sohn bin!«
Kinder großer Persönlichkeiten brauchen keine

Nachhilfestunden

Es gibt Schüler, die leicht, es gibt Schüler, die schwer, und es gibt Schüler, die gar nicht lernen. Zu den letzteren gehörte mein Neffe Ladi.

Es war Schulschluß. Ladi, damals zehn, kam nach Hause und überreichte seinem Vater, meinem Schwager Goldmann, verlegen lächelnd das Zeugnis. »Die Hauptsache für ein Kind«, sagte er dabei, »ist, daß es gesund ist.«

Aber für Goldmann war das nicht die Hauptsache. Er überflog das Zeugnis und schrie: »Die Hauptsache für ein Kind ist, daß es gute Noten nach Hause bringt! Du Lausbub! Du Faulpelz! Du Taugenichts!«

Es gibt Verlage, die Nachschlagewerke herausgeben wie »Besser reden«, »Besser schreiben«, »Besser rechnen«. Hätte einer dieser Verleger gelauscht, hätte er seiner Reihe ein neues Werk hinzufügen können, unter dem Titel: »Besser schimpfen«.

Ladi weinte.

Hermine, seine Mutter, kam zur Tür herein. »Was ist denn hier los?« fragte sie.

»Was los ist?« schrie Goldmann. »Da – sieh dir das Zeugnis deines Sohnes an!«

»*Meines* Sohnes?« wiederholte Hermine gereizt. »Immer wenn er etwas angestellt hat, ist er *mein* Sohn! Nur wenn du Grund hast, stolz auf ihn zu sein, ist er *dein* Sohn!«

»Ich hatte noch nie Grund, stolz auf ihn zu sein!« tobte

Goldmann. »Nicht genug, daß er die Klasse schon einmal wiederholt hat, soll er sie jetzt noch einmal wiederholen!«

»Noch einmal wiederholen!« Das war auch Hermine zuviel.

»Ich kann nichts dafür, daß die Lehrer so dumme Fragen stellen«, schluchzte Ladi. »Zum Beispiel: Wie hieß das Pferd des Don Quijote! *Muß* ich das wissen?«

»Da hat er recht«, kam Hermine zu Hilfe. »Das muß er wirklich nicht wissen.«

»Alles muß er wissen!« schrie Goldmann wieder.

»Nur, was er fürs Leben braucht«, meinte Hermine energisch, »und nicht, wie die Pferde anderer Leute heißen. Oder weißt *du*, wie dieses Pferd geheißen hat?«

»Ich ... äh ...« Goldmann lächelte verlegen.

»Du weißt es *nicht*!« stellte Hermine fest. »Und doch hast du dich etabliert, hast eine Familie gegründet und kannst sie auch erhalten. Oder ist schon einmal jemand zu dir ins Geschäft gekommen und hat dich gefragt, wie das Pferd von diesem –« Sie stockte.

»Don Quijote«, warf Ladi ein.

»Du siehst, daß er wenigstens *das* weiß«, sagte Hermine stolz.

»Das ist ja nicht alles«, beklagte sich Ladi. »In Mineralienkunde bin ich durchgefallen, weil ich auf die Frage, wie der Bernstein noch heißt, gesagt habe: ›Leonard‹, in Geschichte, weil ich auf die Frage: ›Glaubt ihr, daß Nero ein guter Mann war‹, gesagt habe: ›Mir hat er nie etwas getan‹, und in Betragen, weil die anderen Buben immer über meine Antworten lachen.«

»Das ist es ja!« begann Goldmann wieder zu schreien. »Du gibst ja diese Antworten nur, weil du *willst*, daß die andern über dich lachen!«

»Das ist nicht wahr!« weinte Ladi.

»Unterstelle dem Kind nicht solche Absichten«, ergriff Hermine wieder seine Partei. »Komm zu mir, Ladi!« Sie preßte den Jungen an sich. »Wenn ich nur wüßte, wie ich dir helfen könnte.«

»Ich glaube«, meinte Ladi zögernd, »das einzige, was ich brauchen würde, wären Nachhilfestunden. Dann könnte ich bei der Wiederholungsprüfung durchkommen.«

»Nachhilfestunden?« Goldmann konnte es nicht fassen. »Du meinst – einen Hauslehrer? Weißt du, was das kostet? Mindestens zweihundert Schilling pro Stunde!«

»Dreihundert«, sagte Ladi kleinlaut.

»Dreihundert! Da brauchst du doch mindestens eine Stunde pro Woche!«

»Zwei«, meinte Ladi kaum hörbar.

»Zwei!« Goldmann lachte höhnisch. »Das sind sechshundert Schilling wöchentlich oder zweitausendvierhundert Schilling monatlich! Wißt ihr, wie schwer man heute zweitausendvierhundert im Monat verdient?«

»Dafür ersparst du es deinem Sohn, eine Klasse, die er bereits wiederholt hat, noch einmal zu wiederholen! Wenn dir das keine zweitausendvierhundert Schilling wert ist!« schrie Hermine.

»Er wird die Klasse wiederholen, und wenn er noch so viele Nachhilfestunden nimmt! Ich kenne ihn! Seine Kollegen werden beim Bundesheer sein, werden heiraten, werden Kinder haben – und er wird noch immer in derselben Klasse sitzen!«

»Trotzdem, man muß es versuchen«, sagte Hermine energisch. »Ich wäre sogar für *drei* Stunden pro Woche. Wenn dir das zuviel ist, hättest du kein Kind in die Welt setzen dürfen!«

»Schon gut«, brummte Goldmann. »Ich möchte nur wissen, wo ich einen Hauslehrer hernehmen soll.«

»Ich wüßte einen«, unterbrach Ladi rasch. »Herr Katzenbeißer.«

»Katzenbeißer?« Goldmann und Hermine sahen einander an. »Wer ist das?«

»Das ist ein Student. Der Bruder eines Buben, der in meine Klasse geht. Er hat schon drei Schüler von uns.«

»Schick ihn morgen zu mir.«

Am nächsten Tag kam Katzenbeißer, ein junger sympathischer Mann mit guten Manieren, zu Goldmann ins Büro. »Ich soll Ihrem Sohn Nachhilfestunden geben«, stellte er sich vor.

»Aha!« Goldmann musterte ihn. »Können Sie auch Fremdsprachen?« erkundigte er sich.

»Selbstverständlich.«

»Ich möchte nämlich, daß Sie meinem Sohn auch Fremdsprachen beibringen. Wenigstens die Grundbegriffe. Er soll, wenn er einmal mein Geschäft übernimmt, auch die Auslandskorrespondenz führen können. Sprechen Sie englisch?«

»Yes, Sir.«

»Französisch?«

»Oui, Monsieur.«

»Italienisch?«

»Si, Signore.«

»Er macht einen guten Eindruck«, berichtete Goldmann beim Mittagessen seiner Frau, »und er scheint gewisse Kenntnisse zu haben. Englisch, französisch, italienisch spricht er perfekt.«

Ladi begann mit den Nachhilfestunden. Katzenbeißer kam dreimal in der Woche ins Haus, Goldmanns fanden Gefallen an ihm, sie luden ihn nach den Stunden zum Kaffee ein, zum Mittagessen, zum Abendessen, je nachdem, um welche Zeit er den Unterricht beendete, und eines Tages baten sie ihn, mit ihnen nach Schönbrunn zu kommen, Goldmann hatte den Besuch eines Geschäftsfreundes aus Jugoslawien bekommen, der den Zoo sehen wollte.

Katzenbeißer ging gerne mit.

»Was ist das dort für ein Tier?« fragte Ladi und zeigte auf eine Art Steinbock. »Ist das ein spanischer Yúkutu?«

»Nein«, sagte Katzenbeißer, »das ist ein asiatischer Yákata. Der Yúkutu ist dort drüben. Der Yúkutu hat gebogene Hörner, und der Yákata hat gebogene Beine.«

»Aber das dort«, Ladi zeigte auf ein anderes Tier, »das ist ein chinesischer Pfefferfresser.«

»Ganz richtig«, bestätigte Katzenbeißer. »Sag mir noch, wie diese drei Tiere heißen.«

»Das eine ist ein südkoreanischer Tsangtsangstier, das andere ein japanisches Mastschwein aus der Gegend von Kankankong und das dritte ein tibetanischer Nasenbär aus dem Tsutsugebirge.«

»Gut!« lobte Katzenbeißer.

»Was ist das für ein Tier?« erkundigte sich Hermine. »Das kleine magere. Ist das ein Reh?«

»Nein«, sagte Ladi. »Das ist eine mongolische Edelgemse. Sie lebt in den Bergen und nährt sich von Spinat.«

»Spinat?« wunderte sich Hermine. »In den Bergen gibt es doch keinen Spinat.«

»Deshalb ist sie ja so mager«, sagte Ladi.

Goldmann und Hermine sahen einander glücklich an. Der junge Mann machte sich bezahlt.

Am nächsten Tag fuhren sie über das Wochenende nach Salzburg. Der jugoslawische Gast wollte die Mozartstadt kennenlernen. Katzenbeißer wurde eingeladen mitzukommen.

»Weißt du, was das für ein Berg ist?« fragte er Ladi unterwegs.

»Ja«, antwortete Ladi, »das ist der große Häfelegletscher.«

»Und der dort?«

»Das ist der kleine Häfelegletscher.«

»Und der?«

»Das ist der mittlere Häfelegletscher.«

»Weißt du auch, wann der große Häfelegletscher zum erstenmal bestiegen wurde?«

»Am 11. Oktober 1887 durch den Schweizer Güggili.«

»Brav«, lobte ihn Katzenbeißer.

Man ging über eine Wiese. »Was ist das für eine Blume?« fragte er Ladi.

»Das ist eine javanische Teerose.«

»Und das?«

»Eine philippinische Kaffeerose.«

»Und diese hier?«

»Das ist das sogenannte gemeine Veilchen.«

»Ist ein Veilchen nicht violett?« wagte Hermine einzuwerfen. »Das hier ist gelb.«

»Das ist ja das gemeine an ihm«, entgegnete Ladi.

Goldmann drückte Hermine gerührt die Hand. Der Junge wußte wirklich schon einiges.

Auch der jugoslawische Geschäftsfreund war von Ladis Kenntnissen beeindruckt.

Dann kam der Eklat. Eines Tages saßen Goldmanns mit Katzenbeißer und Ladi bei der Jause, als Goldmanns Freund Spannagl eintrat.

»Herr Müller?« begrüßte er den Hauslehrer verwundert. »Wie kommen *Sie* hierher?«

»Müller?« fragte Goldmann erstaunt. »Wieso Müller? Der Herr heißt Katzenbeißer.«

»Katzenbeißer?« staunte nun Spannagl seinerseits. »Wieso Katzenbeißer? Der Herr heißt Müller. Er ist der Bruder des kleinen Müller, der in derselben Klasse sitzt wie mein Sohn und Ladi.«

»Ich muß gehen«, sagte der junge Mann schnell, aber er ging nicht – er lief.

Goldmann sah sich drohend im Zimmer um. »Wo ist Ladi?« schrie er.

Ladi war auf der Flucht. Er war durch das Fenster in den Garten gesprungen und zu uns gelaufen. Weinend erzählte er, was vorgefallen war. Natürlich sagten wir ihm unsere Meinung.

»Nicht nur, daß dir der Mensch nichts beigebracht hat«, schrie ich, »mußte ihm dein Vater noch dreihundert Schilling pro Stunde bezahlen?«

»Zweihundert«, flüsterte Ladi kleinlaut.

»Und was geschah mit den dritten hundert?« fragte meine Frau.

»Davon bekamen fünfzig der kleine Müller und fünfzig ich. Alles wird teurer. Das Eis, der Kaugummi, die Spielautomaten.

Wir bekommen zu wenig Taschengeld.« Verzweifelt bat er mich, mit seinem Vater zu reden. Ich versprach es ihm. Dafür bekam ich das Recht, diese Geschichte zu veröffentlichen, inkl. der Film-, Funk- und Fernsehrechte sowie das Recht der Übersetzung in die suahelische Sprache. Die Übersetzungsrechte für Englisch, Französisch und Italienisch behielt Ladi sich vor.

Mit Goldmann sprach ich. Er war bereit, Ladi zu verzeihen, wenn ich es übernähme, ihn auf die Nachprüfung vorzubereiten. Ich übernahm es.

Fazit: Ladi mußte die Klasse wiederholen.

Der Wiener Komiker Armin Berg klagt dem Arzt seine Appetitlosigkeit. »Was haben Sie heute zu Mittag gegessen?« fragt der Arzt. »Heute zu Mittag? Eine Champignoncreme, zwei Wiener Schnitzel mit Kartoffeln, gemischten Salat und einen Apfelstrudel.« – »Da können Sie doch nachher keinen Appetit haben«, meinte der Arzt. Darauf Berg: »Ich habe aber schon vorher keinen gehabt.«
Ich hätte immer Appetit, aber leider – ich darf nicht alles essen. Und doch heißt meine nächste Geschichte:

Mahlzeit!

Meine Frau ist im Engagement, ich bin allein, also esse ich im Restaurant. Mit Genuß. Warum? Weil mir dort niemand gegenübersitzt, der mir sagt: »Das hat er dir doch verboten!« »Er« ist unser neuer Hausarzt Dr. Mahler. Naturheiler. Die Natur heilt, und er schickt die Rechnung. Egal. Ich will nicht an ihn denken. Der Ober kommt mit der Speisenkarte. Ich blättere sie durch, ohne sie zu lesen. Ich weiß ja bereits, was ich bestellen werde. Den ganzen Vormittag habe ich daran gedacht, habe ich danach gelechzt, habe ich es vor mir gesehen, wie der Verdurstende in der Wüste einen Coca-Cola-Stand. Von halb zwölf bis zwölf bin ich um das Restaurant herumgeschlichen, bis man mich endlich eingelassen hat. Jetzt war es soweit.

»Ist der Schweinsbraten schön?« frage ich scheinbar gleichgültig, während mir das Wasser im Mund zusammenläuft.

»Sehr schön«, sagt der Ober. »Ganz frisch. Eben aus dem Rohr gekommen.«

»Brutzelnd?« frage ich und kann meine Gier kaum verhehlen.

»Brutzelnd.«

»Mit einer knusprigen Kruste?«

»Ja.«

»Und Rotkraut und Knödeln?«

»Wie Sie es wünschen.«

»Dann bringen Sie mir«, sage ich und lasse meine Bestellung auf der Zunge zergehen, »einen Schweinsbraten, brutzelnd, mit einer knusprigen Kruste und Rotkraut.«

»Mit einem Knödel?«

»Mit zwei Knödeln.«

»Bitte sehr.« Der Ober entfernt sich. Nach außenhin lasse ich mir nichts anmerken, aber innerlich reibe ich mir genüßlich die Hände. Dabei ist Schweinefleisch – besonders in gebratenem Zustand – das einzige, was mir Dr. Mahler verboten hat. Ich habe eine Idiosynkrasie gegenüber gebratenem Schweinefleisch. (Im Lexikon: Idiosynkrasie in der Medizin: anlagebedingte Überempfindlichkeit; Form der Allergie. In der Psychologie: hochgradige Abneigung eines Menschen gegenüber bestimmten Personen, Lebewesen, Gegenständen, Reizen, Anschauungen etc.) Die Psychologie-Idiosynkrasie habe ich nicht, wohl aber die medizinische. Ich esse einen Schweinsbraten, er schmeckt mir, und mir wird übel. Sehr übel. So übel, wie wenn ich auf hoher See in Sturmnot kommen würde. Ich bin einmal auf hoher See in Sturmnot gekommen, und mir wurde übel, wie wenn ich einen Schweinsbraten gegessen hätte. Heute, das fühle ich, wird das nicht der Fall sein. Und wenn schon. Wenn der Schweinsbraten brutzelt und wenn er eine knusprige Kruste hat, ist er mir das wert. Wenn es nur meine Frau nicht erfährt. Aber wer sollte es ihr sagen? Hier sieht mich niemand.

Doch, jemand sieht mich. Eben kommt mein Neffe Ladi, damals zehn, zur Tür herein. »Servus, Onkel!« sagt er. »Ich will dir nur guten Tag sagen. Ich habe dich von der Straße aus gesehen.«

Ich Trottel! Warum setze ich mich auch so, daß man mich von der Straße aus sehen kann? Warum setze ich mich nicht so, daß man mich von der Straße aus *nicht* sehen kann? Warum nicht zum Vorhang? Warum nicht *hinter* den Vorhang? Warum wickle ich mich nicht in den Vorhang ein und esse meinen Schweinsbraten im verborgenen?

»Darf ich mich zu dir setzen?« fragt Ladi.

»Natürlich.« Meine Vorfreude auf den Schweinsbraten sinkt. Ich weiß, was als nächstes kommen wird.

»Darf ich mir auch etwas bestellen?« Da ist es schon.

»Nein«, sage ich. Nicht, daß ich geizig oder hartherzig wäre, aber ich weiß, daß Ladi bis vor kurzem immer dicker wurde, daß seine verzweifelten Eltern vom Hausarzt bis zur medizinischen Kapazität alles konsultierten, was eine Ordination hatte, daß die Diagnosen von »Unterfunktion der Schilddrüse« bis »Fettsucht« lauteten, daß erst Dr. Mahler herausfand, daß Ladi überfressen ist und daß er mindestens sechs Kilo abnehmen muß. Und das in kürzester Zeit. Jetzt steht seine arme Mutter in der Küche und mißt die erlaubte Kalorienmenge auf der Briefwaage, und da soll *ich* ihn zum Essen einladen?

»Nein«, sagte ich nochmals, um meine Entschlossenheit zu bekräftigen.

»Etwas Leichtes«, meinte Ladi. »Ein Naturschnitzel.«

»Nein.«

»Einen Fisch.«

»Auch nicht.«

»Eine Hühnersuppe.«

»Nichts.« Der Schweinsbraten wurde serviert. Er brutzelte und hatte eine knusprige Kruste. Dazu das Rotkraut und die beiden Knödel – es war ein Stilleben, wie Cézanne es nicht hätte schöner malen können.

Ladi traten die Augen aus den Höhlen. »Du ißt einen Schweinsbraten?« fragte er.

»Wie du siehst.«

»Hast du nicht neulich meiner Mama erzählt, daß du kein Schweinefleisch essen darfst?«

»Das habe ich erzählt, aber das ist vorüber.«

»Jetzt darfst du wieder Schweinefleisch essen?«

»Ja.«

»Weiß die Tante, daß du Schweinefleisch ißt?«

»Ja.« Ich war entschlossen, jeden Erpressungsversuch im Keim zu ersticken. Sollte er meiner Frau erzählen, daß ich Schweinefleisch gegessen habe, werde ich leugnen bis zum Schafott. Ich steckte das erste Stück in den Mund.

»Ich würde an deiner Stelle kein Schweinefleisch essen«, meinte Ladi und rümpfte die Nase.

»Warum nicht?«

»Unser Lehrer sagt, es enthält Gifte.«

»Alles, was wir essen, enthält Gifte. Alles, was wir einatmen. Die verschiedenen Abgase, der Bleigehalt im Benzin, der Rauch, der aus den Fabrikschloten kommt – alles. Aber das sind gestattete Gifte. Gifte, die nicht lebensbedrohend sind.« Ich nahm den zweiten Bissen.

»Unser Lehrer sagt, das Gift im Schweinefleisch ist lebensbedrohend wegen der Mittel, die man den Schweinen einspritzt, damit sie schneller wachsen und weniger Fett ansetzen.«

Ich nahm den dritten Bissen. Er schmeckte mir nicht mehr so gut wie die beiden ersten. »Das ist Unsinn«, versuchte ich, wenn auch etwas kleinlaut, zu widersprechen, »dazu haben wir unser Gesundheitsministerium. Unser Gesundheitsminister würde es nie zulassen, daß Schweine verkauft werden, die ein Zuviel an Giften im Körper haben. Da gibt es eine gewisse Grenze, bis zu der man das Fleisch unbeirrt essen kann.« Ich würgte an dem dritten Bissen. Er schmeckte etwas eigen.

»Unser Lehrer«, fuhr Ladi fort, »sagt, daß sich das schwer feststellen läßt, weil der eine mehr verträgt und der andere weniger.«

Ladis Lehrer ist ein Idiot, dachte ich, aber vielleicht hat er recht. Vielleicht gehöre ich zu jenen, die weniger Gift vertragen. Der Schweinsbraten war nicht in Ordnung. Der dritte Bissen wollte nicht hinunter.

»Außerdem gibt es noch etwas«, sagte Ladi eben, »was Schweinefleisch so gefährlich macht.«

»Was?« fragte ich schwach. Jetzt war er unten, der dritte Bissen.

»Die Maul- und Klauenseuche«, belehrte Ladi mich. »Unser Lehrer sagt, daß man es nicht sofort merkt, ob die Tiere Maul- und Klauenseuche haben. Bis man es erkennt, sind meistens schon einige verkauft und verbraten.«

Mir wurde übel. Ich befühlte mein Maul mit der Zunge – noch war es in Ordnung. Nach den Klauen wagte ich nicht zu sehen.

»Es gibt noch viele Schweinekrankheiten«, setzte der Satan von einem Kind fort. »Den Schweinebandwurm, die Schweineseuche, die Finne . . .« Wie Boxhiebe hagelte es gegen meinen Magen. »Die Schweinepest.«

Das war ein Tiefschlag. Ein Schlag unter den Gürtel. Der Schweinsbraten brutzelte nicht mehr, er hatte keine knusprige Kruste, das Kraut hatte sein schönes Rot verloren, die Knödel sahen aus wie zwei Tennisbälle, mit denen der Champion eben die Weltmeisterschaft verloren hat.

Der Ober näherte sich. »Ein Anruf«, sagte er. Langsam wankte ich zum Telefon. Bis ich hinkam, war niemand mehr zu hören. Langsam wankte ich zurück zu meinem Tisch, bis ich hinkam, war niemand mehr zu sehen. Niemand und nichts. Kein Schweinsbraten, kein Rotkraut, keine Knödel, kein Ladi. »Der junge Mann«, richtete mir der Ober aus, »läßt schön grüßen. Er hat alles gegessen, damit es nicht kalt wird.«

Ich nickte, bezahlte, torkelte nach Hause und legte mich ins Bett. Ich hatte sie wieder – die Idiosynkrasie. Diesmal war es nicht die medizinische, diesmal war es die psychologische: die hochgradige Abneigung gegenüber bestimmten Personen – die hochgradige Abneigung gegenüber meinem Neffen Ladi.

Kinder sind wie das Finanzamt. Was sie sehen, wollen sie haben – und wenn sie clever genug sind, kriegen sie es auch.

Es gibt brave Kinder, und es gibt schlimme Kinder. Und dann gibt es meinen Neffen Ladi. Wenn er schlimm ist, ist er sehr schlimm – und wenn er brav ist? Brav ist er eigentlich nie. Er ist auch kein guter Schüler. Er kann nicht rechnen, er kann nicht zeichnen, er hat kein Talent für Sprachen. Das heißt, eine Sprache beherrscht er perfekt: die B-Sprache. Kennen Sie die B-Sprache? Nie davon gehört? Ich habe bereits einige Male an die Fernsehdirektion geschrieben, was uns fehlt, ist ein TV-Kurs: »Wie lerne ich B?« Keine Antwort. Gute Vorschläge werden nie berücksichtigt. Obwohl die B-Sprache sehr leicht ist, könnte ich Ihnen keine grammatikalischen Regeln sagen. Ich kann lediglich mit einigen Vokabeln aufwarten: Vater = Vabaterber, Mutter = Mubutterber, Kind = Kibind. Haben Sie es? Jetzt kennen Sie drei Wörter – mit den andern ist es genau dasselbe. Ein bißchen Training, und auch Sie können

Die B-Sprache

Ich saß hinter meinem Schreibtisch. Vor mir stand mein Neffe Ladi, zehn.

»Was willst du?« fragte ich streng.

»Du hast einmal mit meinem Papa gesprochen . . .« begann er zögernd.

»Ich spreche oft mit deinem Papa«, sagte ich.

»Aber einmal hast du zu ihm gesagt, ihr wart auch einmal Kinder, du und er.«

Es mußte sich um etwas ganz Schlimmes handeln, wozu sonst die lange Einleitung.

»Und?« fragte ich, ohne die Strenge in meinem Ton im geringsten zu mildern.

»Ich möchte dich bitten, daß du wieder mit ihm sprichst und daß du ihm das wieder sagst.«

»Warum?« Was hatte er bloß wieder angestellt?

»Ich bin heute früh in die Schule gegangen und habe plötzlich alles in der B-Sprache gelesen.«

»Was heißt das?« fragte ich.

»Ich habe zum Beispiel ein Schild gesehen ›Installateur‹ und habe gelesen ›Ibinstabalabateurbeur‹.«

»Das ist doch kein Unglück.«

»Oder ich habe gesehen ›Türe zumachen‹ und habe gelesen ›Tübürebe zubumabacheben‹.«

»Schon gut«, sagte ich, bereits etwas nervös.

»Oder ich habe gesehen ›Rauchen verboten‹ und habe gelesen ›Raubaucheben verberboboteben‹.«

»Genug!« schrie ich, nahm aber sofort wieder meine onkelhafte Würde an. »Warum soll ich deshalb mit deinem Papa sprechen?«

»Weil ich nicht mehr aufhören konnte.« Er schluchzte. »In der Schule hat mich der Lehrer gefragt, was Goethe geschrieben hat. Wir sollen ihm ein paar Drabameben nebenneben.«

»*Was* sollt ihr ihm?«

»Ein paar Dramen nennen«, korrigierte Ladi rasch.

»Das habe ich doch mit dir durchgenommen. Faust, Tasso, Egmont . . .«

»Ich weiß. Ich habe aber gesagt Faubaust, Tabassobo, Egbemobont.«

»Das ist doch ein Blödsinn!«

»Das hat der Lehrer auch gesagt!« Er weinte. »Er hat gesagt, der Papa soll morgen zu ihm in die Schule kommen, aber ich kann ihm das nicht beibringen. Der Papa war gestern bei meinem Mathematiklehrer, vorgestern bei meinem Zeichenlehrer, vorvorgestern beim Direktor. Er hat gesagt, er ist kein Kind, er kann nicht jeden Tag in die Schule gehen. Sprich *du* mit ihm! Bibittebe, Obonkebel!«

»*Was?*« fragte ich.

»Bitte, Onkel!« verbesserte er schnell und heulte verzweifelt: »Ich werd's nicht mehr los!«

»Nibicht weibeineben!« tröstete ich ihn. Er sah erstaunt auf. Ich hatte, als ich noch ein Kind war, selbst oft in der B-Sprache gesprochen, aber das hätte der Bengel nicht zu wissen brauchen. Zu dumm!

Meine Frau trat ein. »Ladi?« sagte sie überrascht. »Was machst *du* hier?«

»Ich soll wieder einmal mit seinem Papa reden«, erklärte ich ihr, »weil er in der Schule mit seinem Lehrer in der B-Sprache gebesprobocheben habat.«

»Wabas?« fragte meine Frau. Sie sprach auch die B-Sprache! Ladis Miene hellte sich auf.

Im selben Moment traten seine Eltern ein.

»*Da* bist du?« schrie sein Vater wütend. »Seit einer Stunde warten wir mit dem Essen auf dich! Deine Mutter war schon ganz besorgt!«

»Reg dich nicht auf, Walter«, beruhigte ich ihn. »Er wollte bloß, daß ich mit dir rede. Daß ich dir sage, daß wir auch eibeinmabal Kibinderber wabareben.«

»Wobozubu?« fragte mein Schwager. Er auch! Ladi strahlte.

Ich setzte fort: »Er hat in der Schule mit seinem Lehrer in der Bebesprabachebe gebesprobocheben.«

»Naba wabartebe!« schrie mein Schwager auf und ging auf Ladi zu.

»Labaß ibihn!« warf sich die Mutter dazwischen. »Das hat er von mir!« Sie sah Ladi verklärt an. »Als ich noch zur Schule ging und mich die Lehrerin einmal fragte, ob ich einige Goethe-Dramen wisse, sagte ich: ›Faubaust, Tabassobo und Egbemobont‹!« Kichernd legte sie ihren Arm um ihren Sprößling und zog ihn an sich.

»Dasselbe hat Labadibi gebetaban«, sagte ich.

»Kobommt!« kommandierte mein Schwager. Versöhnt verließ die Familie unsere Wohnung.

»Gobottlobob!« freute sich meine Frau.

Es gibt Eltern, die sich von ihren Kindern beherrschen lassen. Wäre Ladi *mein* Sohn gewesen, und ich hätte gehört, daß er mit seinem Lehrer in der B-Sprache gesprochen hat, ich hätte ihm zumindest gesagt: »Mibistfrabatz!«

Meine Mutter liebte Kinder. Sie hätte Gott weiß was dafür gegeben, wenn ich eines gewesen wäre.

(Groucho Marx)

Rotkäppchen

»Du mußt es tun!« sagte meine Frau. »Du kannst das Kind nicht enttäuschen.«

Das Kind war mein Neffe Ladi, der jetzt bald zehnjährige Lausbub, und was ich tun mußte – oder vielmehr sollte und nicht wollte –, war folgendes: Ladi hatte den Wunsch, an seinem Geburtstag mit einigen seiner Freunde ein Theaterstück aufzuführen, und ich sollte es schreiben.

»Du kannst den Jungen nicht im Stich lassen!« redete meine Frau mir ins Gewissen.

»Nicht?« meinte ich höhnisch. »Oho!«

»Schreibst du es? Ja oder nein?« fragte meine Frau und sah mich mit einem jener Blicke an, von denen ich immer das Gefühl habe, daß mindestens 10 cm von ihnen hinter meinem Rücken zum Vorschein kommen.

Ich pflanzte mich vor ihr auf und sagte energisch: »Ja.«

Was schreibt man für ein zehnjähriges Kind? Wir einigten uns auf ein Märchen, genauer gesagt, auf »Rotkäppchen«. Nur der Titel gefiel uns nicht. Man könnte ihn für eine politische Schleichwerbung halten. Mit »Schwarzkäppchen« wäre es nicht anders. Wir beschlossen also, das Märchen »Buntkäppchen« zu nennen. Meine Frau holte »Die Märchen der Brüder Grimm« aus dem Bücherschrank, schlug die Seite 193 auf, und ich begann zu schreiben:

(Stube bei Buntkäppchens Mutter. Buntkäppchen und die Mutter sind auf der Szene)

MUTTER: Komm, Buntkäppchen, da hast du ein Stück Kuchen und eine Flasche Wein, bring das der Großmutter hinaus; sie ist krank und schwach und wird sich daran laben. Mach dich auf, bevor es heiß wird, und wenn du hinauskommst, so geh hübsch sittsam und lauf nicht vom Weg ab, sonst fällst du und zerbrichst das Glas, und die Großmutter hat nichts. Und wenn du in ihre Stube kommst, so vergiß nicht, »guten Morgen« zu sagen, und guck nicht erst in allen Ecken rum!

Soweit die Brüder Grimm. Ich schrieb weiter. Das 2. Bild spielte im Wald, Buntkäppchen begegnete dem Wolf, der es fressen wollte. Er dachte aber: »Gehst zuerst zur Hütte der Großmutter, dort hast du beide auf einen Schlag!« In der Hütte – 3. Bild – fraß er die Großmutter – wie erbaulich für die Kinderseele –, zog sich ihre Kleider an und legte sich in ihr Bett. Buntkäppchen kam und fragte.

BUNTKÄPPCHEN: Ei, Großmutter, was hast du für große Ohren?

WOLF: Damit ich dich besser hören kann.

BUNTKÄPPCHEN: Ei, Großmutter, was hast du für große Augen?

WOLF: Damit ich dich besser sehen kann.

BUNTKÄPPCHEN: Ei, Großmutter (die vielen Eier gefielen mir gar nicht), was hast du für große Hände?

WOLF: Damit ich dich besser fassen kann.

BUNTKÄPPCHEN: Aber, Großmutter (Gott sei Dank, diesmal kein Ei), was hast du für einen großen Mund?

WOLF: Damit ich dich besser fressen kann! (Der Wolf frißt das Buntkäppchen, dann legt er sich wieder in das Bett und beginnt zu schnarchen.)

(Der Jäger, ein schmucker, junger Mann tritt ein.)

JÄGER: Ich wollte eben an der Hütte vorüber, als ich Euch schnarchen hörte, gute Frau! Doch – was seh ich? Das ist ja der Wolf! Habe ich dich endlich, alter Sünder? (Er legt die Büchse auf ihn an, überlegt es sich wieder.)

Doch halt! Der Wolf hat sicherlich Buntkäppchen und die Großmutter verschluckt! Meine Kugel könnte sie treffen! Ich werde ihm lieber den Bauch aufschneiden!

Meine Frau und ich beschlossen, auf etwaige Proteste des Tierschutzvereins keine Rücksicht zu nehmen.

(Der Jäger schneidet mit einer Schere dem Wolf den Bauch auf, Buntkäppchen und die Großmutter springen heraus.)

BUNTKÄPPCHEN: Ach, wie dunkel war es doch im Bauch des Wolfes!

JÄGER: Laßt uns seinen Leib mit großen Steinen füllen!

(Die drei füllen den Leib des Wolfes mit großen Steinen, der Wolf wacht auf, will fortspringen, aber die Steine sind so schwer, daß er niedersinkt und stirbt.)

BUNTKÄPPCHEN (geht zur Rampe und spricht zu den Kindern im Publikum): Merkt euch das! Geht nicht vom Wege ab in den Wald, wenn's euch die Mutter verboten hat!

Vorhang fällt.

Meine Frau und ich waren mit unserer Arbeit sehr zufrieden. Am nächsten Tag bekam Ladi das Manuskript. Der Geburtstag nahte, und wir waren natürlich eingeladen. Ladis Vater hatte für den Nachmittag ein Kellertheater gemietet, es gab mindestens achtzig Gäste, man setzte uns in die 1. Reihe. Ladi hatte mir vor der Vorstellung noch zugeraunt: »Ich habe es ein bißchen abgeändert, und zwar habe ich die Handlung in die Gegenwart versetzt. Das wird dir doch nichts ausmachen.« Ich hatte kein gutes Gefühl.

Ladis Vater drückte mir ein Programm in die Hand. Wir lasen:

ROTER HUT UND BLAUE BOHNEN

(Nach dem Märchen »Rotkäppchen« der Brüder Grimm, bearbeitet von HUGO WIENER, neubearbeitet von LADI GOLDMANN)

Ich hatte kein gutes Gefühl. Wir lasen weiter: das Personenverzeichnis.

WOLF, Barbesitzer
SHIRLEY, Sängerin
REDHEAD, ihre Enkelin
JAMES BOND
HUNTER, Detektiv
SENATOR
MIKE, Barkellner
RONNY, JESSY, MICKEY, SANDY – BARDAMEN

Ich hatte kein gutes Gefühl. Aber schon ging der Vorhang auf. Wo war die Stube der Mutter? Wir befanden uns in einem Nachtlokal. An einem der Tische saß Georg Frischler, Ladis Freund, als Senator – an den andern Tischen waren die »Bardamen« (Ladis Freundinnen?) plaziert. Aus ihrem Gesang ging hervor, daß sie auf Männer warteten. Ich hatte kein gutes Gefühl. Der Dialog begann.

SENATOR (ruft): Mike!

MIKE (im profanen Leben Hans Dörfler, ebenfalls ein Freund Ladis, nähert sich): Sir? (Er reicht dem Senator die Getränkekarte.)

SENATOR (liest scheinbar, sagt aber leise, zwischen den Zähnen): Wo ist der Boß? Ich muß ihn sprechen. Joe hat gepfiffen.

MIKE (ebenfalls leise): Damned!

SENATOR: Der Rauschgiftschmuggel fliegt auf.

Jetzt kam Ladi. Er hatte den dunklen Geburtstagsanzug an, um den Hals trug er eine graue Krawatte, im Gesicht eine schurkische Miene. Starker Applaus begrüßte ihn. Er näherte sich dem Senator. Aus dem Programm ersah ich, daß er den Wolf spielte. Ich hatte kein gutes Gefühl.

WOLF: Hallo, Senator!
SENATOR: Wolf! Sit down!
WOLF (setzt sich, zu Mike): Whisky!
MIKE: Okay! (Er entfernt sich.)

Die Zuschauer sahen gespannt auf die Bühne. Ich auch. Was hatte sich der Bengel da zurechtgelegt? Aber schon ging's weiter.

WOLF: Well?
SENATOR: Ich warne Sie. Der neue Gouverneur ist gefährlich.
WOLF (unbesorgt): Man muß ihm den Mund stopfen.
SENATOR: Womit?
WOLF: Mit Geld. Alles hat seinen Preis.
SENATOR: Der Gouverneur ist so reich, daß er im eigenen Flugzeug herumfliegt.
WOLF: Ich kenne viele, die im eigenen Flugzeug herumfliegen.
SENATOR: Aber nicht in der Wohnung.

Die Leute lachten. Ich auch.

WOLF: Der Polizeichef ist auf unserer Seite.
SENATOR: Der Gouverneur verläßt sich nicht auf die Polizei. Er hat sich an James Bond gewandt. Man weiß bereits, daß die Spuren der Rauschgifthändler hierherführen. Man wird nach dem Stoff suchen.
WOLF: Man wird ihn nicht finden. Meine Sängerin, Shirley, hat ein Enkelkind: Redhead. Sie bringt ihrer Großmutter jeden Abend in einem Körbchen die Tuben mit dem Make-up –
SENATOR: Und?
WOLF: In diesen Tuben ist das Heroin versteckt. Redhead weiß es nicht, und kein James Bond der Welt wird dahinterkommen, wie das Rauschgift in mein Haus gelangt.

Ich schmunzelte. Gar nicht ungeschickt. Mike brachte eine Flasche und zwei Gläser.

MIKE: Whisky, please.

Er goß ein. Im selben Moment kam Shirley, die Sängerin. Es war Dagmar, Ladis zwölfjährige Schwester. Nach einigen belanglosen Sätzen, in denen Ladi die Gäste aufforderte, in den Spielraum zu gehen, blieben die beiden allein. Das heißt, nicht sofort, da Ladi sich den Gästen anschließen wollte. Aber Shirley-Dagmar hielt ihn zurück und sagte mit einem erotischen Unterton, den ich der Zwölfjährigen niemals zugetraut hätte: »Bleib!«

WOLF: Was willst du?

SHIRLEY: Ist deine Liebe zu mir gestorben?

WOLF: Gestorben ist sie nicht, aber es geht ihr nicht gut.

Lacher. Den Scherz muß ich mir merken. Weiter!

SHIRLEY: Früher nanntest du mich dein Alles – jetzt nennst du mich gar nichts mehr.

WOLF: Sei froh, daß ich mich so zurückhalten kann.

Großer Lacher. Ich staunte. Wo hatte der Fratz den Dialog her? Ich warf einen Blick auf Ladis Eltern. Sie sahen einander an. Ich wußte, woher er ihn hatte.

SHIRLEY: Du liebtest mich – und was ist heute?

WOLF: Heute ist Samstag, ich muß mich ums Geschäft kümmern.

Noch größerer Lacher. Dagmar schrie hysterisch auf.

SHIRLEY: Ich mache nicht mehr mit!

WOLF (drohend): Was machst du nicht mehr mit?

SHIRLEY: Den Rauschgifthandel.

WOLF: Du willst mich verraten?

SHIRLEY: Du sollst ihn aufgeben.

WOLF: Meine Bande würde mich killen. (Er wechselt das Thema.) Wo ist Redhead?

SHIRLEY (eifersüchtig): Sie gefällt dir ...

WOLF: Ich will nicht leugnen, daß sie ein »gewisses Etwas« hat ...

SHIRLEY: Und ich will nicht leugnen, daß ich sie nur einem Mann gebe, der »etwas Gewisses« hat. Am besten einem Europäer. Die sind bessere Liebhaber.

WOLF (höhnisch): Die Europäer? Ein Europäer küßt einer Frau zuerst die Fingerspitzen, dann die Hand, dann den Arm, dann die Schulter – bis der zu den Lippen kommt, waschen wir Amerikaner schon die Windeln!

Damit ging er. Das Publikum johlte. Ich kannte den Satz vom Fernsehen her. Ich hatte ihn mir auch notiert.

Dagmar sagte noch: »Schuft, das sollst du mir büßen!« Dann ging auch sie.

Jetzt kamen Fritz Kandl und Egon Katzberg als James Bond und Detektiv Hunter. Nun fiel mir auch der Name auf: Hunter = Jäger! Katzberg schien der Komiker zu sein.

BOND: Hier, Katzberg (er versprach sich tatsächlich, korrigierte aber hastig) – hier, Hunter, ist die Bar, zu der die Spur der Rauschgifthändler führt.

HUNTER: Ich kenne sie. Hier ist mein Schwager als Zauberkünstler aufgetreten.

BOND: Dein Schwager ist Zauberkünstler?

HUNTER: Er war es. Er pflegte seine Partnerin in zwei Teile zu zersägen, und das verbot man ihm.

BOND: Die Polizei?

HUNTER: Die Tischlergewerkschaft.

Diese Pointe hatte er mir gestohlen. Meine Frau hatte sie in einer Coupletstrophe gesungen, und ich war sehr stolz darauf, weil es eine jener seltenen Pointen war, die ich selbst geboren hatte. Ich stieß meine Frau mit dem Ellenbogen, aber sie machte »Pst!« und blickte wie gebannt auf die Bühne.

BOND: Wirst du mir bei der Lösung des Falles Wolf behilflich sein?

HUNTER: Sure. Ich war doch auch Jason King bei dem Fall der drei Puppen behilflich. Erinnerst du dich? (Sie setzten sich.) Wir erfuhren, daß sich in der Spielwarenabteilung eines Warenhauses – in einer Puppe versteckt – ein wichtiges Dokument befand, das einer ausländischen Macht in die Hände gespielt werden sollte. Ich ging hin, drückte die erste Puppe – sie schrie »Mama« – drückte die zweite Puppe – sie schrie »Papa« – drückte die dritte Puppe – eine ganz große –

BOND: Was schrie *die*?

HUNTER: »Polizei!« Es war die Verkäuferin.

Szenenapplaus.

BOND: Du darfst hier nicht als Detektiv auftreten. Bläst du Trompete?

HUNTER: Nein. Hörst du etwas?

Die Leute jauchzten. Kandl setzte fort.

BOND: Ich wollte dich hier als Musiker einführen. Da das nicht möglich ist, wirst du einen Bargast spielen.

HUNTER: Bargast? Da wird mein Girl eifersüchtig sein.

BOND: Girl? Du hast ein Girl? Wie heißt sie?

HUNTER: Redhead. Ein hochanständiges Mädchen, das nicht einmal weiß, daß ein Lokal wie dieses hier existiert.

BOND: Vergiß sie! Die Brücke zu Wolf ist Shirley. Du mußt dich an sie heranmachen. Ich gehe sondieren.

Er ging. Redhead, ein Körbchen in der Hand, trat auf. Es war die vierzehnjährige Susi Kandl, James Bonds Schwester. Daß die Enkelin älter ist als die Großmutter, soll auch an größeren Bühnen vorkommen. Susi stolperte über einen heraussstehenden Nagel, lachte, faßte sich aber sofort wieder. »Hunter!« sagte sie überrascht.

HUNTER (ebenfalls überrascht): Redhead! Wie kommst du in dieses Lokal?

REDHEAD: Dasselbe könnte ich dich fragen!

HUNTER: Ich bin dienstlich hier.

REDHEAD: Und ich bringe meiner armen, alten Großmutter in diesem Körbchen Vitamine und Hormone, die sie stärken sollen – und auch Make-up.

HUNTER: Deiner Großmutter? Wer ist das?

REDHEAD: Shirley, die Sängerin.

HUNTER: Gib mir das Körbchen, ich bringe es ihr.

REDHEAD: Da hast du. Aber Vorsicht mit dem Make-up. Grandma macht mich täglich darauf aufmerksam.

Hunter (für sich): Im Make-up ist es also! (Zu Redhead:) Dafür kriegst du einen Kuß!

Katzberg wollte sie küssen. »Ich habe dir gleich gesagt, wir sollen das Kind nicht mitspielen lassen!« sagte Susis Vater, der hinter mir saß, zu seiner Frau. Aber da kam auch schon Ladi. Er stolperte über denselben Nagel, über den schon Susi gestolpert war, worüber sie wieder lachen mußte. »I see you later, sweetheart!« sagte Katzberg, stolperte über den Nagel und ging. Susi, die sich bereits gefaßt hatte, begann wieder zu lachen.

Wolf: Wer ist der Kerl?

Redhead: Hunter, ein Detektiv.

Wolf: Du mußt ihn vergessen. Du brauchst einen reiferen Freund.

Ladi ging mit dämonischem Blick auf Susi zu. Das war zuviel für die Ärmste. Sie hatte vor Lachen Tränen in den Augen. »Jetzt kommt der auch noch!« sagte der alte Kandl hinter mir. Susi bemühte sich, erschrocken dreinzuschauen. »Warum hast du so große Augen?« brachte sie mühsam heraus.

Wolf: Damit ich dich besser sehen kann.

Redhead: Warum hast du so große Ohren?

Wolf: Damit ich dich besser hören kann.

Redhead: Warum hast du so große Hände?

Wolf: Damit ich dich besser fassen kann!

Redhead: Warum hast du so einen großen Mund?

Wolf: Damit ich dich besser küssen kann!

Susi wich erschrocken zurück, näherte sich dem Nagel – ich hielt ihr die Daumen –, aber schon war es geschehen: Redhead saß auf dem Boden. »Hilfe!« lachte sie. Hunter, ihr Bruder, kam mit einer Pistole in der Hand. »Hände hoch!« rief er. Shirley, James Bond, der Senator, Mike und die Bardamen – alle eilten auf die Bühne. Ladi wollte auf Kandl zu – der gab einen Schuß ab. »Ich bin getroffen!« stöhnte Ladi und fiel hin, leider mit dem Gesäß auf den Nagel. Susi bekam Seitenstechen vor Lachen. »Dumme Kuh!« raunte Ladi ihr zu. Er drehte sich weg, es machte »ritsch« – der Geburtstagsanzug war an dem Nagel hängengeblieben. Susi wischte sich die Tränen aus den Augen. Mike stürzte zu seinem tödlich verwundeten Chef, kniete an seiner Seite nieder und fragte: »Haben Sie noch einen Wunsch, Boß?«

WOLF: Ja. Ich möchte noch so lange leben, bis – (Seine Stimme wird immer leiser.)

MIKE: Bis?

WOLF: Bis mir Papa die goldene Uhr schenkt, die er mir schon so lange versprochen hat!

Der Vorhang fiel, ging wieder auf, Applaus, noch ein Vorhang, noch einer. Ladi schleppte mich auf die Bühne, ich mußte mich verbeugen.

Nach der anschließenden Geburtstagsfeier gingen meine Frau und ich nach Hause. Ich hatte vor Jahren einen Krimi zu schreiben begonnen, mit dem ich nicht weiterkam. Ich werde mich mit Ladi beraten.

Je mehr man lernt, desto mehr weiß man, je mehr man weiß, desto mehr vergißt man, je mehr man vergißt, desto weniger weiß man – also wozu lernen?

(Ladi Goldmann)

O selig, o selig . . .

In einem gewissen Alter gibt es zwei Klassen von Menschen, die nicht zur Schule gehen wollen: die Lehrer und die Schüler . . .

Es war am Tag der Zeugnisverteilung. Mein Neffe Ladi, damals sieben, stand plötzlich an der Tür meines Arbeitszimmers und blickte mich an.

Ich kannte diesen Blick.

»Was gibt's, Ladi?« fragte ich deshalb in einem Ton, der ihm von vornherein klarmachen sollte, daß er von mir nichts zu hoffen hatte.

»Ich habe zwei Nachrichten für dich«, begann Ladi zögernd. »Eine gute und eine schlechte. Die gute ist: Ich habe ein prima Zeugnis bekommen . . .«

»Und die schlechte?« fragte ich.

»Die schlechte ist, daß es nicht wahr ist. Ich habe eine Drei in Betragen. Bitte, Onkel, sprich mit meinem Papa.«

»Erst erzähle mir, was du angestellt hast.«

»Nichts habe ich angestellt. Ich habe nur gesagt: ›Ja, Herr Lehrer.‹«

»Und deshalb hat man dir eine Drei in Betragen gegeben?« fragte ich ungläubig.

»Ja.«

Ich glaubte ihm nicht – und mit Recht. Er hatte, wie ich bald erfuhr, nicht nur nichts, er hatte ziemlich viel angestellt. Schuld daran war ich. Ich hatte ihn vor einiger Zeit ins Burgtheater zu

Nestroys »Schlimmen Buben in der Schule« mitgenommen. Das Lachen des Publikums über die Antworten, welche die frechen Schüler ihrem Lehrer gaben, hatte ihm imponiert, und nun wollte er es ihnen gleichtun. Er wollte sein Publikum – seine Mitschüler – lachen machen.

Begonnen hatte es am frühen Morgen. Ladi war wieder einmal zu spät zur Schule gekommen.

»Eigenartig!« fand Herr Böckmann, sein Lehrer. »Der Wurlitschek wohnt eine halbe Stunde von der Schule entfernt und kommt immer rechtzeitig – und du wohnst der Schule gegenüber und kommst täglich zu spät.«

»Das kann ich Ihnen erklären«, sagte Ladi. »Wenn der Wurlitschek zu spät aufsteht, kann er laufen – wenn *ich* zu spät aufstehe, bin ich schon da.« Die Schüler lachten.

»Setz dich!« befahl Herr Böckmann. Er war ungehalten. »Wir haben eben über den Begriff ›Freizeit‹ gesprochen. Goldmann!« Ladi stand auf. »Wenn dein Vater den ganzen Tag gearbeitet hat, was macht er am Abend?«

»Das möchte die Mama auch gern wissen!« sagte Ladi. Die Schüler brüllten.

»Unerhört!« schrie Herr Böckmann und machte einen Punkt in seinem Katalog. »Setz dich!« Er war bereits *sehr* ungehalten. »Lechner!« fuhr er fort. »Wir werden rechnen.«

Lechner, ein vierschrötiger, nicht sehr intelligenter Junge, erhob sich.

»Wenn vier Fliegen auf einem Tisch sitzen«, fragte Herr Böckmann, »und ich schlage eine tot – wie viele bleiben übrig?«

»Wenn vier Fliegen auf einem Tisch sitzen«, überlegte Lechner. Er wußte es nicht.

»Weiner!« rief Her Böckmann.

»Wenn vier Fliegen auf einem Tisch sitzen . . .« Auch Weiner wußte es nicht.

»Dann du, Goldmann! Wenn vier Fliegen auf einem Tisch sitzen, und ich schlage eine tot – wie viele bleiben übrig?«

»Nur die tote«, antwortete Ladi. Die Schüler johlten.

Herr Böckmann lief rot an. Er machte einen zweiten Punkt in seinem Katalog. Lausbub, knirschte er dabei zwischen den Zähnen, weil er das Wort nach dem neuen Schulgesetz nicht laut sagen durfte. Lausbub, Lausbub, Lausbub! Er fühlte sich erleichtert.

»Kropatsch!« rief er. »Eine andere Frage. Wir sehen zwei Ochsen. Wie kann man den Begriff ›zwei Ochsen‹ auch anders ausdrücken?«

Er wartete. »Durch die Worte –?«

»Durch die Worte ›ein Paar‹!« fiel es Kropatsch rechtzeitig ein.

»Sehr gut! Wie heißt es nun, wenn viele Ochsen beisammen sind? Leitner, du weißt es sicher!«

»Wenn viele Ochsen beisammen sind«, entgegnete der Vorzugsschüler Leitner, »dann heißt es eine Herde.«

»Brav! Goldmann, du hast wieder nicht aufgepaßt. Wie heißt es, wenn viele Ochsen beisammen sind?«

»Wenn viele Ochsen beisammen sind, heißt es eine Behörde.« Die Schüler schrien vor Vergnügen. Herr Böckmann machte den dritten Punkt in seinen Katalog. »Nun werden wir sehen, was ihr in Deutsch könnt«, sagte er. »Huber! Was habe ich dir und deinen Mitschülern für eine Hausaufgabe gegeben?«

Huber sprang auf. »Der Herr Lehrer hat mich und meinen Mitschülern –«

»Falsch!« unterbrach ihn Böckmann. »Du kannst nicht deklinieren. Wenn ich sage, Goldmann, ich habe mir in den Ferien nicht unterhalten – was habe ich da für einen Fehler gemacht?«

»Da haben Sie den Fehler gemacht, daß Sie sich keine Freundin mitgenommen haben«, entgegnete Ladi. Die Schüler kreischten vor Freude.

»Das ist doch zu bunt!« schrie Böckmann, innerlich aber rang er die Hände und knirschte: Schurke, Lump, Bösewicht!

Er machte den vierten Punkt in seinen Katalog. »Bleib stehen!« befahl er Ladi. »Das Thema unserer Hausaufgabe hieß: Die Ferien. Lies uns vor, was du geschrieben hast.«

Ladi nahm sein Heft und las: »Die Ferien. Heuer im Sommer waren wir auf dem Lande. Daselbst gab es gleich am ersten Tag eine Feuersbrunst. Feuersbrünste werden manchmal durch Kinder verursacht. Diese entstehen meistens aus Leichtsinn, Unvorsichtigkeit oder Spielerei.«

Die Schüler tobten.

»Setz dich!« tobte auch Herr Böckmann. »Sag deinem Vater, daß ich mit dir nicht zufrieden bin!«

»Herr Lehrer«, entgegnete Ladi ruhig. »Wer ist heute schon zufrieden?« Die Schüler bogen sich vor Lachen. Herr Böckmann machte den fünften Punkt in seinen Katalog.

»Nun reden wir frei – ohne Buch, ohne Heft. Goldmann, erzähle, was du am Sonntag gemacht hast.«

Ladi stand auf. »Am Sonntag war der Huber bei mir, und wir haben ein Spiel gespielt. Wir haben jeder einen Schilling eingesetzt und haben gesagt, wer von der ganzen Klasse heute die größte Lüge sagt, hat gewonnen.«

»Schämt ihr euch nicht?« brüllte Herr Böckmann. »Ich bin so alt geworden und habe noch nie gelogen!«

Da ging Ladi nach vorne und sagte: »Da haben Sie die zwei Schilling.« Die Schüler gerieten in einen Freudentaumel.

»Ruhe!« schrie Herr Böckmann. »Ihr Lumpen! Ihr Spitzbuben! Ihr Halunken!« Er vergaß auch das neue Schulgesetz. »Glaubt ihr, daß ich euer Trottel bin?«

»Ja, Herr Lehrer!« sagte Ladi. Das war das »Ja, Herr Lehrer«, das er mir eingestanden hatte, und das, zusammen mit den fünf Punkten im Katalog, genügte für die Drei in Betragen.

Ich begleitete Ladi wie der UNO-Generalsekretär Waldheim zu seinem Vater, um den Frieden im Hause Goldmann aufrechtzuerhalten. Goldmann ließ sich auf keine Verhandlungen ein. Er gab seinem Sohn eine Ohrfeige und übernahm der Welt gegenüber dafür die Verantwortung. Dann schickte er ihn auf sein Zimmer. »Dort bleibst du bis morgen früh!« schrie er. »Dann werden wir weitersehen!«

Ladi verschwand. Während ich im Salon weiterhin versuchte, Goldmann zu Friedensgesprächen zu bewegen, und mir sogar seine Frau Hermine als UNO-Truppe zur Unterstützung holte, zog Ladi auf seinem Zimmer aus einem Versteck eine Zigarette hervor, setzte sich zum offenen Fenster und rauchte. Vor seinem Vater war er sicher – den würde er erst am nächsten Morgen wieder sehen.

Inzwischen war es Hermine und mir gelungen, Goldmann umzustimmen. Er war sogar bereit, zu Ladi hinaufzugehen und ihm zu verzeihen. Zu dritt betraten wir sein Zimmer. Ladi hatte uns nicht erwartet, und so gelang es ihm nicht mehr, die Zigarette zu verstecken.

Goldmann traute seinen Augen nicht. »Du rauchst, du Lausbub?« rief er wütend. »Weißt du nicht, daß Kinder, die rauchen, nicht wachsen? Was willst du denn werden, wenn du älter bist?«

»Liliputaner«, meinte Ladi ruhig. »Da gehe ich zum Zirkus und verdiene viel Geld.«

»Du bist und bleibst ein Nagel zu meinem Sarg!« rief Goldmann aufgeregt. »Zur Strafe bekommst du jetzt auch nichts zu essen, damit du bedauerst und bereust, was du getan hast!« Ladis Mutter weinte, als wir zu dritt die Treppe hinuntergingen.

»Der Bub wird verhungern!« klagte sie. Aber Ladi verhungerte nicht. Im Gegenteil. Er war seinem Vater für den Entzug des Essens dankbar.

Nicht weil er bedauerte, nicht weil er bereute, sondern weil ihm schlecht war von der Zigarette.

Wir saßen noch beisammen.

»Du bist zu streng mit dem Kind!« jammerte Hermine.

Goldmann schüttelte den Kopf. »Der Bub muß lernen, daß das Rauchen ungesund ist«, sagte er und steckte sich eine dicke Zigarre an.

Was Kinder an ihren Eltern am meisten stört, ist, daß diese vergessen haben, daß sie auch einmal Kinder waren. So oder ähnlich dachte mein Neffe Ladi in seinem

Monolog eines Gekränkten

Ort der Handlung: Wien, Straße vor dem Haus, in welchem mein Schwager Goldmann mit Frau Hermine und Sohn Ladi ein Apartment bewohnt.

Ladi, damals neun, kommt aus dem Haus. Er trägt eine Schultasche auf dem Rücken, in der linken Hand einen vollgefüllten Plastiksack, in der rechten seinen Geigenkasten, hat bei 29 Grad Hitze seinen schweren Wintermantel an, den Sommermantel über die Schulter geschlagen, zwei Mützen auf dem Kopf, und – was das eigenartigste ist – er ist barfuß. Während er die Straße hinuntergeht, denkt er wütend bei sich: »Noch haben sie keine Ahnung, aber heute abend, wenn sie mein Verschwinden bemerken, werden sie weinen. Weinen? Heulen werden sie und Vorwürfe werden sie sich machen. Geschieht ihnen schon recht, sie sollen nur unglücklich sein. Warum haben sie mich so schlecht behandelt? Warum hat mir Papa heute wieder eine Ohrfeige gegeben? Nur weil ich es gut mit ihm gemeint habe. Weil ich mit dem Schulzeugnis nach Hause gekommen bin und gesagt habe: ›Bleib sitzen, Papa, ich bin es auch geblieben.‹ Darf man deshalb ein Kind schlagen? In einer antiautoritären Zeit? Nein. ›Diese Woche habe ich dich schon zum sechstenmal bestraft!‹ hat er gebrüllt. ›Was hast du dazu zu sagen?‹ Was hatte ich schon zu sagen? ›Ich bin froh‹, habe ich gesagt, ›daß heute schon Samstag ist.‹ Klatsch – hatte ich wieder eine. Und meine Mama? ›Geh‹, hat sie gesagt, ›ich will dich nicht mehr sehen!‹ Nur weil ich mit der Hand in das Marmeladenglas gegriffen habe und weil der Bubi Wimmer gesagt hat, seine Großmutter hat einen Lockenkopf, und ich habe gesagt, meine hat einen Schnurrbart. Ist das ein Grund, ein Kind zu verstoßen? Das ist *kein* Grund. Aber sie werden es schon sehen! Finden werden sie mich *nicht* mehr, und *wenn* sie mich finden, werde ich mich weigern, weiterhin in die Schule zu gehen.

Wozu auch? Lesen und schreiben *kann* ich nicht, und reden *läßt* man mich nicht. Und der Herr Lehrer? Hatte er ein Recht, mich anzufauchen? Nein. Soll er nicht so dumme Fragen stellen. ›Warum‹, hat er gefragt, ›hat Kain den Abel erschlagen?‹ Drauf habe ich gesagt: ›Weil er zu viele Fernsehkrimis gesehen hat.‹ Die andern haben gelacht, er hat mir einen drohenden Blick zugeworfen und hat gesagt: ›Ich warne dich! Wenn heute noch das Geringste passiert, wird es sich auf dein Zeugnis auswirken!‹

Und es *ist* passiert. In der Geschichtsstunde. In der Geschichtsstunde wollte er wissen, wann man sagen kann, daß ein König gut ist, und ich habe gesagt: ›Wenn man auch die Dame und das As dazu hat.‹ Durfte er mich deshalb in Geschichte durchfallen lassen? Er durfte *nicht.* Aber auch er wird es bereuen. Das freut mich am meisten. Auch ihm wird sich das Herz zusammenkrampfen, sooft er den leeren Platz in meiner Bank sieht, und er wird sich sagen: ›Ich bin mitschuldig, daß sich der arme Ladi etwas angetan hat!‹ Und Papa und Mama werden sich dasselbe sagen. Und Onkel Robinson und Tante Mela auch, und Onkel Wronsky und Tante Vera auch, und Onkel Hugo und Tante Cissy auch. Die beiden letzten besonders. Warum erziehen sie immer an mir herum? Neulich habe ich bei ihnen gegessen, und ich bin ein Schnellesser. ›Noch so ein Bissen‹, hat Onkel Hugo gesagt, ›und du mußt den Tisch verlassen!‹ ›Noch so ein Bissen‹, habe ich geantwortet, ›und ich bin fertig.‹ Darauf mußte ich wieder hören, daß ich ein Lausbub bin und daß ich nie etwas erreichen werde. Aber sie sollen sich täuschen. Ich werde es schon schaffen. Ich habe schon meine Zukunftspläne.«

»He«, sagte im selben Augenblick eine Stimme. Ein Polizist stand vor ihm. »Ich beobachte dich schon eine ganze Weile«, meinte er. »Wo willst du denn hin?«

»Ich gehe durch«, antwortete Ladi. »Meine Mutter hat gesagt, daß sie mich nicht mehr sehen will.«

»Aha«, lächelte der Polizist. »Dann erkläre mir aber eines: Du hast zwei Mäntel, zwei Kappen, einen Plastiksack, einen Geigenkasten – warum hast du keine Schuhe an?«

»Weil man«, erwiderte Ladi, »als Bettler eher etwas bekommt, wenn man bloßfüßig ist.«

Kinder und Narren sagen die Wahrheit. Deshalb sperrt man die Narren ein, und den Kindern verbietet man zu reden.

Mozarts Sonaten sind einzigartig. Für Kinder sind sie zu leicht, für Künstler zu schwer.

(Artur Schnabel)

Es ist noch kein Meister vom Himmel gefallen

Ladi, mein hoffnungsvoller Neffe, beging seinen vierzehnten Geburtstag. Vierzehn Jahre war er nun auf dieser Welt, vierzehn Jahre, in denen er nur Angst und Schrecken verbreitet hatte. Seine Eltern, Walter und Hermine Goldmann, baten zu einer Feier im kleinsten Kreis. Anwesend waren Robinsons, Wimmers, meine Frau und ich. Auf dem Tisch stand eine Riesengeburtstagstorte mit vierzehn brennenden Kerzen, die Ladi, das Geburtstagskind, auf einen Hieb ausblasen mußte. Ladi blies mit der Kraft eines Tornados und blies dabei eine Kerze direkt in den Schoß meiner Frau, wo sie mit kerzenartiger Geschwindigkeit ein Loch in das Kleid brannte, das die Gute sich eigens für Ladis Geburtstag gekauft hatte. Aufschreiend warf sie die Kerze auf den Boden, dort brannte sie noch ein Loch in den Teppich und verschied. Menschenopfer waren keine zu beklagen.

»Du bist doch nicht bös?« fragte Ladis Mutter besorgt.

»Wo denkst du hin?« antwortete meine Frau mit einem Lächeln, wie es Medea gehabt haben mußte, ehe sie ihre Kinder ermordete.

»Sie können ja das Kleid kunststopfen lassen«, meinte Frau Wimmer tröstend.

»Natürlich«, sagte meine Frau mit einer bei solchen Gelegenheiten an ihr seltenen Freundlichkeit. »Sie müssen mir bloß einen Kunststopfer nennen, der imstande ist, ein solches Loch kunstzustopfen.« Das klang schon weniger freundlich, aber sie hatte recht. Das Loch war so groß wie ein Zehnschillingstück vor der Inflation.

»Schluß jetzt!« versuchte ich die Situation zu retten. »Stoßen wir mit dem Geburtstagskind an.«

Jeder der Gäste hob das Glas Sherry, das man zu diesem Zweck vor ihn hingestellt hatte, um mit Ladi anzustoßen. Ich war der erste. Leider stieß Ladi zurück, und zwar mit einer Heftigkeit, daß sich der Inhalt meines Glases auf das verbrannte Kleid meiner Frau ergoß.

»Oh!« bedauerten alle.

»Macht nichts!« sagte meine Frau grimmig. »Ich kann ja das Kleid, nachdem man es kunstgestopft hat, in die Putzerei geben.« Sie warf dabei einen vernichtenden Blick auf Ladi. Die Stimmung hatte ihren Höhepunkt erreicht.

»Bedient euch!« bat die Hausfrau, die inzwischen Tee eingegossen hatte und nun die Torte herumreichte. »Hier ist Schlagobers.«

»Hattet ihr eigentlich schon immer ein Klavier?« fragte Wimmer und sah auf das an einer Wand stehende Instrument.

»Nein«, sagte Goldmann stolz, »das haben wir erst gekauft. Ladi lernt seit neuestem Klavier spielen.«

»Oh!« machten alle bewundernd.

Um Gottes willen, durchfuhr es mich. Sie werden doch nicht verlangen, daß der Bub etwas zum besten geben soll?

»Was spielst du denn, Ladi?« fragte Frau Wimmer.

»Klavier«, sagte Ladi. Für einen Vierzehnjährigen eine reichlich dumme Antwort.

Frau Wimmer lächelte. »Das hat uns schon dein Papa erzählt. Ich meine, welche Stücke du spielst.«

Ladi schwieg.

»Momentan spielt er eines, das zwölf Schilling gekostet hat«, antwortete Goldmann anstelle seines Sprößlings, »aber er hat auch schon eines um fünfzehn Schilling gespielt.«

»Und welches war das?« fragte Frau Robinson.

»Der fröhliche Landmann«, sagte Ladi.

»Das wirst du uns doch vorspielen?«

Ich hatte es geahnt.

»Nein«, zierte sich der künftige Rubinstein.

Dank, tausend Dank! Jetzt soll nur keiner sagen: Künstler wollen gebeten sein. Denn dann –

»Künstler wollen gebeten sein«, sagte im selben Moment Dr. Robinson. Ich beschloß, ihm meine Vertretung zu entziehen. Ein Mensch, der die Bestrafung seines Klienten direkt herausfordert, ist kein Anwalt für mich.

Ladi setzte sich ans Klavier und griff in die Tasten. Habe ich eben gesagt, er griff in die Tasten? Ich nehme es zurück. Er schlug in die Tasten, er hämmerte, er war ein Hasardeur, der die Tasten niederdrückte, egal, welche es waren. Waren es die richtigen, um so besser. Hätte Schumann geahnt, daß Ladi einmal seinen »Fröhlichen Landmann« spielen wird, hätte er ihn »Der rasende Ökonom« genannt. Jetzt war er fertig. Ich nahm mir aus einer Flasche, die auf dem Tisch stand, ein großes Glas Whisky. Alles applaudierte. Ich danke dir, lieber Gott, daß ich das überstanden habe. Zu früh. Ladi spielte den »Wilden Reiter«, ebenfalls von Schumann. Und er spielte ihn richtig wild. Wimmer, der grad von dem Schlagobers nahm, fiel vor Schreck der Löffel aus der Hand. Wenn ich sage, daß er auf das verbrannte und noch immer sehr nasse Kleid meiner Frau fiel, wird man mir nicht glauben, also sage ich es gar nicht. Ohne daß es jemand merkte, nahm ich einige meiner Beruhigungstabletten und spülte sie mit einem zweiten Glas Whisky hinunter. Meine Frau sah sehnsüchtig ins Weite. Wie ich später erfuhr, dachte sie an das Nachttischchen neben ihrem Bett, auf dem das Oropax lag. Robinson – recht geschieht ihm – stöhnte laut auf, seine Frau zog sich die Perücke über die Ohren, Frau Wimmer schüttelte nur immer den Kopf. Sie konnte es nicht glauben, daß es so etwas gibt. Nur Ladis Eltern starrten verzückt auf ihren Liebling. »Das Gebet einer Jungfrau«, forderte ihn der Vater auf, »Frühlingsrauschen«, die Mutter, »Donauwellen«, der Vater, »die Parade der Zinnsoldaten«, die Mutter. Ich nahm eine Tablette nach der andern, dazwischen immer einen Schluck Whisky. Das Gemisch brachte mich in eine so euphorische Stimmung, daß ich glaubte, bei einem Klavierkonzert von Svjatoslav Richter zu sitzen.

»Spiel doch das Lied, das *du* komponiert hast«, sagte der Vater. Noch zwei Tabletten, noch einen Schluck Whisky. Ladi spielte. Du darfst keine Tablette mehr nehmen und keinen Whisky, sagte ich mir. Ich fühlte mich bereits wie auf einem Rauschgifttrip.

»Das ist *deine* Komposition?« hörte ich meine Frau von fern her fragen. Wo war sie? Auf dem Kasten? Im Vogelkäfig? Noch zwei Tabletten. Sie saß vor mir in der Kaffeetasse. »Das ist doch Mozart!« sagte sie.

»Was?!?« schrie Goldmann und näherte sich drohend seinem Sohn. »Und mir hast du gesagt, daß es von dir ist und daß du es mir gewidmet hast. Und ich habe dir noch hundert Schilling dafür gegeben und dein Taschengeld aufgebessert.«

Robinson sah nach der Uhr. »Ich muß weg«, sagte er schnell, »ich habe noch eine Besprechung.«

»Ich gehe mit dir«, sagte seine Frau, »meine Mutter ist krank.«

Frau Wimmer warf ihr einen bösen Blick zu. Dasselbe wollte eben sie sagen. Wimmer bemerkte es.

»Komm!« sagte er. »Die Webers warten mit der Bridgepartie.«

Hermine begleitete die Gäste ins Vorzimmer. Meine Frau und ich blieben allein zurück und sahen noch, wie Ladi von seinem Vater eine wuchtige Ohrfeige bekam.

Mit des Vaters Ohrfeige statt des Vaters Segen trat Ladi in sein fünfzehntes Lebensjahr.

Diesmal überlasse ich es Isaac Stern, das Schlußwort zu sagen. Es heißt: »Es gibt mehr schlechte Musiker als schlechte Musik!«

Wer da sagt, es gibt keine modernen Märchen, der hat geirrt. Es gibt welche. Z. B. das Märchen vom Politiker, der nach der Wahl alle Versprechen hielt, die er vor der Wahl gegeben hatte. Freilich, Märchen wie »Rotkäppchen«, »Dornröschen«, »Der gestiefelte Kater« und viele andere – die sind dahin. Da kann man nur sagen:

Es war einmal

Mein Neffe Ladi, damals fünf, hatte einen Großvater, damals 75. Er – der Großvater – lebte in New York und kam jedes zweite Jahr für einige Wochen nach Europa, um seine Kinder zu besuchen. Er – der Großvater - liebte es, vor dem Schlafengehen an Ladis Bett zu sitzen und ihm – Ladi – Märchen zu erzählen. Märchen, die er – der Großvater – selbst ersonnen hatte und die ihn – Ladi – in den Schlaf wiegen sollten. Da gab es Kaiser und Könige, Riesen und Zwerge, Feen und Hexen, gute und böse Geister, und er – Ladi – hörte ihm zu und dachte: Ein kindischer Mensch. Und so nach einer halben Stunde, wenn die Eltern noch einmal zur Tür hereinsahen, sagte er – Ladi – leise: »Der Opa schläft schon.«

Und dann kam der Tag, an dem der Opa in der Zeitung den Artikel eines Kinderpsychologen las. Da stand: Erzählen Sie Ihren Kindern keine Märchen. Kinder, die mit Märchen aufwachsen, finden sich im Leben nicht zurecht. Stecken sie in einer mißlichen Lage, schreiben sie das einem bösen Geist zu und warten auf die gute Fee, die ihnen wieder heraushilft. Erzählen Sie ihnen Märchen, aber von Personen und Begriffen, die ihnen vertraut sind. Von Menschen, wie sie in ihrer Umgebung leben, von Charakteren, mit denen sie etwas anzufangen wissen.

Der alte Goldmann dachte nach. Grad für heute abend hatte er für Ladi so ein schönes Märchen erfunden. Das Märchen vom Prinzeßchen, das nicht lachen konnte und dessen Vater, der gute König, die drei weisesten Männer seines Landes zu sich rief, damit sie ihm einen Rat gäben, wie er es bewerkstelligen könne, daß das Prinzeßchen wieder lache. Die drei gingen in einen tiefen Wald, um nachzudenken, und weil ihnen nichts einfiel, ließ der gute König sie alle drei an einen Baum knüpfen. Und obwohl sie gar lustig im Winde flatterten – das Prinzeßchen konnte nicht lachen. Da bat der König die zahlreichen Freier der Prinzessin zu sich und tat ihnen kund, daß derjenige sie zur Frau bekommen würde, der sie zum Lachen bringen könne. Da erzählten sie ihr viele lustige Geschichten, und einem von ihnen gelang es. Die Prinzessin lachte und lachte, und der König lachte mit ihr, und der ganze Hofstaat lachte und das ganze Volk, das Vieh in den Ställen, die Hunde auf den Straßen, die Katzen auf den Dächern und die Vögel in der Luft. Und wenn sie noch nicht aufgehört haben zu lachen, lachen sie noch heute. Bis dahin, so dachte der alte Goldmann, wird Ladi schon eingeschlafen sein.

Als das Abendessen vorüber war und Ladi zu Bett ging, bat er den Großvater, ihm so wie jeden Abend ein Märchen zu erzählen. Und der alte Goldmann setzte sich zu ihm, dachte an den Kinderpsychologen und begann: »Es war einmal ein reicher Textilfabrikant namens Salzer, der eine Tochter hatte, die Selma hieß. Selma konnte nicht lachen. Da rief Salzer seine drei ältesten Angestellten in sein Büro und sagte: ›Gebt mir einen Rat, wie ich Selma zum Lachen bringe, wenn ihr dazu nicht imstande seid, schmeiße ich euch hinaus.‹ Die drei Angestellten setzten sich in ein Kaffeehaus und dachten nach, es fiel ihnen aber nichts ein. Und obwohl es heutzutage nicht leicht ist, gute Angestellte zu finden, wurden sie von Salzer gekündigt. Selma lachte nicht.

Da rief Salzer drei seiner Geschäftsreisenden zu sich, von denen es bekannt war, daß sie die besten Witze zu erzählen wußten, und sprach zu ihnen: ›Habt keine Angst, es geschieht euch nichts. Ich will ein Quiz veranstalten. Derjenige von euch, der meine Tochter zum Lächeln bringt, gewinnt eine Riesentrommel mit Waschpulver, derjenige, der sie zum Lächeln bringt, daß der Schalk aus ihren Augen blitzt, bekommt ein Fertighaus mit Auto und Garage, und der, der sie hellauf zum Lachen bringt, bekommt sie zur Frau und wird mein Geschäftspartner.‹

Und der erste begann: Ein Mann steht seit einer Stunde beim Optiker und probiert eine Brille nach der andern. ›Werden Sie nicht nervös‹, sagt der Optiker. ›Es ist schwer, die richtigen Gläser zu finden.‹ ›Sehr schwer‹, sagt der Mann, ›besonders wenn man sie für jemanden anders kauft.‹ Da lächelte Selma, und der Reisende bekam seine Riesentrommel mit Waschpulver.

Nun kam der zweite: Ein Betrunkener bringt seinen Saufkumpan mit nach Hause und zeigt ihm seine Wohnung. ›Das‹, sagt er, ›ist mein Schlafzimmer, die Frau im Bett ist meine Frau, und der Mann neben ihr bin ich.‹ Da lächelte Selma, daß der Schalk aus ihren Augen blitzte, und der zweite Reisende bekam das Fertighaus mit Auto und Garage.

Nun kam der dritte dran. Er begann: Ein Psychiater sagt zu einem Ehemann, der ihm eben sein Leid geklagt hat: ›Sie dürfen nicht länger unter dem Pantoffel Ihrer Frau stehen. Sagen Sie ihr: Ab heute bin *ich* der Herr im Haus, und du hast mir zu gehorchen. Du machst mir ein gutes Abendessen, putzt mir meine Schuhe, nach dem Essen gehe ich aus – und wer, glaubst du, wird mir meinen schwarzen Anzug zurechtlegen und die Masche binden?‹ Darauf wird sie ganz kleinlaut sagen: ›Ich.‹ Der Mann ging nach Hause und sagte zu seiner Frau: ›Ab heute bin *ich* der Herr im Haus, und du hast mir zu gehorchen. Du machst mir ein gutes Abendessen, putzt mir meine Schuhe, nach dem Essen gehe ich aus – und wer, glaubst du, wird mir meinen schwarzen Anzug zurechtlegen und die Masche binden?‹ Darauf sagte die Frau: ›Der Leichenbestatter.‹ Da lachte Selma, lachte und lachte, und der Vater lachte mit ihr, und alle Angestellten lachten und alle Arbeiter, und der Hund unter dem Schreibtisch lachte und die Katze auf dem Fauteuil und der Kanarienvogel im Käfig. Der Reisende aber, er hieß Emil, bekam Selma zur Frau.« Der Großvater hatte zu Ende erzählt. »Schläfst du schon?« fragte er Ladi.

»Nein«, sagte Ladi munter, »erzähl weiter!«

Und der alte Goldmann, der nicht mehr wußte, *was* er erzählen sollte, erzählte: »Da Selmas Zwerchfell solange untätig gewesen war, lachte sie jetzt über alles und jedes. Kam Emil nach Hause und berichtete ihr, daß er ein gutes Geschäft gemacht habe, lachte sie – kam er nach Hause und berichtete, daß er ein schlechtes Geschäft gemacht habe, lachte sie auch. Das machte Salzer glücklich – Emil machte es nervös, denn wer will schon eine Frau haben, die immerfort lacht? Also widmete er sich mehr dem Geschäft und kümmerte sich immer weniger um seine Gemahlin. Und als Selmas Zwerchfell nachgeholt, was es solange versäumt hatte, wurde sie wieder ernst, und kein Lächeln zeigte sich mehr auf ihren Lippen. Da wurde Salzer böse, und er sagte zu seinem Schwiegersohn: ›Wenn du Selma nicht wieder lachen machst, löse ich unseren Vertrag. Dann kannst du sehen, wo du bleibst.‹ Emil versuchte alles, um den Willen seines Schwiegervaters zu erfüllen. Er gab Parties, er ging mit Selma ins Theater – umsonst. Selma lachte nicht. Da sagte Emil zu Salzer: ›Ich glaube, es wird am besten sein, wenn ich Selma auf Reisen schicke. Ich habe Verwandte in Venezuela, dort wird sie sich zerstreuen und wird wieder lachen.‹ Schläfst du schon?«

»Nein«, sagte Ladi vergnügt, weil er fühlte, daß seinem Großvater der Faden ausging.

Und der alte Goldmann setzte, wenn auch etwas ungehalten, fort: »Selma kam nach Venezuela, lernte dort die Verwandten ihres Mannes kennen, seinen Onkel, seine Tante und seinen Cousin Carlos. Carlos war jung und hübsch, hatte breite Schultern und eine schmale Taille, und wenn er seinen Mund öffnete, blitzten seine Zähne, daß es eine Freude war. Er war ganz der Typ, der Frauen gefällt, aber das verstehst du noch nicht. Schläfst du schon, du Lausbub?«

»Nein«, sagte Ladi wach und zerbröselte sich innerlich vor Lachen.

Wütend erzählte der alte Goldmann weiter: »Als Selma wieder nach Hause flog, lud sie Carlos ein mitzukommen. Die beiden wurden freudig empfangen, aber Selma lachte nicht. Da sprach Emils Vater zu Salzer: ›Warum willst du eigentlich, daß Selma lacht? Meine Frau, Emils Mutter, hat immerzu gelacht, und ich habe mich von ihr scheiden lassen, weil sie einen Freund gehabt hat und weil sie, sooft sie gelacht hat, an den andern gedacht hat. Seien wir froh, daß Selma so ist, wie sie ist. Nur so ist mein Sohn sicher, daß sie ihm immer treu war – auch in Venezuela – und daß sie ihn nie betrügen wird.‹«

Da setzte Ladi fort: »Und da lachte Selma und lachte und lachte, und Carlos lachte mit ihr, und alle Angestellten lachten und alle Arbeiter, und der Hund unter dem Schreibtisch lachte und die Katze auf dem Fauteuil und der Kanarienvogel im Käfig.« Darauf gab ihm der Großvater eine Ohrfeige.

Zu Unrecht, wie ich feststellen muß. Denn, um das Märchen zu Ende zu erzählen: Emil lachte mit, weil er ein kluger Mann war, der da dachte: Lache ruhig über dich selbst – wenn es schon alle andern tun.

Aus schlechten Schülern können bedeutende Männer werden – aus bedeutenden Männern niemals schlechte Schüler. Sie werden sich fragen, lieber Leser, schöne Leserin, wie diese Weisheit zu der nachfolgenden Geschichte paßt, aber glauben Sie, sie paßt dazu – wenn diese auch heißt:

Joseph und Potiphar

Nach der Meinung ihrer Lehrer waren die Schüler: Einstein gelangweilt, Churchill faul, Edison zerstreut und Picasso desinteressiert. Mein Neffe Ladi, zur Zeit, in der diese Begebenheit spielt, vierzehn, war bloß dumm.

Das Gymnasium, das Ladi besuchte, bereitete eine Jahresschlußfeier vor, aus welchem Anlaß auch ein Theaterstück gespielt werden sollte, und dieses Theaterstück sollten die Schüler verfassen. Die Lehrerschaft wählte – o Wunder in der heutigen Zeit – ein biblisches Thema, und zwar: Joseph und Potiphar. Jeder der Schüler sollte versuchen, aus der bekannten Geschichte von der erotischen Frau Potiphar und dem keuschen Joseph ein Bühnenwerk zu schreiben, das beste werde man aussuchen und zur Aufführung bringen.

Ladi war ratlos. Er erkundigte sich bei seinem um zwei Jahre älteren Freund Tommy, wie das so zuginge bei einer Verführung. Tommy meinte, das wäre lächerlich, so etwas gebe es heute nicht mehr; wenn man mit einem Mädchen aus der Diskothek kommt, fragt man sie: »Trinken wir noch ein Cola?«, sie fragt: »Vorher oder nachher?«, und die Sache ist geritzt.

Ladi horcht herum. Er hört, was seine Mutter mit ihren Freundinnen Mela Robinson und Vera Wronsky spricht. Wovon sprechen sie? Vom Kochen, vom Personal, das immer schlechter wird, von den sozialen Abgaben, die sie für ihre Hausangestellten zu leisten haben, von der Gewerkschaft, von diversen Parties – und dann von ihren Bekannten. Vor allem von Frau Spannagl, deren Mann ein Trottel ist, weil er nicht weiß, daß das Auto, welches seine Frau angeblich von ihrem Vater bekommen hat, von dem reichen Kommerzialrat Fichtl stammt, und er nicht sieht, daß sie dem neuen Reisenden, den er eingestellt hat, nachläuft und alle Anstrengungen macht, ihn zu verführen, daß aber dieser anscheinend nichts davon wissen will.

Verführen! Jetzt weiß Ladi, was er zu schreiben hat. Er überträgt einfach alles ins Altägyptische. Er erkundigte sich bei mir noch wegen des technischen Problems. *Wie* man ein Theaterstück schreibt, was die Regiebemerkungen betrifft usw. Ich war dann längere Zeit nicht in Wien – als ich zurückkam, war bereits alles entschieden. Trotzdem las ich das Manuskript, das ich von Ladis Mutter bekam, mit großem Interesse. Nachstehend finden Sie die ungekürzte Ausgabe des Werkes, Copyright by Ladi Goldmann, alle Rechte vorbehalten.

Joseph und Potiphar

Personen:
Hauptmann Potiphar
Frau Potiphar
Amneris } ihre Freundinnen
Semiramis }
Joseph aus Kanaan
Nebukadnezar, Sklavenhändler
Rhamses, Sklave bei Potiphar

(Spielt im alten Ägypten, im Wohnzimmer der Frau Potiphar. Tischchen mit Hockern, Ruhebett usw. AMNERIS und SEMIRAMIS sind auf der Szene)

Amneris: Ich muß gehen. Mein Mann kommt nach Hause, und das Essen ist nicht fertig. Gebratener Ibis mit Sonnenblumenkernen.
Semiramis: Haben Sie keine Küchensklavin?

Amneris: Die hat heute ihren freien Tag.

Semiramis: Seien Sie froh, daß Sie überhaupt eine haben. Diese modernen Sklavinnen haben doch von nichts eine Ahnung! Meine, zum Beispiel, läßt die Frühstückseier immer hart kochen. Fünf Minuten! Ihre auch?

Amneris: Bei uns ist noch gar keine so lange geblieben.

Semiramis: Unsere Freundin Potiphar hat auch Pech mit dem Personal. Ihr Lieblingssklave Rhamses ist ein richtiger Gewerkschaftler.

Rhamses: (tritt auf)
Freundschaft, meine Damen!

Amneris: Isis zum Gruß, Rhamses! Sie sehen abgespannt aus.

Rhamses: Kein Wunder. Mir hat vor ein paar Nächten vom Arbeiten geträumt – seither trau' ich mich nicht mehr einzuschlafen.

Amneris: (mit Absicht)
Diese vielen Parties hier im Haus. (aushorchend) Stimmt es, was man sich von Ihrer Herrin und dem Kommerzialrat Rhadames erzählt?

Rhamses: Ich habe nichts gesagt.

Semiramis: Das Nilboot, das sie hat, soll von ihm sein.

Rhamses: Ich habe nichts gesagt.

Amneris: Was sagt denn da ihr Gatte, der Hauptmann Potiphar, dazu?

Semiramis: Der muß doch schweigen. Alles, was er hat, hat er von ihren Freunden.

Rhamses: (kichert)
Sogar die Kinder. (schnell) Ich habe nichts gesagt!

Amneris: (versucht ihn zu umgarnen)
Sie wüßten sicher manches zu erzählen. Kommen Sie zu mir, ich kaufe Sie frei.

Semiramis: Kommen Sie lieber zu mir! Ich brauche schon seit langem einen Sklaven, der die Hausarbeit macht, das Geschirr spült, der keine Antwort gibt, wenn ich ihm etwas sage –

Rhamses: Sie brauchen keinen Sklaven, Sie brauchen einen Mann. Ich bleibe hier, vorausgesetzt, daß meine Bedingungen erfüllt werden. Ich brauche eine Hilfskraft. Ich habe bereits mit dem Chef gesprochen, und er hat sofort einen Papyrus an den Nebukadnezar Nowatschek geschrieben. Das ist der beste Sklavenhändler von Ägypten. Wenn *der* nichts hat, hat keiner etwas. Allein ist die Arbeit nicht mehr zu bewältigen. Jede Nacht Besuche –

Amneris: (schnell einhakend)
Wie Herr Rhadames –

Rhamses: Ich habe nichts gesagt.

Semiramis: Er schätzt Ihre Herrin wohl sehr?

Rhamses: Ungemein. Neulich sagte er, wenn unsere Chefin nicht wäre, würde er niemals das werden, was er bald sein wird.

Semiramis: Was wird er bald sein?

Rhamses: Pleite. Ich warte noch einige Tage – wenn bis dahin kein zweiter Sklave kommt, fragen Sie wieder bei mir an. So ist es nicht mehr zu machen. Sie werden sehen – gleich wird mich wieder einer rufen.

Potiphar: (hinter der Szene)
Rhamses! Rhamses!

Rhamses: Da ham S'es!

Potiphar: (ägyptischer Hauptmann, tritt ein)
Isis zum Gruß, meine Damen! (zu Rhamses) Wo ist mein Säbel, Rhamses? Ich suche ihn schon den ganzen Vormittag!

Rhamses: Was weiß denn ich, Herr Chef? Am Morgen habe ich noch damit Erdäpfel geschält.

Potiphar: (aufgebracht)
Mit meinem Säbel? Mit dem ich gegen die Assyrer und Perser gekämpft habe? Sofort bringen Sie mir den Säbel oder –

Rhamses: Jetzt geht es nicht, Herr Chef, jetzt habe ich Mittagspause.

Potiphar: Gehen Sie!!

Rhamses: Ja, ja! (schnell ab)

Amneris: Wo steckt denn unsere Freundin?

Potiphar: Die Poti? Die läßt sich salben. Es ist gestern etwas spät geworden – da läßt sie sich am nächsten Tag immer das Gesicht aufbügeln.

Semiramis: Wo waren Sie denn gestern?

Potiphar: Bei Kommerzialrat Rhadames. Ich sage Ihnen, meine Damen – ein Büffet! Jetzt weiß ich, warum man von den »Fleischtöpfen Ägyptens« spricht. Die feinsten Delikatessen! Nilpferdfleisch, Krokodilschnitzel in Wüstensand paniert, Kobrafilets, Elefantensulz – ich habe leider ein Natternsteak gegessen, und ich vertrage den Schlangenfraß nicht. Mir ist so schlecht geworden ...

Amneris: Da hat Sie Ihre Gattin sicher gleich nach Hause gebracht ...

Potiphar: Das denken *Sie!* Zu ihrer Schneiderin hat sie mich geschleppt! Mitten in der Nacht!

Semiramis: Wozu?

Potiphar: Damit sie sich meine Wangen anschaut. Sie wollte schon lange ein Kleid in so einem zarten Grün haben.

Amneris: (plötzlich)
Ich muß gehen!

Semiramis: Ich auch! Auf Wiedersehen, Hauptmann!

Potiphar: Auf Wiedersehen!
(die beiden Damen gehen ab. Frau Potiphar tritt auf)

Potiphar: Da bist du ja, Poti! So lange warst du in der Salbei?

Frau Potiphar: Bist du vielleicht eifersüchtig?

Potiphar: Laß den geringschätzigen Ton und sei froh, daß du mich hast. Heute steht in der Zeitung, daß bei dem herrschenden Frauenüberschuß auf zwei Frauen nur eineinhalb Männer kommen.

Frau Potiphar: Da habe *ich* den halben erwischt.

Potiphar: (wütend)
So! Bin ich dir vielleicht nicht männlich genug? Dann werde ich dir sagen, daß mir die Geschichte mit dem Rhadames nicht mehr paßt!

Frau Potiphar: (verträumt)
Sieht er nicht gut aus?

Potiphar: Kunststück! Er zieht sich immer so elegant an.

Frau Potiphar: Und so schnell ... (erschrickt) Ich meine –

Potiphar: Ich weiß, was du meinst!

Frau Potiphar: Als Ehemann muß man ein Auge zudrücken können.

Potiphar: Das kann ich! Aber mit dem andern sehe ich immer noch genug! (lenkt ein) Poti! Bin ich dir nicht immer ein hingebender Gatte gewesen?

Frau Potiphar: Ein hingebender genügt mir nicht – ich brauche einen hergebenden. Ich muß repräsentieren. Oder soll ich heute zur Orgie wieder das schwarze Kleid anziehen?

Potiphar: Heute ist schon wieder Orgie? Ich bin noch müde von gestern.

Frau Potiphar: Du brauchst ja nicht mitzukommen. Rhadames holt mich mit seinem Pferdewagen ab. Wir werden in einem Motel übernachten.

Potiphar: (außer sich)
In einem Motel? (mit drohend erhobener Faust) *Mure*!

Rhamses: (stürzt herein)
Der Sklavenhändler ist da! Er bringt einen Burschen!

Frau Potiphar: Wie sieht er aus?

Rhamses: Er wird Ihnen gefallen. (zu Potiphar, hastig) Ich habe nichts gesagt!

Nebukadnezar: (tritt auf)
Isis zum Gruß, großer Hauptmann! Ich bringe Euch den bestellten Sklaven.

Potiphar: Er soll hereinkommen.

Frau Potiphar: Noch nicht. Ich muß mich erst schönmachen.

Potiphar: Willst du ihm gefallen?

Frau Potiphar: Keine Angst! Ich bin eine Frau, die auf den Ruf achtet. (Sie verläßt das Gemach)

Rhamses: Aber auf jeden Ruf!

Potiphar: Was?!?

Rhamses: Ich habe nichts gesagt!

Nebukadnezar: (ruft hinaus)
Komm herein, Joseph!
(Joseph, sehr verschämt, einen kurzen Mantel umgehängt, tritt ein)

Joseph: Guten Morgen!

Potiphar: (enttäuscht)
Das ist er?

Nebukadnezar: Eine Okkasion! Die Ware müssen Sie sich anschauen! Die Muskeln, die Schenkel, das Gebiß! (befühlt Joseph und reißt ihm den Mund auf)

Rhamses: (schaut mit den beiden andern in Josephs Mund) Da hat er eine Plombe! (steckt Joseph den Finger in den Mund, Joseph beißt zu) Au! Ich habe nichts gesagt!

Potiphar: Was soll der kosten?

Nebukadnezar: Zehn Krokodilhäute.

Potiphar: Diese Mißgeburt? Schauen Sie sich die Plattfüße an! So etwas bekomme ich bei Abd el Polatschek für fünf Lammfelle.

Nebukadnezar: Warum kaufen Sie dann Ihre Sklaven nicht bei Polatschek?

Potiphar: Weil er keine hat.

Nebukadnezar: Wenn *ich* keine habe, verkaufe ich sie um *drei* Lammfelle. Sie müssen ihn bei Tageslicht sehen. Das ist importierte Ware aus Kanaan.

Potiphar: Zehn Krokodilhäute sind mir zuviel. Wenn Sie *acht* Krokodilhäute verlangen würden –

Nebukadnezar: Meinetwegen.

Potiphar: Wäre er mir auch noch zu teuer. Wenn Sie auf *sechs* gehen –

Nebukadnezar: Einverstanden.

Potiphar: Ist es noch immer nicht zu machen. Wenn ich Ihnen aber *vier* biete –

Nebukadnezar: Gut.

Potiphar: – und Sie mir zwei nachlassen, sage ich: *eine* bezahle ich.

Nebukadnezar: In Ordnung.

Potiphar: Allerdings muß ich ihn erst meiner Frau zeigen. (Joseph erschrickt, will weg, die drei halten ihn zurück) Was hat er?

Nebukadnezar: Er ist so keusch.

Rhamses: Das wird er sich bei uns abgewöhnen! (schnell) Ich habe nichts gesagt!

Frau Potiphar: (kommt zurück, bleibt beim Anblick Josephs überrascht stehen) Der neue Sklave? Er ist schön!

Nebukadnezar: Und die Qualität! Den müssen Sie angreifen! (Joseph erschrickt, will fort, wird wieder zurückgehalten)

Frau Potiphar: Er ist gekauft. Man melde ihn sofort bei der Krankenkasse an. Laßt mich mit ihm allein!

Rhamses: (leise zu Joseph)
Jetzt mußt du gescheit sein! Überstunden, Orgienzulage . . .

Frau Potiphar: Geht!

Nebukadnezar: Wo bekomme ich meine Krokodilhaut?

Potiphar: Kommen Sie mit mir, ich gebe Ihnen einen Scheck auf die Sandbank!
(mit Nebukadnezar und Rhamses ab)

Frau Potiphar: (betrachtet Joseph wohlgefällig)
Wie heißt du?

Joseph: (verschämt)
Joseph.

Frau Potiphar: Du bist kein Ägypter?

Joseph: Nein, ich komme aus Kanaan. Mein Vater ist Jakob – von der Firma Jakob & Söhne, Felle und Rauchwaren en gros.

Frau Potiphar: Willst du nicht deinen Mantel ablegen, Joseph?

Joseph: Nein.

Frau Potiphar: Warum nicht?

Joseph: Es könnte mir kühl werden.

Frau Potiphar: Du bist zum ersten Mal in unserem Land. Hast du den Nil gesehen? Die Sphinx? Die Pyramiden?

Joseph: Alles.

Frau Potiphar: Und was hat den größten Eindruck auf dich gemacht?

Joseph: Die Wüste.

Frau Potiphar: Ihre Glut strömt Sinnlichkeit aus. Fühlst du das auch?

Joseph: Nein.

Frau Potiphar: Was denn dachtest du bei ihrem Anblick?

Joseph: Was das für ein herrlicher Parkplatz wäre.

Frau Potiphar: (hat auf dem Ruhebett Platz genommen) Setz dich zu mir, Joseph!

Joseph: Danke, ich stehe lieber.

Frau Potiphar: Warst du immer so schüchtern?

Joseph: Immer. Deshalb hatte mich mein Papa am liebsten von allen meinen Brüdern. Und weil er mir diesen Mantel gekauft hat, haben sie mich aus Neid in eine tiefe Grube geworfen. Dort hat mich der böse Sklavenhändler gefunden.

Frau Potiphar: Wie viele Brüder hast du?

Joseph: Elf.

Frau Potiphar: Schrecklich! Wie konnte dein Vater zwölf Söhne haben?

Joseph: Kennen Sie Kanaan?

Frau Potiphar: Nein.

Joseph: Dort kann man bei Nacht nichts anderes machen.

Frau Potiphar: Leg deinen Mantel ab, Joseph!

Joseph: Nein!

Frau Potiphar: Leg deinen Mantel ab! Ich schenke mich dir!

Joseph: Ich lasse mir nichts schenken!

Frau Potiphar: Liebe ist keine Sünde, Joseph! Alle tun es! Die Mädchen, die Buben, die Damen, die Könige –

Joseph: Die Asse tun es nicht!

Frau Potiphar: Joseph! Führe mich in die Wüste der Leidenschaft!

Joseph: Was bin ich? Ein Kamel?

Frau Potiphar: Leg deinen Mantel ab, Joseph! Komm! Komm! (sie zieht ihn zu sich, Potiphar tritt auf)

Potiphar: Ha! Meine Frau und der neue Sklave?! (Joseph will fliehen, Frau Potiphar hält ihn zurück)

Frau Potiphar: Hab keine Angst, Joseph, es ist nur mein Mann! (leidenschaftlich) Ich werde die ganze Nacht auf meinem Zimmer sein, Joseph! Und du?

Joseph: Ich auch!

(Der Vorhang fällt)

Von seinem Lehrer bekam Ladi einen Verweis, von seinem Vater eine Ohrfeige. Ich verkaufte das Manuskript dem Fernsehen für eine Parodiensendung. Das Honorar, das ich dafür bekam, legte ich, zugunsten Ladis, auf ein Sparbuch.
Es ist nicht das erste Mal, daß in Österreich ein Genie verkannt wurde.

Ein Schilling erspart ist ein Schilling verdient – und ein Schilling besteuert. Trotzdem – der Mensch soll sparen. Eines Tages wird er sein Geld brauchen, und wenn nicht er selbst, dann seine Söhne und Töchter. Und wer hilft uns sparen? Wer sonst als die Versicherung, die Bank und der

Supermarkt

Ich bin kein Knicker, aber ich liebe Gelegenheitskäufe. Suche ich z. B. nach einer bestimmten Krawatte und finde ich sie im Schaufenster eines Herrenmodegeschäftes, dann kaufe ich sie nicht sofort, sondern warte, bis ich in einem andern Geschäft eine fast ebenso aussehende Krawatte sehe, die um dreißig Prozent billiger ist. Die kaufe ich auch nicht. Ich suche weiter und finde in einem dritten Geschäft eine Krawatte, die der aus dem ersten Geschäft täuschend ähnlich sieht, die aber um *fünfzig* Prozent billiger ist. Die kaufe ich, nehme sie mit nach Hause, packe sie aus und sehe, daß sie anders aussieht als die im zweiten Geschäft und ganz anders als die im ersten. Die erste war blau, die zweite blaßblau, die dritte ist grün. Die erste war breit gestreift, die zweite schmal gestreift, die dritte ist getupft. Die erste war aus Seide, die zweite aus einem knitterfreien Kunststoff, die dritte knittert sich derart schamlos, daß man sie höchstens ein einziges Mal tragen kann, und das am besten in der Hand. Ich werfe sie weg, gehe zurück und kaufe mir die erste. So geht es mir mit Krawatten. Mit Schuhen ist es bedeutend ernster. Ich will mir ein Paar bequeme schwarze Lederschuhe kaufen und kaufe mir braune Kunstlederschuhe, die zwar billig, aber für mich eine Nummer zu klein sind. Ich schenke sie her, gehe zurück und kaufe die bequemen schwarzen Lederschuhe. Aber man kann mir nicht nachsagen, daß ich nicht versucht habe, Geld zu sparen.

So war die Einführung der Supermärkte eine Wonne für

mich, und als ich hörte, daß man dort neben Lebensmitteln, Zahnbürsten und Strumpfhosen auch Bücher verkauft, kannte meine Freude keine Grenzen mehr. Wenn die Konsumenten unserer Wohlfahrtsgesellschaft billige Bücher bekommen, werden sie diese auch kaufen. Ob sie sie lesen werden, ist eine andere Sache.

Heute kam mein Neffe Ladi zu mir. »Ich habe eine Bitte, Onkel!« sagte er. »Ich habe jetzt bald Geburtstag. Könntest du meinem Vater nicht beibringen, daß er mir eine Weltgeschichte kauft?«

»Hm. Das ist ein teurer Spaß, und du kennst deinen Vater.«

»Es ist gar nicht so teuer«, klärte Ladi mich auf. »Man bekommt jetzt eine im Supermarkt. Zwölf Bände. Jede Woche erscheint ein Band. Den ersten kriegt man ab heute. Er kostet nur hundertneunundzwanzig Schilling neunundneunzig Groschen.«

Wirklich billig, dachte ich. Solche Angebote gibt es eben nur im Supermarkt. »Weißt du was, Ladi«, schlug ich großzügig vor, »die Weltgeschichte kaufe *ich* dir.« Ladi war außer sich vor Freude. Wir beschlossen, sofort in den Supermarkt zu gehen. Ich sagte es meiner Frau – sie ging mit uns.

Als wir ankamen, fragte ich einen Angestellten: »Wo bekommt man hier die Weltgeschichte?«

»Im ersten Stock«, sagte er. »Die Treppe ist hinten.« Also gingen wir nach hinten.

»Moment!« meinte meine Frau plötzlich und blieb stehen. »Hier gibt es ein echtes Sonderangebot. Billige Suppenkonserven.« Sie wählte sechs verschiedene und gab sie mir zu tragen.

»Juj!« rief Ladi. »Die Riesenschokolade! Die sieht man jeden Abend im Fernsehen!«

»Willst du eine?« fragte meine Frau gütig.

»Ja bitte!«

Sie kaufte Ladi zwei Riesenriesenschokoladen, weil zwei nicht viel teurer waren als eine.

»Gehen wir weiter«, drängte ich.

AUSGANG

»Augenblick!« sagte meine Frau. »Wie gefallen dir diese Pullover? Die kosten im Geschäft mindestens das Doppelte!« Sie gefielen mir überhaupt nicht, aber sie nahm trotzdem drei Stück davon, weil sie so preiswert waren, und gab sie mir.

»Da gibt es noch T-Shirts mit Elvis Presley!« jauchzte Ladi. »Die sind schon überall ausverkauft!« Er bekam drei T-Shirts mit Elvis Presley. Daß darunter noch andere mit John Travolta lagen, war mein Pech. So bekam er noch drei mit John Travolta. Und drei mit Frank Sinatra. Und drei mit Dean Martin. Ich nahm eines der kleinen Wägelchen und lud alles auf.

»Guck dir diesen Rasenmäher an!« rief meine Frau auf das höchste überrascht. »Der ist direkt geschenkt!« Sie nahm einen Rasenmäher.

»Und dort! Der süße Autofeuerlöschapparat!« Sie kaufte einen Autofeuerlöschapparat. Wozu? Wir haben kein Auto. Ehe ich ihr noch etwas sagen konnte, hatte sie eine Fahrradpumpe, eine Schneeschaufel und eine Riesentrommel mit Waschpulver gewählt. Wir haben kein Fahrrad, wir schaufeln keinen Schnee, und wir geben unsere Wäsche noch immer in die Wäscherei.

»Was ist *das?*« fragte Ladi. Er zeigte auf ein Gebilde aus Eisen. Wir wußten alle drei nicht, was es ist, aber meine Frau kaufte es, weil es so billig war. Wir kamen zur Treppe und fuhren in den ersten Stock. Unterwegs gab es, Gott sei Dank, nichts zu kaufen, dafür aber oben. Wäsche, Schlafröcke, Hauskleider. Ich nahm ein zweites Wägelchen, meine Frau hatte inzwischen zwei Handtaschen gewählt, Ladi eine Schultasche. Auch ein Damenregenschirm fuhr mit uns. Und Wäsche, Schlafröcke, Hauskleider. Wir kamen zur Abteilung Kosmetika.

»Diese Preise!« jubelte meine Frau. Wir kauften Zahnpasta, Mundwasser, Seifen, Toilettenwasser, Waschlappen, Badeschwämme, Badesalz, Schaumbäder – sollte demnächst ein Krieg ausbrechen, wir wären auf Jahre hinaus mit allem versorgt, was der Hygiene dient. Ladi bekam noch ein Schlauchboot und eine Tauchausrüstung. Endlich kamen wir zu den Büchern, wo ich Ladi den ersten Band der Weltgeschichte um hundertneunundzwanzig Schilling neunundneunzig Groschen kaufte. Es war wirklich ein sogenanntes Aktionsangebot.

Als ich zur Kassa kam, bezahlte ich für alles, was wir gekauft hatten, neunhundertneunundneunzig Schilling neunundneunzig Groschen. Ich mußte mit Scheck bezahlen, weil ich nicht soviel Bargeld bei mir hatte, und bekam auf einen Tausender einen Groschen heraus.

Katharina Schratt erwarb einmal einen Brillanten und fragte Kaiser Franz Josef: »Was glauben Sie, Majestät, was der kostet?« Der Kaiser, der keine Ahnung von Geld und Wertsachen hatte, besah den Stein und sagte dann: »Der kostet mindestens fünfzehn Kronen.«

»Fünfzehn Kronen?« lachte die Schratt. »Der kostet fünfunddreißigtausend Gulden!«

Worauf der Kaiser ruhig sagte: »Auch net teuer.«

Der Preis von hundertneunundzwanzig Schilling neunundneunzig Groschen für die Weltgeschichte galt übrigens nur für den ersten Band. Jeder weitere Band kostete dreihundertneunundvierzig Schilling neunundneunzig Groschen.

Ich bin neugierig, was die Buchhändler demnächst für ein Glas Essiggurken verlangen werden.

Wenn man einen Brief lange genug ungeöffnet liegen läßt, beantwortet er sich von selbst. Nicht so jenes Schreiben, das ich vor einigen Tagen erhielt. Es war

Ein rätselhafter Brief

Mein Schwager Goldmann ist, wie meine Leser wissen werden, kein Freund von unnützen Geldausgaben. Er ist sparsam. Sparsam ist nicht der richtige Ausdruck. Er ist geizig. Einer seiner Angestellten behauptete einmal von ihm, er wäre so geizig, daß er, wenn er einmal Selbstmord begehen sollte, nur ein langsam wirkendes Gift trinken würde, damit er sich noch den Einsatz für die Flasche holen könnte. Das bekommen natürlich auch Hermine, seine Frau, und Ladi, sein Sohn, zu spüren. Als Hermine sich einen Mantel wünschte, kaufte er ihr einen Pelz und redete ihr ein, daß Polyamid in der Kürschnersprache Zobel heiße. Ladi kaufte er zu Weihnachten eine Skiausrüstung – Schuhe, Anzug, Helm –, die Skier bekommt er zum nächsten Weihnachtsfest.

Eines Abends saß unsere Freundesrunde beisammen und berichtete über ihre Sommerpläne. Robinsons hatten sich für eine Mittelmeerkreuzfahrt entschieden, Wronskys wollten eine Safari machen, Joschi und Tutzi zog es nach Spanien, meine Frau und ich hatten eine Nordlandreise gebucht. »Alles Unsinn!« brummte Goldmann. »Wir bleiben in Österreich. Ich werde mein Geld nicht ins Ausland tragen, wo die Ausländer ein Vermögen bezahlen, damit sie zu uns kommen können.«

Und er mietete ein Zimmer für drei Personen in einem Gasthof in Krummkreuzstetten am Bach.

Die Folge? Vierzehn Tage später bekam ich ein Schreiben,

eben jenen oben erwähnten rätselhaften Brief, von meinem Neffen Ladi, damals zehn. Er schrieb:

Lieber Onkel! Seit vierzehn Tagen sind wir hier, und es regnet ununterbrochen. Ich habe keinen Spielgefährten und so kann ich den ganzen Tag nur Rätsel lösen. Ich kann auch schon selbst Rätsel fabrizieren.

Was glaubst du, was Krummkreuzstetten für ein Ort ist?
a) ein Kurort
b) ein Landschaftsparadies
c) ein ödes Nest
Wir wohnen hier
a) sehr schön
b) schön
c) wie in einer Räuberhöhle
Vom Dach rinnt
a) Wein
b) Cola
c) das Wasser
herein. Das Zimmer ist
a) luftig
b) trocken
c) feucht
Was Papa und Mama den ganzen Tag machen?
a) schwimmen
b) wandern
c) streiten
Papa schaut den ganzen Tag
a) den Wolken
b) den Kühen
c) den Mädchen nach
Besonders der Tochter von unserem Wirt. Der Wirt hat Papa deshalb
a) eine Preisermäßigung
b) ein besseres Zimmer

c) ein paar Grobheiten

gegeben. Das Essen, das wir bekommen, ist

a) sehr gut
b) gut
c) schrecklich

Gestern haben wir Rindfleisch gehabt. Mama hat sich daran

a) delektiert
b) ergötzt
c) einen Zahn ausgebissen

Papa hat gesagt

a) schade
b) das tut mir leid
c) das kann nur dir passieren

Der Wirt hat einen Hund. Papa hat ihn gestreichelt. Der Hund hat Papa

a) das Pfötchen gegeben
b) die Hand abgeleckt
c) in den Finger gebissen

Mama hat gesagt

a) schade
b) das tut mir leid
c) das kann nur dir passieren

Vor unseren Fenstern gibt es einen Schweinestall. Die Schweine

a) grunzen
b) spielen
c) stinken bis zu uns herauf

Ich schreibe dir diesen Brief in Rätselform, weil Papa gesagt hat, wenn ich dir die Wahrheit schreibe, bekomme ich

a) Blue jeans
b) hundert Schilling
c) eine Ohrfeige

Für die richtige Lösung dieses Rätsels gibt es drei Preise. Der dritte Preis ist ein Flug nach Zürich für zwei Personen, der zweite Preis ein Flug nach Athen für zwei Personen mit einer Woche Aufenthalt, der erste Preis eine Ansichtskarte von Krummkreuzstetten am Bach.

Ich habe die Ansichtskarte gewonnen.

Solange es Fernsehkrimis gibt, so lange wird es Mörder geben. Und sie werden immer gefaßt werden. Im Fernsehen. Warum? Weil es keinen perfekten Mord gibt. Und doch, so unglaublich es klingen mag, mein Neffe Ladi, damals zehn, hat einen begangen. Natürlich nur im Geist. Sie glauben es nicht? Dann bitte lesen Sie:

Der perfekte Mord oder Ein paar liebe Kinder

Eines Tages, das Datum weiß ich nicht mehr, aber es ist verbürgt, brachte die »Bild-Zeitung« folgenden Bericht: In Clayton, Kalifornien, gab ein Lehrer seinen Schülern nachstehendes Thema für ihre Hausaufgabe: »Überlege dir den perfekten Mord an deinem reichen Onkel.« Als die Eltern der Schüler davon hörten, waren sie empört. In Massen demonstrierten sie vor der Schule und verlangten, daß der Lehrer entlassen werde. Der Lehrer aber gab zu seiner Verteidigung an, daß die Aufsätze, die die Schüler schrieben, eher komisch waren als makaber.

Thomas, einer von Ladis Mitschülern, brachte den Artikel in die Schule mit. Natürlich heimlich. In der Pause standen sie beisammen und diskutierten ihn: Thomas, Peter, Heinzi, Paul und mein Neffe Ladi.

»Angenommen, ich erschieße meinen Onkel«, begann Thomas. »Was mache ich mit der Leiche?«

»Die kannst du fortschaffen«, meinte Peter, »sobald es dunkel wird.«

»Sobald es dunkel wird«, antwortete Thomas, »darf ich nicht mehr auf die Straße.«

»Bei mir wäre das etwas anderes«, meinte Paul. »Ich könnte meinen Onkel vergiften. Ich bringe ihm immer Erdbeeren aus unserem Garten. Ich müßte bloß ein Insektizid dazumischen.«

»Und?« lächelte Peter ironisch. »Wie stellst du dir das vor? Die von der Polente untersuchen doch seinen Mageninhalt und finden die Erdbeeren. Die hätten dich sofort. Ich«, sprach er weiter, »hätte eine Möglichkeit. Ich fahre fast jeden Sonntag mit meinem Onkel in seinem Boot auf der Donau – ich könnte ihn, wenn niemand in der Nähe ist, ins Wasser stoßen.«

»Du?« lachte Thomas. »Dazu bist du doch viel zu schwach. Dein Onkel ist ein Koloß von einem Mann. Außerdem hast du einmal erzählt, daß er Staatsmeister im Schwimmen war.«

»War er«, gab Peter kleinlaut zu, »aber sagt mir etwas Besseres. Wo willst *du* zum Beispiel einen Revolver hernehmen? Und du«, wandte er sich an Paul, »ein Insektizid?«

Beide schwiegen.

»Ich«, nahm Heinzi das Wort, »ich hätte einen Revolver von meinem Vater, er liegt immer in der Schreibtischlade – ich hätte ein Insektizid von unserem Gärtner, der läßt es immer frei herumstehen – und ich hätte auch ein Boot, das immer vor unserem Sommerhaus am Wörthersee liegt, aber –«, er stockte.

»Was aber?« fragten die andern.

»Ich habe keinen Onkel«, sagte Heinzi traurig.

Ladi hatte bis jetzt geschwiegen.

»Was ist mit *dir*?« fragte Peter. »Bist du vielleicht der Ansicht, daß es einen perfekten Mord gibt?«

»Ja«, sagte Ladi nach einiger Überlegung.

»Und ich sage nein«, behauptete Peter.

»Wetten daß –?« forderte Ladi ihn heraus.

»Um wieviel?«

»Wenn ich verliere, gebe ich dir fünfzig Schilling – wenn ich gewinne, gibst du mir fünfzig.«

»Einverstanden.« Peter hielt Ladi die Hand hin, Ladi schlug ein. Thomas schloß sich der Wette gegen Ladi an – die anderen waren Zeugen.

»Ich brauche natürlich Zeit«, sagte Ladi. »Heute in einer Woche bringe ich euch die Lösung.«

»Einverstanden«, sagte Peter. Die Glocke läutete, die Pause

war zu Ende, die fünf gingen in die Klasse zurück. Eine Woche lang beschäftigte sich Ladi mit nichts anderem als mit dem perfekten Mord an seinem Onkel. Nach acht Tagen standen sie in der Pause wieder beisammen: Thomas, Peter, Heinzi, Paul und Ladi.

»Na?« begann Peter ironisch. »Hast du die Lösung?«

»Ja«, nickte Ladi.

»Schieß los!«

»Ihr alle«, fing Ladi an, »kennt meinen Onkel Oswald. Ihr habt ihn auf meiner Geburtstagsparty kennengelernt. Er ist nicht reich, aber er hat gewisse Ersparnisse, die er sich nicht anzugreifen getraut, weil Tante Vilma ihre Hand drauf hält.«

»Er hat Angst vor ihr?« erkundigte sich Heinzi.

»Sie ist um vieles jünger als er«, setzte Ladi fort, »und das wirft sie ihm immer vor.«

»Weiter!« drängte Peter ungeduldig.

»Tante Vilma fährt jedes Jahr im Winter nach Lech auf Skiurlaub«, setzte Ladi fort, »und bleibt einen Monat dort. Einen Monat im Jahr, sagt sie, braucht sie für ihre Erholung. Da will sie von nichts wissen. Weder vom Geschäft noch von Onkel Oswald, sie schreiben sich nicht, sie rufen sich nicht an.«

»Weiter!« drängte Peter wieder.

»Gestern war es wieder soweit. Tante Vilma ist nach Lech gefahren. In ein paar Tagen werde ich Onkel Oswald besuchen, werde dumm herumreden, als ob ich etwas wüßte, was ich nicht sagen darf. Onkel Oswald ist neugierig, das weiß ich, er wird mir keine Ruhe geben, und da werde ich ihm sagen, daß ich gehört habe, wie mein Vater meiner Mutter erzählt hat, daß Tante Vilma mit ihrem Skilehrer durchgebrannt ist.«

»Und?« fragte Peter verständnislos. »Wo ist der perfekte Mord?«

»Warte«, beruhigte ihn Ladi. »Onkel Oswald wird sich freuen, er wird sein Geld abheben, wird seine Freunde einladen, wird Parties geben, natürlich mit Mädchen – und wenn Tante Vilma plötzlich zurückkommt, wird ihn der Schlag treffen. Auf diese Weise hätte ich meinen Onkel getötet, ohne daß man mir etwas beweisen könnte. Das ist der perfekte Mord.«

»Spitze!« sagte Peter bewundernd.

»Super!« sagte Thomas.

Irgendeiner aus der Runde hielt nicht dicht. Onkel Oswald und Tante Vilma erfuhren von der Sache.

Peter und Thomas gaben Ladi je fünfzig Schilling – Onkel Oswald und Tante Vilma gaben ihm je eine Ohrfeige.

Worauf Ladi überzeugt war, daß es keinen perfekten Mord gibt.

Kindheit ist die Zeitspanne im menschlichen Leben, in der man eher Masern bekommt als Skrupel.

Lache in der Schule, und alle lachen mit dir. Mußt du deshalb nachsitzen, sitzt du allein. Was hatte Ladi angestellt? Ich wußte es nicht. Ich wußte nur eines:

Ladi muß nachsitzen

Es war in der Deutschstunde. Die Lehrerin hatte den Schülern die Aufgabe gestellt, eine ganz kurze Geschichte mit einem völlig unerwarteten Schluß zu schreiben. Ich bin froh, daß ich nicht mehr zur Schule gehe, mir wäre nichts dergleichen eingefallen. Mein Neffe Ladi aber, damals acht, schrieb: »Karl fragte Emmi: ›Willst du mich heiraten?‹ Emmi sagte: ›Nein.‹ Und beide lebten glücklich bis an ihr Lebensende.«

Er hatte recht. Die Geschichte war kurz und der Schluß völlig unerwartet. Die Lehrerin war anderer Ansicht. Sie las die Geschichten vor. Der Schüler Swoboda hatte geschrieben: »Jonas war drei Tage im Magen eines Walfisches. Mein Onkel, der Matrose war, hat den Rekord gebrochen. Er ist noch immer drin.« Der Schüler Zuckermann hatte geschrieben: »Ich heiße Ernst. Unser früherer Briefträger hat mit meiner Mutter oft einen Spaß gemacht. Als sie mit unserer Nachbarin stritt, hörte ich, daß aus diesem Spaß Ernst geworden sei, und dieser Ernst bin ich.« Der Schüler Lechner hatte geschrieben: »Die Geschichte, die ich schreibe, ist traurig. Aber sie ist kurz und hat ein unerwartetes Ende. Mein Vater ist Gepäckträger, und meine Mutter hat die Nummer vergessen.« Nun kam Ladis Geschichte. Die Klasse wälzte sich vor Lachen. Und nur, weil sie origineller war als die der andern, wurde er von der Lehrerin zum Nachsitzen verurteilt. Wer aber da denkt, daß man beim Nachsitzen nur zu sitzen und den Daumen zu drehen braucht, der irrt gewaltig. Ladi mußte auch beim Nachsitzen arbeiten,

und zwar stellte ihm die Lehrerin die Aufgabe, etwas über den menschlichen Körper zu schreiben.

Ladi schrieb: »Der menschliche Körper besteht aus Haut und Knochen, von den Knochen sieht man aber nichts, weil die Haut davor ist. Oben auf dem menschlichen Körper sitzt der Kopf. Der Kopf ist rund und hart. Wenn der Kopf groß ist, nennt man ihn Wasserkopf, wenn er weich ist, nennt man ihn Birne. Die Hauptaufgabe des Kopfes ist, die Fußbälle abzufangen. Letzteres nennt man Köpfler. Oben auf dem Kopf sind die Haare, die bei Frauen verschieden gefärbt sind, während sie bei Männern ausfallen. Letzteres nennt man eine Glatze. In dem Kopf drinnen ist das Gehirn. Letzteres gehört zum Denken. Ein Gehirn hat jeder Mensch, obwohl viele keinen Gebrauch davon machen. Der Kopf kann auch schmerzen. Wenn mein Vater Kopfschmerzen hat, geht er ins Bad und findet dort eine leere Aspirinschachtel. Worauf sein Kopf rot wird. Auch dazu ist der Kopf da.

Vorne auf dem Kopf ist das Gesicht, das dazu dient, um Gesichter zu schneiden. An dem Gesicht erkennen sich die Menschen gegenseitig, weil jeder Mensch ein anderes hat. Wenn zwei nur ein Gesicht haben, nennt man sie Zwillinge. In dem Gesicht sind zwei Augen, ein Mund und eine Nase. Die Augen dienen zum Sehen, der Mund zum Essen, die Nase zum Schnupfen bekommen. Letzterer ist besonders bei der Jugend sehr beliebt, weil sie damit nicht zur Schule zu gehen braucht. Der Kopf sitzt auf einem Hals, welchen man benötigt, damit er – der Kopf – aus dem Kragen schauen kann. Es ist schwer, ihn – den Hals – sauberzuhalten. Rechts und links vom Hals sind die Schultern, die man braucht, damit man mit den Armen schlenkern kann. Ältere Männer benützen sie als Bretter, auf welche sie ihre Hosenträger hängen.

Vorne auf dem Körper ist die Brust. Die Brust ist bei Männern und Frauen unterschiedlich, bei Frauen tritt sie mehr zutage. Bei meiner Cousine Alma tritt sie besonders stark zutage. Mein Vater hat mir verboten hinzuschauen, wenn sie bei uns ist, weil ich sonst für jedesmal Hinschauen eine Ohrfeige bekomme. An diesem Tag habe ich sechzehn Ohrfeigen bekommen. Unter der Brust befindet sich der Bauch. Männer, die viel essen, bekommen einen dicken Bauch. Frauen können einen dicken Bauch bekommen, ohne zu essen. Wie mir eben einfällt, habe ich vergessen, die Ohren zu erwähnen. Die Ohren sitzen an beiden Seiten des Kopfes und sind zum Hören da. Manche Menschen hören das Gras wachsen. Das hat meine Mutter von Tante Betty gesagt, wie sie behauptet hat, daß die Verlobung meiner Cousine Laura in die Brüche gegangen ist.

Unten an den Armen befinden sich die Hände. Jede Hand hat fünf Finger, die vornehmlich zum Kratzen benützt werden. Am Grunde des menschlichen Körpers sind die Beine. Letztere scheinen besonders für Textilhändler sehr interessant zu sein, weil mein Vater jedem Mädchen auf die Beine schaut, worüber meine Mutter sich ärgert. Meiner Mutter schaut er nicht auf die Beine. Unser Nachbar, der Herr Wodak, schaut auch meiner Mutter auf die Beine, worauf sie jedesmal lieblich lächelt. Männer haben Haare an den Beinen, letztere werden aber weder geschnitten noch frisiert.

Unten auf den Beinen sind die Füße, mit denen wir gehen. Meine Mutter hat auf jedem Fuß ein Hühnerauge. Mein Vater schimpft und sagt, sie trägt Schuhe, als ob sie aus den zwei Hühneraugen vier machen wollte. Meine Mutter pflegt dann etwas zu murmeln. Wenn sie das, was sie murmelt, laut sagen würde, würden sie streiten. Vorne an den Füßen hat man Zehen. Wenn mein Vater Hausschuhe trägt, stößt er sich selbige an jedem Stuhl an, worüber meine Mutter und ich lachen, worüber mein Vater sich giftet. Er pflegt dann etwas zu murmeln. Wenn er das, was er murmelt, laut sagen würde, würden sie streiten.

Hinten auf dem menschlichen Körper ist der Rücken, und man kann sich noch so schnell drehen, er ist immer hinten. Daselbst hat der Mensch auch seine Wirbelsäule. Dieselbe besteht aus einer Stange hinter dem Bauch – auf dem einen Ende sitzt der Kopf, auf dem anderen sitzen wir.

Das ist alles, was ich über den menschlichen Körper weiß, bis auf das, was innen ist, und das habe ich noch nicht gesehen.«

Die Lehrerin las diese anatomische Abhandlung, aber sie gab kein Urteil darüber ab. Und das war gut so, sonst hätte Ladi noch eine weitere Stunde nachsitzen müssen.

Was soll ein Kind auch über den menschlichen Körper sagen? Als Mann mit Erfahrung weiß man es:

Der menschliche Körper ist ein Koffer, in dem jeder das Gepäck seines Lebens mit sich führt. Je mehr Übergewicht er hat, desto kürzer ist die Reise.

Ein Erwachsener weiß erst, wie wenig er weiß, wenn ein Kind zu fragen beginnt. Und mein Neffe Ladi stellte eines Tages eine

Peinliche Frage

Es ist kein Wunder, daß Kinder fragen. Wie sollten sie es sich sonst erklären, daß ihre Mütter mit der Zeit blond und ihre Väter grau werden?

Ladi war fünf, als er zu fragen begann. Und am Anfang waren die Fragen lustig. An einem schönen Sommertag zum Beispiel saßen wir in Pörtschach am Wasser, als mich eine Mücke in den Fuß stach. Es juckte natürlich, und ich kratzte mich.

»Was machst du da?« fragte Ladi.

»Ich kratze mich.«

»Warum kratzt du dich?«

»Weil mich eine Mücke gestochen hat.«

»Wohin hat sie dich gestochen?«

»In den Fuß.«

»War dein Fuß schon einmal eingeschlafen, wie dem Vati seiner?«

»Natürlich.«

»Wenn dein Fuß eingeschlafen ist, träumt er dann, daß er dich juckt, oder juckt er wirklich?«

Ich sprach von etwas anderem.

Oder in der Kärntner Straße. Ich gab einem Bettler ein Almosen.

»Was hast du dem Mann jetzt gegeben?« fragte Ladi.

»Einen Schilling.«

»Kennst du ihn denn?«

»Nein.«

»Warum hast du ihm dann einen Schilling gegeben?«

»Weil wir da sind, um den andern zu helfen.«

»Wenn wir da sind, um den andern zu helfen, wozu sind dann die andern da?«

Ich kaufte ihm schnell ein Eis.

Oder im Zoo.

»Kommen Löwen in den Himmel?« fragte er mich.

»Nein.«

»Kommst *du* in den Himmel?«

»Ja.«

»Was geschieht, wenn du von einem Löwen gefressen wirst?«

Ich ging mit ihm zu den Eisbären.

»Was hat der Eisbär da an?«

»Ein Fell.«

»Warum hat der Eisbär ein Fell an?«

»Weil er im Polargebiet lebt, und weil es dort kalt ist«, sagte ich, bereits sichtlich nervös.

»Und in Afrika ist es heiß?« fragte Ladi.

»Ja«, sagte ich.

»Wenn ein Eisbär nach Afrika käme, würde er schmelzen?«

Die Umstehenden lachten. Wir fuhren nach Hause.

Einmal kam Ladi ins Vorzimmer, als ich eben eine Motte erschlug.

»Was hast du da getan?« fragte er neugierig.

»Ich habe eine Motte erschlagen.«

»Warum hast du eine Motte erschlagen?«

»Weil sie Kleider frißt.«

»Haben Adam und Eva auch Kleider getragen?«

»Nein.«

»Wovon haben dann die Motten gelebt?«

Ich machte, als ob ich nichts hören würde.

Als Ladi sechs war, wurden die Fragen verfänglicher. So fragte er zum Beispiel:

»Wer bringt die kleinen Kinder, Onkel?«

Ich sagte: »Der Storch.«

Er dachte nach.

»Wenn der Storch die kleinen Kinder bringt, wer bringt dann die kleinen Störche?« wollte er wissen. Er hatte recht. Oder: »Weiß der Storch immer, wohin er die Kinder zu bringen hat?«

»Immer!« versicherte ich ihm.

»Hätte der Storch nicht meiner Mama einen kleinen Chinesen bringen können?«

»Nein«, sagte ich. »Der Storch irrt sich nicht.«

»Wenn sich der Storch nicht irrt, wieso hat dann unsere Nachbarin einen kleinen Neger?«

Unter dem Vorwand, daß es schon spät sei, schickte ich ihn nach Hause.

Mit sieben war es soweit:

»Woher komme ich?«

»Das mußt du deinen Vater fragen.«

»Der hat gesagt, ich soll dich fragen.«

»Der Schuft!« knurrte ich innerlich. Und zu Ladi: »Morgen werde ich es dir erklären.«

Als er gegangen war, fragte ich meine Frau: »Was mache ich jetzt?«

»Du mußt ihm die Wahrheit sagen«, meinte sie.

»Unmöglich!« sagte ich. »Das Kind könnte einen Schock bekommen.«

»Du mußt es ihm eben vorsichtig beibringen. Du kannst ihn nicht ewig mit deinen Störchen hinhalten.«

»Mit *meinen* Störchen!« sagte ich ärgerlich. »Sind das *meine* Störche?«

»Du wirst schon einen Weg finden«, beruhigte sie mich. »Du bist doch nicht so dumm.«

Es passiert selten, daß sie mir so etwas sagt. Darum antwortete ich versöhnlich: »Ich werde es mir überlegen.«

In der Nacht hatte ich einen furchtbaren Traum. Ich sah Ladis Vater mit einem Storchenschnabel und Flügeln. Er stand im Kaffeehaus auf einem Bein und bestellte einen Frosch.

Schweißgebadet wachte ich auf. Wie sage ich es meinem Neffen? Am nächsten Tag blätterte ich im Konversationslexikon. Pünktlich, nach dem Essen, erschien Ladi.

»Kannst du mir schon sagen, woher ich komme?« fragte er.

»Ja«, sagte ich stolz.

Meine Frau sah mich neugierig an. Ich setzte mich so, daß ich sie im Rücken hatte. Ich konnte ihren Blick nicht ertragen. Ich nahm Ladi bei den Händen.

»Paß auf!« sagte ich väterlich. »Du hast doch gewiß schon einmal eine Biene auf einer Blume sitzen sehen.«

»Ja«, sagte Ladi erwartungsvoll.

»Du weißt aber nicht, aus welchem Grund sie dort sitzt.«

»Nein.«

»Sie bestäubt die Blume. Das heißt, sie bringt den Blütenstaub anderer Blumen zu der Blume, auf die sie sich gesetzt hat, wodurch sich diese Blume vermehren kann.«

»Das nennt man bestäuben?« fragte Ladi.

»Ja.«

»Wischt meine Mami immer den Staub weg, damit wir uns nicht vermehren können?«

»Nein!« sagte ich und wurde etwas ungemütlich. Aber ich beruhigte mich wieder. »Du hast doch schon einen Schmetterling auf einer Blume sitzen sehen.«

»Ja«, sagte Ladi.

»So etwas Blödes«, zischte es hinter meinem Rücken.

Aber ich ließ mich nicht beirren. »Auch ein Schmetterling kann eine Blume bestäuben«, sagte ich. »Wenn nun der Schmetterling die Biene ... das heißt, wenn die Biene den Schmetterling ... ich meine, wenn die Biene die Blume bestäubt ...«, ich begann zu schwitzen, »dann bekommt sie ein Kind ...«

»Die Biene?«

»Die Blume.« Sollte meine Frau nicht zu glucksen aufhören, müßte ich sie aus dem Zimmer weisen.

»Und was ist mit dem Schmetterling?«

Ja, was ist mit dem Schmetterling? Ich wußte es nicht.

»Der hat doch die Blume auch bestäubt«, fuhr Ladi fort.

»Ja«, sagte ich etwas laut und ungeduldig, »aber der Schmetterling fliegt davon.«

»Aber das kann er doch nicht«, meinte Ladi.

»Doch, das kann er!« schrie ich ihn an. »Warum sollte er das nicht können?« Sollte ich ihm erzählen, wie oft im Leben ein Schmetterling davonfliegt, nachdem er eine Blume bestäubt hat? »Die Hauptsache ist, daß du weißt, daß zwei Menschen, die miteinander verheiratet sind, die einander lieben und küssen, ein Kind bekommen! Weißt du das jetzt, du Lausbub?« Ich packte ihn drohend vorne an der Jacke. »Weißt du es? Sag mir, ob du es weißt.«

Meine Frau preßte ein Taschentuch vor den Mund und verließ schnell das Zimmer.

»Ja«, sagte Ladi erschrocken, »ich weiß es. Ich weiß nur nicht, weshalb du mir das alles erzählst.«

»Wieso weißt du es nicht?« fragte ich wütend. »Du wolltest doch wissen, woher du kommst! Oder nicht?«

»Ja«, gab Ladi zu, »aber nur . . .« Er stockte.

»Was nur?«

»Nur weil in meiner Klasse ein Bub ist – der kommt aus Linz!«

Das ist schon einige Jahre her. Ladi fragt nicht mehr. Nächste Woche hat er seinen ersten Vaterschaftsprozeß.

Es ist nicht wichtig, aus was für einer Familie der Mensch kommt. Nehmen Sie Kain von Kain & Abel. Kain kam aus der ersten Familie des Landes, und was ist aus ihm geworden! Da es aber weder meiner Art noch meiner Absicht entspricht, auf die Verwandtschaft zu schimpfen, möchte ich von einem entfernten Mitglied unserer Familie erzählen – und das auch nur im Zusammenhang mit meinem Neffen Ladi. Es handelt sich um

Onkel Adi

Ladi, damals zehn, nannte ihn »Onkel«, obwohl er nur um sechs Ecken herum mit Ladis Eltern, meinem Schwager Goldmann und dessen Frau Hermine, verwandt war. Ich glaube, er war der zweite Mann von der ersten Frau von Goldmanns Cousin, wenn auch niemand mit Sicherheit sagen konnte, ob dieser jemals mit ihr verheiratet gewesen war. Ich selbst kannte Onkel Adi nicht persönlich, ich war ihm nur seines Namens wegen dankbar. Der Gleichklang Adi-Ladi ersparte mir viel Zeit und Kopfzerbrechen. Ich mußte jedes Jahr zu Onkel Adis Geburtstag ein Gedicht schreiben, welches Ladi dann als sein Werk ausgab, und da war der Schluß jedesmal von vornherein gegeben: »So gratuliert dem lieben Onkel Adi – wie immer sein dankbarer Neffe Ladi.« Sonst hatte ich keine wie immer geartete Beziehung zu ihm. Ich weiß nur, daß er ein kleines Schuhgeschäft hat und daß er eine Zeitlang als Ladis Erbonkel galt, bis er sich eines Tages von Goldmann fünftausend Schilling ausborgte. Aber das gehört nicht hierher. Ladi liebte ihn und besuchte ihn in seinem Geschäft, sooft er in dessen Nähe kam. Und das war merkwürdigerweise regelmäßig vor seinem, Ladis, Geburtstag sowie vor dem Weihnachtsfest der Fall. Adi hatte dann schon immer ein Geschenk für ihn vorbereitet, welches Ladi »überrascht« entgegennahm. »Auf meinen Geburtstag (oder auf das Weihnachtsfest)«, pflegte er dann zu sagen, »habe ich ganz vergessen.«

Auch heute war er wieder gekommen. »Küß die Hand, Onkel!« grüßte er, als er das Geschäft betrat.

»Servus, Ladi!« freute sich der Onkel. »Ich habe dich schon erwartet. Du hast ja in vier Tagen Geburtstag.«

Ladi tat perplex. »Wie du dir das immer merkst«, sagte er bewundernd, »ich hätte ganz drauf vergessen.«

»Wie geht es dir?« erkundigte sich Onkel Adi. »Wie geht es deinen Eltern? Was macht das Lernen? Oder gehst du nicht gern zur Schule?«

»Doch«, sagte Ladi, »und ich gehe auch gern wieder nach Hause. Nur dort bin ich nicht gern.«

Der Onkel zog scherzhaft die Stirne kraus. »Das soll doch nicht heißen«, meinte er, »daß du kein gutes Zeugnis erwartest?«

»O ja, Onkel«, gestand Ladi, »das heißt es. Aber ich kann nichts dafür. Mein Vater müßte mir einmal einen neuen Kugelschreiber kaufen.«

»Wieso? Was ist mit dem alten?«

»Der macht lauter Fehler.« Der Onkel lachte. »Wo ist denn Tina?« fragte Ladi. Tina war Onkel Adis Tochter, die ihm im Geschäft half.

»Tina, das weißt du doch«, sagte der Onkel, »hat vor drei Jahren geheiratet. Jetzt ist sie in der Klinik.«

»Warum?« fragte Ladi.

»Weil sie der Storch ins Bein gebissen hat.«

Ladi schüttelte mitfühlend den Kopf. »Schad' um die Strümpfe«, sagte er.

»Sie bekommt ihr erstes Kind.«

Das wundert mich nicht, dachte Ladi, wenn sie so lange an den Storch geglaubt hat.

»Bleib hier«, setzte der Onkel fort, »ich habe etwas für deinen Geburtstag, ich muß es nur aus der Wohnung holen.

Wenn eine Kundschaft kommt, sag, sie soll warten, ich komme sofort zurück. Wirst du das können?«

»Natürlich«, sagte Ladi. Der Onkel ging, gleich darauf betrat ein Mann den Laden.

Onkel Adi kam in seine im ersten Stock gelegene Wohnung. Auf dem Tisch lag ein großes Mosaikspiel, das Geburtstagsgeschenk für Ladi. Der Onkel mußte es erst auseinandernehmen und frisch verpacken, weil er am Abend selber damit gespielt hatte. Das Papier, in dem es verpackt gewesen war, hatte er zerrissen, er mußte also ein neues suchen, ebenso einen Bindfaden, mußte ein schönes Paket machen, die Geburtstagskarte schreiben: »Es gratuliert Dir, lieber Ladi – Dein Dich liebender Onkel Adi« – das alles dauerte eine Weile.

Endlich ging er in das Geschäft zurück. Als er eintrat, war Ladi allein.

»War jemand da?« fragte er.

»Ja«, sagte Ladi. »Ein Herr. Ich habe ihm ein Paar Schuhe verkauft.«

»*Du* hast ihm ein Paar Schuhe verkauft?« wunderte sich der Onkel. »Was für Schuhe hast du ihm verkauft?«

»Die da«, sagte Ladi und zeigte auf eine leere Schachtel. »Er hat sie gleich mitgenommen. In einem Nylonsack.«

»Was hast du dafür verlangt?« Der Onkel ahnte Böses.

»Tausend Schilling. Das ist der Preis, der auf der Schachtel steht.«

»Und wo hast du das Geld?«

»Hier«, sagte Ladi.

Onkel Adi erschrak. »Das sind doch nur *hundert* Schilling«, sagte er außer sich. »Wo sind die restlichen neunhundert?«

»Der Mann hat nicht soviel bei sich gehabt«, sagte Ladi naiv, »aber er hat gesagt, daß er sie in einer halben Stunde bringen wird.«

Onkel Adi bekam einen roten Kopf. »Und da hast du sie ihm mitgegeben?« schrie er wütend. »Der wird doch nie mehr kommen, du dummer Bub!«

»Doch«, sagte Ladi mit einer verblüffenden Sicherheit. »Der *wird* kommen.«

»Woher willst du denn das so genau wissen?« tobte der Onkel.

»Weil ich ihm zwei linke eingepackt habe.«

Der Mann kam wirklich wieder, brachte einen der linken Schuhe, bezahlte neunhundert Schilling und bekam dafür einen rechten. Onkel Adi aber sprach die prophetischen Worte. »Du wirst ein großer Geschäftsmann werden, mein Kind – denn was *ist* ein Geschäft? Ein Handel zwischen zwei Partnern, von denen jeder glaubt, daß er den andern hereingelegt hat.«

Menschen, die im Glashaus sitzen, sind die interessantesten Nachbarn. Die folgende Geschichte hat wohl mit einem Nachbarn, aber nichts mit Glashäusern zu tun. Warum dann der erste Satz? Weil er mir so gut gefällt. Die Geschichte, die Sie jetzt lesen werden, vorausgesetzt, daß Sie das Buch nicht zuklappen, auf das Nachtkästchen legen und sich auf die andere Seite drehen – doch dazu muß ich etwas sagen. Ich weiß nicht, ob es Ihnen auch so geht, aber die meisten meiner Leser erzählen mir, daß sie meine Werke am liebsten im Bett lesen. Warum? Weil man bei den kleinen Satiren jederzeit aufhören kann und ruhig zu schlafen vermag, ohne denken zu müssen: Wie wird das ausgehen? Ich wollte eines meiner Bücher schon einmal »Bettgeschichten« nennen, aber einer meiner Kollegen war mir zuvorgekommen. Sein Buch wurde, nur wegen des Titels, ein Bestseller, er machte damit ein Vermögen. Wenn man den Band aufschlug, fühlte man sich allerdings betrogen. Da stand: »Bettgeschichten« und in der Klammer (Geschichten im Krankenbett zu lesen). Recht geschieht den Lesern, wenn sie auf einen solchen Titel hereinfallen. Ich würde mir nie ein Buch mit einem derartig schmutzigen Titel kaufen – ich bekomme es vom Verlag geschenkt.
Genug. Die Geschichte, die jetzt folgt, besteht in der Hauptsache aus einem Brief und heißt:

Ladi schreibt an einen Nachbarn

Jede Mutter glaubt, das beste Kind zu haben. Ich kann das bei allen Müttern verstehen, nur nicht bei meiner Schwägerin Hermine Goldmann. Ihr Kind ist mein Neffe Ladi. Wer ihn noch nicht kennt – es gibt ja Leser, die erst bei dieser Geschichte einsteigen –, denen will ich ihn schildern.

Ladi war das einzige Kind seiner Eltern, und das ist schlecht. Hat man z. B. vier Kinder, bleibt einem immer noch die Hoffnung, daß eines von ihnen besser werden könnte, als es die andern drei sind. Ladi war ein schlimmes Kind. Er war überall dabei. Gab es eine Keilerei mit einem anderen Jungen und schrie sein Vater: »Schämst du dich nicht? Schau, wie du aussiehst! Dein Auge ist blau, dein Gesicht ist zerkratzt, dein Hemd ist zerrissen, deine Hose ist zerrissen!« Dann sagte er strahlend: »Da solltest du erst den andern sehen!« Ladi entwikkelte keinen Wissensdurst, er entwickelte keine Lernbegierde – das einzige, was er entwickelte, war sein Appetit. Zum Glück befand er sich in jenem beneidenswerten Alter, in dem man, um sein Gewicht zu reduzieren, nur ein Bad zu nehmen braucht. Und doch beneidete ich meinen Schwager und meine Schwägerin um ihren Jungen. Es gibt Situationen, in denen man ohne Kind verloren ist. Befindet man sich z. B. auf einer Party, und die anderen reden von Masern und Mumps, steht man da wie ein Trottel.

Doch was war geschehen? Ladi hatte sich, wie seine Eltern mir besorgt berichteten, total verändert. Er war still geworden, er ging nachdenklich im Haus herum – apropos Haus! Habe ich erzählt, daß Ladis Eltern ein kleines Sommerhäuschen in Kritzendorf besitzen? Entschuldigung, ich habe es vergessen. Kritzendorf ist ein kleiner Ort an der Donau, der teils von Menschen, teils von Moskitos bewohnt wird. Haben Sie etwas gegen Moskitos? Ich nicht. Wie alles und jedes in der Natur haben auch Moskitos ihre liebenswerten Eigenschaften. Moskitos sind z. B. die einzigen Wesen, die Mädchen mit dicken Beinen lieben. Aber zurück zu Ladi. Seine Eltern haben also ein kleines Sommerhäuschen in Kritzendorf, in dem Ladi seit Tagen still und nachdenklich herumgeht. Was war geschehen? Ich sollte es aus ihm herausbekommen, und bald hatte ich ihn soweit. Sein Lehrer hatte die Klasse aufgefordert, jetzt – es war einige

Wochen vor Ostern – in sich zu gehen, zu allen Menschen gut zu sein, sich mit allen, mit denen man bös war, zu versöhnen und sie, wenn man sich schuldig fühlte, um Verzeihung zu bitten. Ich fand das sehr schön von dem Lehrer – aber da war Herr Pokorny. Habe ich schon von Herrn Pokorny erzählt? Nein? Entschuldigung, Herrn Pokorny habe ich auch vergessen.

Herr Pokorny hatte ebenfalls ein Sommerhäuschen in Kritzendorf und – wie es der Teufel wollte – gerade neben dem von Ladis Eltern. Herr Pokorny war ein ausgesprochener Kinderfreund, was sich aber schlagartig änderte, als er Ladi kennenlernte. Heute stehen sie nicht einmal mehr auf Grußfuß miteinander. Ladi hatte ihm allerhand angetan, aber Pokorny hatte es niemals widerspruchslos hingenommen.

»Nein«, sagte Ladi entschieden, »Herrn Pokorny um Verzeihung bitten – das kann ich nicht.«

»Dann werde ich dir einen Rat geben«, sagte ich. »Setz dich hin und schreibe ihm einen Brief.«

»Das werde ich tun«, versprach Ladi.

Und wirklich. Einige Tage später, als er allein im Hause war, schrieb er an Herrn Pokorny. Ich hoffe, daß Sie das Schreiben lesen können. Ladi steht mit Orthographie und Grammatik auf Kriegsfuß, und so wird es nicht allzu leicht sein. Grammatik ist eben nicht jedermanns Sache, und es gibt Wesen, welchen man keinen Vorwurf darob macht. Nehmen Sie nur den Uhu. Niemand findet etwas dabei, daß der Uhu, wenn er eine Beute sieht, »Uhu!« sagt, statt »Aha!«. Aber zur Sache. Hier ist der Brief:

Ser geherter Her Bogorny!

Indem daß wir bald Ostern das liebliche Fest haben und indem daß uns unser lieber Herr Lehrer gesagt hat daß wir mit alen Menschen Frieden machen solen und indem daß Sie vielleicht auch ein Mensch sind möchte ich mit Ihnen Frieden machen.

Ich bitte Sie um Verzeiung daß ich meinen Fußball in Ihre Rosen geschmissen habe und ich bitte Sie um Verzeiung, daß

Sie mir dafir einen Stein an den Kopf geschmissen habn. Ich bitte Sie auch um Verzeiung daß Sie mir »Lausbub elender« nachgerufen habn was Sie sicher nur getan hab'n weil ich zu Ihnen »alter Depp« gesagt habe. Ich habe es nicht so gemeint weil Sie sind ja gar nicht so alt. Ich bitte Sie auch um Verzeiung daß mich Ihr Hund in die Wade gebissen hat er kann ja nichts dafir er ist ein Hund und weiß nicht was er tut. Außerdem habe ich ihn mit dem Lasso fangen wolen was er nicht wolen hat.

Ser geherter Her Bogorny! Ich bitte Sie um Verzeiung daß der Her Silbermann gesagt hat daß Sie ihn als Schwiegersohn wolen. Er hat gesagt er ist beim Klub der Einsamen aber so einsam daß er Ihre Tochter heiratet ist er nicht. Worauf ale gelacht habn. Worauf auch ich gelacht habe. Worauf mir mein lieber Vater eine Ohrfeige gegeben hat weil ein Kind über so was nicht zu lachen hat. Worauf ich geweint habe. Ich bitte Sie um Verzeiung daß Ihre Tochter so schiach ist und daß sie nichts dafir kann weil sie ihnen änlich schaut.

Ser geherter Her Bogorny! Ich bitte Sie um Verzeiung daß ich als Sie gerade in der Badehose in Ihrem Garten im Liegestuhl lagen und die Ruhe pflegen wollten einen Blastiksack mit Bienen hineingeschmissen habe. Es hat mir ser leid getan unser lieber Her Lehrer hat uns am näxten Tag gesagt daß eine Biene nur einmal stechen kann dann stirbt sie. An jenem Tag sind allein auf Ihrem Körper zwanzig Bienen gestorben was ich ser bedauert habe. Meine liebe Mutter hat meinen lieben Vater zum Fenster gerufen und hat gesagt: Schau dir den blöden Bogorny an der tanzt in der Badehose im Garten herum worauf ich sagte daß Sie nicht tanzen und daß Sie nur so herumhipfen weil ich die Bienen auf Sie losgelassen habe. Worauf mir mein lieber Vatter wieder eine Ohrfeige verabreichte. Dieselbe tat wieder ser weh so daß ich abermals weinte worauf mein lieber Vatter und meine liebe Mutter miteinander stritten worauf sie ihn einen Grobian nannte worauf er das Haus verließ.

Ser geherter Her Bogorny! Ich bitte Sie um Verzeiung daß gestern als Sie mit Ihrem Wagen in die Stadt fahren wollten ein

Reifen blatzte. Ich habe ihn nicht aufgestochen ich schwöre es sondern mein Freund der Karli dem was ich es angeschafft habe. Der Karli ist der Son von unserem lieben Gärtner der was in unserem Garten die lieblichen Blumen zum bliehen bringt und der was die Äste von den Beimen schneidet. Neilich ist er dabei heruntergefalen und direkt auf unseren elektrischen Rasenmäher der was darauf sofort ins rasen anfing wobei er unserem lieben Gärtner eine Wunde versetzte worauf der Karli bitterlich weinte weil ihm sein Vater versprochen hatte mit ihm ins Kino zu gehen was aber nicht ging weil ihn die Wunde am sitzen hinderte.

Ser geherter Her Bogorny! Ich bitte Sie um Verzeiung daß ich Ihnen diesen Brief schreibe. Ich sitze dabei bei dem Fenster von wo aus man Ihr liebliches Haus sieht was das schönste in der ganzen Gegend ist. Schade daß ein Feuer ausgebrochen ist und daß seit zehn Minuten das Dach brennt.

Mit freindlichen Grießen
Ihr
Ladi Goldmann

Wenn wir unser Leben wie einen Film zurückdrehen könnten, würden wir mit Staunen sehen, was so mancher angesehene Staatsbürger in seiner Jugend für ein Lausbub war.

»Ein gebranntes Kind scheut das Feuer«, sagt ein Sprichwort. »Ein gebrannter Onkel scheut das Kind«, sage ich. »Was hat man dir, du armes Kind, getan?« fragt Goethe. »Was hat man mir, mir armem Onkel, getan?« frage ich. »Ein geliebtes Kind trägt viele Namen«, sagt ein russisches Sprichwort. Mein Neffe Ladi trägt auch viele Namen, sage ich, und ich könnte noch einige dazugeben, aber sie würden nicht in dieses dezente Buch passen. Schließlich handelt es sich bei mir um Familienlektüre. Warum ich so wütend bin?

Ladi will zum Fernsehen

Ich saß im Kaffeehaus und arbeitete. Ich schrieb eine neue Doppelconférence. Sie werden sagen, das ist keine Arbeit – und doch. Es *ist* eine. Eine Arbeit, die ich gern im Kaffeehaus erledige. Ich brauche die Atmosphäre. Der Duft des Kaffees, das leise Raunen der Gäste, das »Ssss« der Espressomaschine, das »Habe d'Ehre, Herr Doktor« des Obers Anton – alles das ergibt einen Backgroundsound, der mich inspiriert. Viele meiner Kollegen arbeiteten im Kaffeehaus: Franz Molnár, Alfred Polgar, Egon Friedell – zugegeben, sie waren erfolgreicher als ich. Wieso? Ich weiß es nicht. Entweder hatten sie mehr Talent oder ein besseres Kaffeehaus. Plötzlich trat mein Neffe Ladi ein. Ladi, damals acht, pflegte mich öfter im Kaffeehaus zu besuchen. Er kannte schon meinen Stammplatz und kam daher geradewegs auf mich zu. »Servus, Onkel!« grüßte er.

»Servus, Ladi! Setz dich zu mir. Laß dir eine Schokolade und eine Torte geben, der Anton wird dir die neuen Illustrierten bringen, aber stör mich nicht. Ich habe zu schreiben.«

»Was schreibst du?«

»Eine Doppelconférence. Ein Fahrer vom Fernsehen holt sie in einer Viertelstunde ab.«

»Was ist das, eine Doppelconférence?«

»Das habe ich dir doch schon so oft erklärt...«

»Ich habe es aber nie verstanden. Du hast immer gesagt, eine Doppelconférence ist ein Gespräch zwischen einem Gescheiten und einem Dummen, und wenn ich sie dann gelesen habe, waren immer beide dumm.«

»Das stimmt.« Anton, der meinen Neffen kannte, brachte, ohne daß er es bestellt hatte, Schokolade, Torte und Illustrierte. »Ich werde es dir anders erklären«, setzte ich das Gespräch fort. »Es gibt da noch aus der Zeit der Monarchie einen uralten Witz, der die Basis aller Doppelconférencen sein könnte, der vielleicht sogar die erste Doppelconférence war. Ich werde ihn dir erzählen. Paß auf: Zwei Männer aus Lemberg im alten Galizien trafen sich zufällig in Wien. ›Was gibt es Neues in Lemberg?‹ fragt der eine. ›Nichts‹, sagt der andere. ›Das ist doch nicht möglich‹, sagt der erste wieder, ›etwas Neues muß es doch geben.‹ ›Wenn du glaubst?‹ sagt der zweite. ›Ein Hund hat gebellt.‹ ›Ein Hund hat gebellt?‹ fragt der erste. ›Warum hat ein Hund gebellt?‹ ›Weil die Feuerwehr gekommen ist‹, sagt der zweite. ›Die Feuerwehr ist gekommen?‹ fragt der erste, jetzt schon etwas beunruhigt. ›Warum ist die Feuerwehr gekommen?‹ ›Weil es in deinem Haus gebrannt hat‹, antwortet der zweite. Der erste erschrickt. ›In meinem Haus hat es gebrannt?‹ ruft er aus. ›Wieso hat es in meinem Haus gebrannt?‹ ›Weil der Vorhang Feuer gefangen hat.‹ ›Der Vorhang hat Feuer gefangen? Wieso hat der Vorhang Feuer gefangen?‹ ›Weil es stürmisch war und die Kerze zu nahe beim Fenster gestanden ist.‹ ›Was für eine Kerze ist zu nahe beim Fenster gestanden? Seit wann brennen in meinem Haus Kerzen?‹ ›Es war eine der Kerzen, die neben dem Sarg deines Onkels gestanden sind.‹ ›Neben dem Sarg meines Onkels?‹ jeiert der erste. ›Mein Onkel ist tot? Woran ist er gestorben?‹ ›Der Schlag hat ihn getroffen‹, sagt der zweite. ›Der Schlag? Meinen Onkel?‹ schluchzt der erste. ›Wie ist das gekommen?‹ ›Er hat sich so aufgeregt, wie man seinen Sohn, deinen Cousin, verhaftet hat.‹

›Meinen Cousin hat man verhaftet?‹ schreit der erste auf. ›Warum hat man meinen Cousin verhaftet?‹ ›Weil er einen Scheck gefälscht hat‹, sagt der zweite. Der erste beruhigt sich. ›Einen Scheck hat er gefälscht?‹ wiederholt er. ›Das ist doch nichts Neues.‹ Darauf der zweite: ›Ich hab' dir doch gesagt, es gibt nichts Neues in Lemberg.‹«

Ladi lachte. »Das ist gut«, sagte er. »So etwas möchte ich auch einmal schreiben! Glaubst du, daß ich das kann?«

»Bestimmt«, meinte ich gönnerhaft.

»Für das Fernsehen?«

»Vielleicht. Es ist gar nicht so schwer. Das Wichtigste ist der erste und der letzte Satz. Die müssen ganz dumm sein. Sag einmal einen dummen Satz.«

»Bei dir zu Haus wurde eingebrochen«, sagte Ladi.

»Sehr gut«, lobte ich ihn und fuhr fort: »Hast du die Polizei verständigt?«

»Nein«, sagte Ladi.

»Und warum nicht?«

»Ich habe mir gedacht, du wirst versichert sein.«

»Ich bin *nicht* versichert. Aber jetzt muß schon der erste Lacher kommen. Ich frage dich: Ist dein Vater versichert?«

»Ja.«

»Das ist klug von ihm. Als Geschäftsmann *muß* er versichert sein. Wenn man heute bei ihm einbricht, bekommt er den Schaden ersetzt.«

»Das glaube ich nicht«, meinte Ladi.

»Warum nicht?«

»Weil er gegen Feuer versichert ist.« Wir lachten.

»Das ist ganz gut«, sagte ich, »aber noch nicht typisch Doppelconférence. Die Pointen müssen schneller hintereinander kommen. Sag noch einen Satz.«

»Was für einen?«

»Irgendeinen. Bei einer Doppelconférence sind die Zusammenhänge nicht so wichtig. Die Hauptsache ist, daß gelacht wird. Also sprich.«

Ladi dachte kurz nach, dann sagte er: »Unsere Nachbarin ist gestorben und hat ihrem Hund ihr ganzes Vermögen vermacht. Leider hat er es nicht bekommen.«

»Wieso nicht?« fragte ich.

»Die Katze hat das Testament angefochten.« Wir lachten wie die Kinder.

»Es ist lobenswert«, fuhr ich fort, »wenn man ein Tier liebt. Ich zum Beispiel habe einen Kater, der ist für mich wie ein Bruder.«

»Deshalb die Ähnlichkeit«, sagte Ladi und lachte.

Ich beschränkte mich darauf zu lächeln. Ich fand die Pointe geschmacklos. »Weiter!« sagte ich kurz.

»Onkel Otto«, sprach Ladi weiter, »der Mann von Tante Amanda, hat auch einen Kater.«

Aha, dachte ich, er sucht schon Übergänge. »Was ist denn der Mann von Tante Amanda?« Ich wußte natürlich, daß er Bankangestellter ist, aber Ladi sagte überraschenderweise: »Er verkauft Pferdewagen.«

Ich stellte mich dumm. »Pferdewagen?« fragte ich. »Seit fünfzig Jahren kauft man keine Pferdewagen mehr.« Ich muß gestehen, ich war neugierig auf die Antwort.

»Er hat auch noch keinen verkauft«, sagte Ladi.

Wieder lachten wir. Der Scherz war gar nicht so schlecht. Ich beschloß, ihn in meine Doppelconférence einzubauen.

»Heute wollen die Leute nur Autos«, sprach Ladi weiter.

»*Habt* ihr ein Auto?« erkundigte ich mich, obwohl ich genau wußte, daß sein Vater eines hatte.

»Ja«, sagte Ladi, »wir haben eines. Mein Vati hatte sogar schon einmal einen Autounfall und lag im Spital. Bei ihm im Zimmer lag ein zweiter Herr, ein gewisser Herr Pfister.«

»Warum betonst du das so?«

»Weil er meinen Vati gefragt hat, warum er im Spital liegt.«

»Und was hat dein Vati gesagt?«

»Er ist zu schnell gefahren. Darauf hat er den Herrn Pfister gefragt, warum er im Spital liegt.«

Erstaunlich, dachte ich. Der Bub weiß schon, wie man eine Pointe vorbereitet. »Und was hat der Herr Pfister gesagt?« fragte ich.

»Er ist zu langsam gegangen.« Diesmal lachten wir wieder beide. Ich nahm mir vor, auch diese Pointe in meine Doppelconférence aufzunehmen.

Ladi schien an der Sache Gefallen zu finden. »Im letzten Winter war mein Vati in Rom«, begann er wieder.

Ich tat interessiert. »Was hat er dort gemacht?« fragte ich.

Darauf Ladi: »Das möchte meine Mutti auch gerne wissen.« Wir unterhielten uns bereits königlich. »Ich weiß nur«, setzte Ladi fort, »daß er zu Onkel Robinson gesagt hat, daß er auf einem Maskenball war und daß er zu einer Dame gesagt hat: ›Ich werde heute die ganze Nacht von dir träumen!‹ Darauf hat die Dame gesagt: ›Du hast ja mein Gesicht noch gar nicht gesehen.‹«

Jetzt war ich neugierig: »Und was hat dein Vati gesagt?« fragte ich.

»Mein Vati hat gesagt: ›Vom Gesicht werde ich ja auch nicht träumen!‹«

»Ladi!« sagte ich, mit einem Versuch, streng zu sein. Dabei hörte ich schon das Publikum lachen, wenn Harald Juhnke das auf der Bühne sagen wird. Ich wußte nicht, woher Ladi diesen Witz hatte, aber ich war fest entschlossen, ihn zu verwenden. Für eine Doppelconférence war er mir eigentlich zu schade. Ich werde ein Boulevardstück drumherum schreiben. »Dein Vater war also in Rom«, sprach ich weiter, in der Hoffnung, nicht nur einiges über meinen Schwager zu erfahren, sondern auch noch ein paar gute Gags zu bekommen.

»Ja«, antwortete Ladi, »und die Mami hat neulich der Omi erzählt, daß er seither wie verrückt nach ihr ist. Sogar im Schlaf sagt er, wie schön sie ist und wie er sie liebt. Nur –« Ladi zögerte.

»Was nur?« fragte ich neugierig.

»Nur nennt er sie immer Rosita, und meine Mami heißt Hermine.« Jetzt lachten schon die Leute an den Nebentischen mit uns.

»Weiter!« sagte ich begierig. »Was hat dein Vater sonst noch gesagt? Zum Onkel Robinson oder zum Onkel Spannagl?«

»Zum Onkel Spannagl hat er gesagt, daß er den Onkel Joschi mit einer Weltkatze gesehen hat. ›So schön war sie?‹ fragte der Onkel Spannagl. ›Schön war sie überhaupt nicht. Eher häßlich‹, sagte mein Vati. ›Warum hast du dann gesagt, daß du den Joschi mit einer Weltkatze gesehen hast?‹ fragte Onkel Spannagl.«

»Und?« drängte ich begierig. »Was hat dein Vati darauf gesagt?«

»Mein Vati hat darauf gesagt: ›Weißt du denn nicht, wie die Welt heute ausschaut?‹«

Jetzt lachte schon das ganze Kaffeehaus. Hoffentlich habe ich mir die Pointen alle gemerkt. In einer Viertelstunde kommt der Fahrer vom Fernsehen – bis dahin mußte ich sie schon aufgeschrieben haben.

»Genug«, sagte ich deshalb. »Du weißt jetzt, was eine Doppelconférence ist. Wir haben mit dem dummen Satz ›Bei mir zu Hause wurde eingebrochen‹ begonnen – und sind über den Hund deiner Nachbarin, den Kater deiner Tante Amanda, über deine Eltern, über einen Maskenball in Rom, über Onkel Robinson, Onkel Spannagl und Onkel Joschi bis zur heutigen Weltlage gekommen. War das nicht schön?«

»Sehr schön!« sagte Ladi kindlich. »Aber –« Er stockte.

»Was noch?« fragte ich gütig, mit dem festen Entschluß, ihm die Pointen zu stehlen.

»Der Satz ›Bei dir zu Hause wurde eingebrochen‹ war gar kein dummer Satz.«

»Wieso nicht?«

»Bei dir zu Hause wurde wirklich eingebrochen. Die Tante hat mich geschickt, damit ich es dir sage. Du sollst schnell nach Hause kommen!« Großer Lacher bei den Gästen, ich sprang auf, warf den Tisch um und stürzte auf die Straße. Als ich nach

Hause kam, war die Wohnung halb ausgeräumt. Bilder, Teppiche – alles weg.

Und doch gab es einen Tropfen Freude in meinem Wermutbecher: Ich glaube gehört zu haben, daß ich, als ich das Kaffeehaus verließ, einen Abgangsapplaus hatte.

Mit vier und mit vierzehn Jahren sind Kinder auf ihrem geistigen Höhepunkt. Mit vier wissen sie alle Fragen – mit vierzehn alle Antworten, mit Ausnahme jener, die sie in der Schule geben sollten, was natürlich seine Folgen hat. Mein Schwager Goldmann und seine Frau Hermine wissen ein Lied davon zu singen, denn

Ladi nimmt Nachhilfeunterricht

»Ich werde Ihnen meinen Sohn schicken«, sagte mein Schwager Walter Goldmann zu dem ihm gegenüber sitzenden jungen Mann.

»Darf ich inzwischen telefonieren?«

»Selbstverständlich«, meinte Goldmann und ging.

Sein Sohn, den er schicken wollte, war mein Neffe Ladi, damals sieben. Ladi war kein guter Schüler. Das heißt, die Lehrer waren sich darüber nicht einig. Sie wußten nicht, ob er die falschen Antworten auf ihre Fragen aus Unwissenheit gab oder aus Frechheit. Sein Vater neigte zu der letzteren Annahme. Sagte der Lehrer zum Beispiel: »Nennt mir männliche Vornamen, die sich auch ins Weibliche übertragen lassen wie Paul – Pauline!«, und sagte der kleine Müller: »Josef – Josefine!«, der kleine Meier: »Friedrich! – Friederike!«, so sagte Ladi: »Kurt – Kurtisane.« Noch schlimmer als um seine Antworten stand es um seine Fragen. So fragte er den Lehrer, was die Motten gefressen haben, bevor Adam und Eva Kleider trugen. Oder, wenn ein Eisbär nach Afrika fährt, ob er dort schmilzt. Oder wie die kleinen Kinder zur Welt kommen. »Das werde ich dir ein andermal erzählen«, versuchte der Lehrer ihn abzuwimmeln. »Das ist eine lange Geschichte.« Darauf sagte Ladi: »Dann erzählen Sie mir wenigstens den Anfang.« Ladi, darüber war man sich einig, mußte Nachhilfestunden bekommen. Wenn nicht wegen seines Nichtwissens, dann wenigstens zur Strafe.

Das war vor einem Monat. Seither hatte Ladi zwei Lehrer verbraucht. Der erste wurde in eine psychiatrische Klinik eingeliefert. Der zweite sitzt wegen Morddrohung gegen ein siebenjähriges Kind in U-Haft. Nun kam der dritte an die Reihe. Es war der junge Mann, mit dem Ladis Vater eben gesprochen hatte. Er war Student für Germanistik. »Edith?« sprach er eben ins Telefon. »Ich bin hier. Mit dem Vater habe ich bereits gesprochen. Der Junge scheint ein richtiger Lausbub zu sein. Genau der Typ, den ich, wie du weißt, nicht ausstehen kann. Über die Lehrer macht er sich lustig, den Eltern folgt er nicht – ein ausgesprochener Bengel. Aber ich werde mit diesem Schlingel schon fertig werden. Ich hasse diese Brut. Der Vater ist natürlich ein Trottel, sonst würde er sich ja das nicht bieten lassen, und die Mutter scheint eine perfekte Eselin zu sein. Ich werde dir alles erzählen. Ich bin um sechs Uhr zu Hause. Du kannst dich darauf verlassen. Früher geht es leider nicht – Punkt sechs bin ich bei dir.«

»Guten Tag«, sagte eine liebliche Kinderstimme. Der junge Mann legte den Hörer auf.

»Bist du der brave Ladi?« fragte er freundlich.

»Ja«, sagte Ladi artig.

»Dann setz dich zu mir«, fuhr der junge Mann fort. »Du weißt ja, weshalb ich hier bin. Ich soll dir Nachhilfeunterricht erteilen. Wir wollen aber nicht gleich mit dem Lernen anfangen. Wir wollen uns erst vertraut miteinander machen. Übrigens – ich habe dir etwas mitgebracht.« Er nahm eine Marke aus der Brieftasche. »Da hast du. Eine seltene Briefmarke. Du sammelst doch Briefmarken?«

»Ja«, sagte Ladi höflich.

»Und wie viele hast du schon?« fragte der junge Mann lächelnd.

Darauf Ladi: »Mit der, die Sie mir eben gegeben haben, habe ich eine.« Der junge Mann schluckte.

»Paß auf«, sagte er noch immer freundlich, »ich werde dir jetzt eine Geschichte erzählen, aus der du ersehen kannst, wie wichtig es für ein Kind ist, daß es in der Jugend brav und fleißig lernt.« Er begann zu erzählen: »In New York gab es einen Multimillionär, der, als er sich an seinem sechzigsten Geburtstag ins Privatleben zurückzog und alle seine Besitztümer verkaufte, von einem Reporter interviewt wurde. ›Wie‹, erkundigte sich der Reporter, ›haben Sie es angestellt, zu diesem Reichtum zu kommen?‹ Darauf antwortete der Millionär: ›Ich war aus einem armen Haus und hatte oft kaum etwas zu essen. Mir ging es elend bis zu meinem fünfundzwanzigsten Lebensjahr. Eines Abends, ich hatte wieder einmal einen leeren Magen, es war bitter kalt, ich fror, ich hatte ja nicht einmal einen Mantel anzuziehen – da wollte es der Zufall, daß ich an einem großen Hotel vorüberkam. Es war hell beleuchtet, Menschen gingen ein und aus, immer neue Wagen brachten immer neue Gäste – ich fühlte unwillkürlich, daß man mir hier etwas zu essen geben würde. Ich trat zaghaft ein, ein Mann kam hinter einem Pult hervor und wollte mich abweisen, als der Direktor des Hotels erschien. Ich erzählte ihm, daß ich seit Monaten keine Arbeit habe, daß ich hungrig bin, und das schien ihn zu rühren. Was ich ihm nicht sagte, war, daß ich als Kind in der Schule faul gewesen war und nicht lernen wollte. Er sagte: ›Kommen Sie mit mir!‹ und führte mich in die Küche. Dort gab man mir zu essen, und der Direktor sagte: ›Ich möchte Ihnen gern einen Job geben, ich habe einen kleinen Jungen im Hause, der Nachhilfeunterricht braucht. Könnten Sie das übernehmen?‹ Ich mußte ihn enttäuschen. Ich hatte ja nichts gelernt. Ich schien ihm aber sympathisch zu sein, und so sagte er: ›Wir haben heute zu viele Äpfel geliefert bekommen, so daß sie verfaulen würden, wenn wir nichts damit anfingen. Ich werde Ihnen zwei große Körbe mit Äpfeln geben, vielleicht können Sie sie verkaufen.‹ Er brachte mir zwei Körbe mit den schönsten Äpfeln, die ich je gesehen hatte. Ich nahm einen Tisch von zu Hause, stellte mich an die Ecke und bot meine Äpfel an. Natürlich billiger, als sie in den umliegenden Geschäften waren. In kaum einer Stunde waren sie weg. Mit dem Geld, das ich eingenommen hatte, kaufte ich neue Äpfel, verkaufte sie wieder, kaufte wieder neue und wieder neue und wieder neue. Dann nahm ich Birnen und Bananen dazu. Auch sie gingen weg. Ich baute mir einen Obststand, der bald zu klein wurde. Also mietete ich einen Laden, nahm zu dem Obst Gemüse und Salate, später Konserven aller Arten, mußte vergrößern, nahm einen zweiten Laden, einen dritten, einen vierten, beteiligte mich an einem Supermarkt, arbeitete zwei Jahre, bezahlte meine Partner aus, kaufte einen zweiten Supermarkt, einen dritten, einen vierten und hatte nach einiger Zeit eine ganze Supermarktkette.‹ Jetzt frage ich dich, Ladi: Was wäre dieser Mann erst geworden, wenn er in seiner Jugend etwas gelernt hätte?«

Darauf sagte Ladi, ohne zu zögern: »Hauslehrer bei einem richtigen Lausbuben, einem Bengel, einem Schlingel, einer Brut, dessen Vater ein Trottel und dessen Mutter eine perfekte Eselin ist.«

Er hatte das Telefongespräch mit angehört.

Der junge Mann war *vor* sechs Uhr zu Hause.

Es wundert mich nicht, daß die heutigen Kinder nichts lernen wollen. Nicht einmal lesen. Warum sollten sie? Schauen Sie sich einmal die Überschriften in den Zeitungen an.

Computer sind bereits so menschenähnlich konstruiert, daß sie einen Fehler hätten, wenn sie keinen Fehler hätten.

Ladi baut einen Computer

Im Haushalt meines Schwagers ereigneten sich merkwürdige Dinge. Absolut wertlose Gegenstände wie Korkenzieher, Dosen- und Flaschenöffner, Schraubenschlüssel usw. verschwanden über Nacht. Als aber mein Schwager einem mittellosen Studenten eine uralte Schreibmaschine schenken wollte und auch diese nicht mehr an ihrem Platz fand, entschloß er sich, die Angelegenheit der Polizei zu übergeben. Und das war der Augenblick, in dem Ladi, mein Neffe, mit seinem Geheimnis herausrücken mußte. Ladi hatte einen Computer gebastelt und war bereit, diesen heute einem kleinen Kreis vorzuführen, zu dem Ladis Eltern, ferner Dr. Robinson und Gattin sowie meine Frau und ich gehörten. Ich war sprachlos. Ladi, zehn, war der schlechteste Schüler von Wien und Umgebung, und mit dem, was er nicht wußte, hätte man aus drei Universitätsprofessoren Trottel machen können. In Mathematik war er gerade noch durchgerutscht, in Geographie und Geschichte war ihm das nicht mehr gelungen. Und mit Recht. Als ich ihm z. B. die griechische Mythologie näherbringen wollte und ihm von Prometheus erzählte, den Zeus an einen Felsen geschmiedet hatte, wo ihm ein mächtiger Adler täglich die Leber zerhackte, um sie zu fressen, sagte er: »Der arme Adler!« »Warum?« fragte ich. »Jeden Tag Leber?« meinte er. Und ausgerechnet Ladi sollte einen Computer gebastelt haben? Wir hätten ihm das nie zugetraut.

Nachdem wir ein paar Brötchen bekommen hatten, kam der große Augenblick. Ladi enthüllte sein mechanisches Gehirn.

Der Apparat war ziemlich groß, bestand aus Zigarrenkisten, Drähten, Knöpfen, Schrauben usw. und verbarg in seinem Innern die alte Schreibmaschine von Ladis Vater.

Ladi sprach einige Worte zur Einführung. Er hatte knapp vor unserem Eintreffen eine Generalprobe gemacht, die zu seiner vollsten Zufriedenheit ausgefallen war. Er hatte den Computer auf seinen Lieblingshelden, Napoleon Bonaparte, programmiert gehabt und, wie er behauptete, alle gewünschten Daten erhalten. Nun kamen *wir* dran. Zuerst sein Vater. Ladi drückte auf einige Knöpfe, die Schreibmaschine begann zu klappern, und aus dem Schlitz eines Sparschweinchens, das er vorne an den Computer angeschlossen hatte, kam ein langer Papierstreifen. Die Maschine schwieg, Ladi riß den Streifen ab und las:

»Walter Goldmann, Kaufmann, geboren 1924 in Wien, Vater des Erfinders Ladi Goldmann. Arbeitete als Praktikant bei der Firma Schofez & Co., wo er als Hauptmann der Artillerie den Hafen von Toulon verteidigte.« Ladi schwieg, wir sahen uns an. Da mußte ihm ein Rest Napoleon dazwischengekommen sein. Ladi, etwas irritiert, las weiter:

»Goldmann brachte es bis zum Verkäufer, worauf er das Direktorium stürzte und sich zum I. Konsul ernannte.« Wieder Napoleon. Der kleine Kreis verbiß sein Lachen, Goldmann warf seinem Sohn einen bösen Blick zu, und Ladi, jetzt schon merklich unruhig geworden, setzte fort: »Im Alter von fünfundzwanzig Jahren machte Goldmann sich selbständig. Er eröffnete in der Wiener Wollzeile ein kleines Textilgeschäft und krönte sich zum Kaiser der Franzosen.«

Der kleine Kreis konnte das Lachen nicht mehr zurückhalten. Die rechte Hand meines Schwagers ballte sich zur Faust. So hatte ich mir immer Old Shatterhand in Karl Mays »Winnetou« vorgestellt. (S. Band I, S. 121)

Ladis Mutter, die bereits ein Unwetter aufsteigen sah, sagte aufmunternd: »Laß deinen Vater, Ladi, frag den Computer nach *mir.*« Ladi drückte wieder auf die Knöpfe, die Schreibmaschine klapperte, das Sparschweinchen brachte einen weiteren

Streifen ans Licht. Ladi, bereits etwas ängstlich, las: »Hermine Goldmann, Mutter des Erfinders, Mädchenname Kofler, geboren neunzehnhundertdreißig.« Frau Dr. Robinson lachte ironisch: »Mir hast du gesagt fünfunddreißig!« Nun warf auch die Mutter des Erfinders einen bösen Blick auf ihren Sohn. Dem kleinen Kreis wurde, mit Ausnahme von Frau Dr. Robinson, die Sache peinlich. Ladi, den Tränen nahe, setzte fort: »Hermine Kofler führte einen äußerst lockeren Lebenswandel.« »Du Lausbub!« schrie die Mutter des Erfinders, während Old Goldmann nun auch die Linke zur Faust ballte und brüllte: »Davon habe ich bis heute nichts gewußt!« »Du wirst doch dem Computer nicht glauben?« brüllte die Mutter des Erfinders zurück. Und zu Ladi gewendet: »Stell diesen Blödsinn ab!« »Warum denn?« meinte Frau Dr. Robinson übertrieben liebenswürdig.

»Erzähle uns doch mehr von deiner Mutter, Ladi!« Ich versuchte, die Situation zu retten. »Vielleicht ist ihm wieder ein Stück Napoleon dazwischengekommen«, sagte ich schüchtern. Und ich hatte recht, denn Ladi, immer ängstlicher werdend, setzte fort: »Hermine Kofler wurde Kaiserin von Frankreich, doch da die Ehe kinderlos blieb, ließ sich Walter Bonaparte von ihr scheiden.«

»Ich wollte, die Ehe wäre kinderlos geblieben«, murmelte mein Schwager mit einem Na-warte-nur-Blick vor sich hin.

»Weiter, Ladi!« ermunterte Frau Dr. Robinson meinen Neffen.

»Jetzt kommst aber *du* dran, meine Liebe!« sagte die Mutter des Erfinders schadenfroh.

»Los, Ladi!«

Druck auf die Knöpfe, Klappen, Streifen. Ladi las schluchzend:

»Frau Mela Robinson, Mädchenname Schreiber, geboren 1791.« Ladis Mutter bekam einen hysterischen Lachkrampf. »Mir hast du gesagt 1938!« rief sie Frau Dr. Robinson zu und wischte sich die Lachtränen aus den Augen. Drohend pflanzte sich Frau Dr. Robinson vor ihr auf: »Willst du damit sagen, daß ich aussehe, als ob ich fast zweihundert Jahre alt wäre?« fragte sie scharf. »Ich sage gar nichts!« lachte Ladis Mutter weiter. »Der Computer!« Dr. Robinson versuchte die beiden zu beruhigen. »Kinder«, sagte er, »ihr werdet doch deshalb nicht streiten! Lies weiter, Ladi!« Ladi, verzweifelt, las weiter: »1810 heiratete sie Dr. Robinson, worauf dieser die Schlacht bei Waterloo verlor und auf die Insel St. Helena verbannt wurde, wo er auch starb.« Ladi heulte laut auf, da er Dr. Robinson so gesund und lebend vor sich sah. Nichtsdestoweniger las er weiter: »Die Frauen spielten in Dr. Robinsons Leben eine große Rolle. Seine erste Liebe war Désirée, die Tochter eines Seidenwarenhändlers, seine größte Liebe Maria Walewska.« Frau Dr. Robinson schrie auf. »Von beiden hast du mir nichts erzählt, du Heuchler!« Nun verlor Dr. Robinson die Geduld. »Ich habe weder die eine noch die andere gekannt!« tobte er. »Merkst du denn nicht, daß an dem Computer von diesem Blödian überhaupt nichts stimmt?« »Mein Sohn ist kein Blödian!« brüllte Ladis Mutter. »Sehr richtig!« pflichtete meine Frau ihr bei. »Willst du vielleicht auch leugnen, daß Napoleon der Kaiser der Franzosen war?« wandte sich Frau Dr. Robinson kreischend an ihren Gatten. »Napoleon *war* der Kaiser der Franzosen«, brüllte nun auch Dr. Robinson, »aber nicht unser Freund Goldmann!« »Freund Goldmann? Die Goldmanns sind nicht mehr meine Freunde!« Frau Dr. Robinson, Mädchenname Schreiber, rauschte aus dem Zimmer, Robinson hinter ihr, Ladis Mutter hinter ihm, meine Frau hinter ihr. »Versteht doch!« rief Ladis Mutter, die die Sache wieder einrenken wollte. »Ladi ist doch noch ein Kind!«

»Ladi ist kein Kind!« fuhr nun Goldmann los, der mit dem Erfinder und mir allein zurückgeblieben war. »Ladi ist ein Teufel, ein Satan, ein Beelzebub!« Er stürzte auf den Computer zu und riß den Stecker mit einer derartigen Kraft aus der Steckdose, daß im ganzen Haus Kurzschluß eintrat. Ich sah sie vor mir, die Figuren, die jedem Totalkurzschluß folgen: Nachbarn, mit brennenden Kerzen in den Händen fragen: »Ist es bei Ihnen auch finster?«

Aber ich hatte nicht lange Zeit, meinen Gedanken nachzuhängen. Ladis Vater kam auf mich zu und gab mir im Dunkeln eine Ohrfeige, die eigentlich für Ladi bestimmt gewesen war. Aber auch Ladi entging seiner Strafe nicht. Er bekam eine Woche lang kein Abendessen.

Österreichisches Erfinderschicksal.

Kindermund nennt man die Aussprüche unserer lieben Kleinen, mit denen schon manche unserer lieben Großen Geld verdient haben. Es ist immer dasselbe: Eltern lehren ihre Kinder zuerst gehen und reden und dann still sitzen und schweigen. So war es auch bei

Ladi, damals fünf

Meine Schwägerin, Hermine Goldmann, fuhr zur Kur. Sie tat es gegen ihren Willen, aber Dr. Merzenberger bestand darauf. Warum? Aus drei Gründen: Erstens hatte Hermine einen extrem hohen Blutdruck, zweitens war sie außerordentlich nervös und drittens hatte sie einen Sohn namens Ladi, damals fünf.

»Was wirst du allein mit Ladi anfangen?« jammerte sie meinem Schwager, Walter Goldmann, schon Wochen vorher vor. »Wer wird sich um das Kind kümmern, während du im Geschäft bist? Wer wird für euch kochen, solange ich fort bin?«

»Mach dir keine Sorgen«, beruhigte Goldmann sie. »Das Frühstück werde ich zu Hause machen, und mittags und abends werden wir ins Restaurant gehen.«

»Bist du verrückt geworden?« schrie Hermine hysterisch. »Das Kind ist zu klein, um im Restaurant zu essen! Was willst du ihm im Restaurant zu essen geben?«

»Das kann ich dir jetzt noch nicht sagen«, meinte Goldmann gereizt. »Was auf der Speisenkarte steht! Vielleicht ein Naturschnitzel, vielleicht eine gefüllte Kalbsbrust . . .«

»Aber die Brust nur mit Reis.«

»Was denn glaubst du? Mit einem Busenhalter?«

»Das Kind wird sich den Magen verderben!«

»Du redest immer nur von dem Kind! Um mich sorgst du dich nicht!«

»Du bist alt genug, um auf dich aufzupassen. Ich sehe schon, die Kur wird keinen Erfolg haben, weil ich immer nur an euch denken werde!«

Trude Spannagl, Hermines Freundin, wurde einmal Zeugin eines solchen Gespräches. »Ich verstehe nicht«, sagte sie, »warum du nicht jemanden aufnimmst, der während deiner Abwesenheit die beiden betreut.«

»Wen soll ich aufnehmen?« fragte Hermine ratlos. »Du kennst die heutigen Hausangestellten. Die eine raucht und steckt mir die Wohnung in Brand, die zweite trinkt, die dritte hat einen Freund, dem sie die Schlüssel gibt, damit er uns das Haus ausräumt! Ich bleibe hier«, weinte sie, »und wenn ich zugrunde gehe!«

»Du wirst nicht zugrunde gehen«, redete Trude ihr zu. »Du wirst eine verläßliche Person suchen, die weder raucht noch trinkt, noch einen Einbrecher zum Freund hat. Ich glaube sogar, daß ich dir helfen kann. Meine Nichte hat eine Kollegin von der Uni, eine angehende Lehrerin, die einen Ferienjob sucht. Ich werde mit ihr reden, und wenn sie noch nichts gefunden hat, wird sie zu dir kommen.«

Am nächsten Tag war sie da. Sie hieß Biggi, war sehr hübsch – Hermine fand sie *zu* hübsch, aber was sollte sie tun? Sie brauchte sie, und sowohl Trude als auch ihre Nichte standen für sie ein. Und noch ein Vorteil: Da Biggi Lehrerin werden wollte, konnte sie Ladi gleich auf die Schule vorbereiten. Biggi fand sofort Gefallen an Ladi. »Du bist ja ein hübscher kleiner Mann«, sagte sie.

»Leider ist er ein bißchen verwöhnt«, bereitete Hermine sie vor. »Er ist unser einziges Kind.«

Biggi wandte sich Ladi zu. »Hättest du gern ein Geschwisterchen?« fragte sie ihn.

»O ja«, antwortete Ladi. »Da könnte Ladi mit ihm spielen.«

»Und was hättest du lieber? Ein Brüderchen oder ein Schwesterchen?«

»Das wäre mir egal. Was schneller geht.« Die beiden Frauen

lachten. »Irmi hat ein Baby bekommen«, setzte Ladi, nach Kinderart, unvermittelt fort.

»Irmi ist meine Cousine«, erklärte Hermine.

»Aha!« meinte Biggi und fragte Ladi: »Weißt du auch, wie alt das Baby ist?«

»Nein«, sagte Ladi, »aber es ist ein letztes Modell.« Dann fragte er: »Haben *Sie* Kinder?«

»Nein.«

»Warum nicht?«

»Weil mir der Storch noch keines gebracht hat«, lächelte Biggi.

»Wenn Sie sich auf den Storch verlassen«, meinte Ladi, »werden Sie auch nie welche bekommen.«

»Ladi!« sagte Hermine vorwurfsvoll. »Er ist leider immer unter Erwachsenen«, entschuldigte sie sich bei Biggi.

»Das macht doch nichts«, lächelte Biggi wieder. »Ich werde ihn schon erziehen.«

»Nicht erziehen!« weinte Ladi und brüllte: »Ladi nicht erziehen! Ladi will mit Mami fahren!«

»Du bleibst schön hier«, sagte Biggi sanft. Und zu Hermine: »Da fällt mir auf, daß der Kleine anstatt ›ich‹ immer ›Ladi‹ sagt.«

»Ja. Es gelingt uns nicht, ihm das abzugewöhnen. Er hat überhaupt mehrere schlechte Angewohnheiten.«

Ladi trat Biggi zornig mit dem Fuß gegen das Schienbein.

»Das ist eine von ihnen«, sagte Hermine.

Es wurden dann noch die Bedingungen besprochen. Biggi bekam ihr eigenes Zimmer, für das Gehalt, das sie erhielt, erklärte sie sich bereit, sowohl für Ladi als auch für seinen Vater Frühstück, Mittag- und Abendessen zu kochen. Hermine blieb noch zwei Tage, dann fuhr sie einigermaßen beruhigt ab, und zwar in eine Kuranstalt in Gastein. Bald freundeten sich Ladi und Biggi miteinander an. Wie dies bei Kindern der Fall ist, fragte und fragte er, und Biggi, die ja Lehrerin werden wollte, gefiel es, ihm zu antworten und selbst Fragen zu stellen.

Eines Morgens weckte sie ihn. Es war an einem Sonntag, und die Glocken läuteten. »Weißt du«, fragte sie, »warum die Glokken läuten?«

»Weil einer am Strick zieht«, antwortete Ladi. Oder:

Am Abend schien der Mond ins Zimmer.

»Was ist weiter von uns entfernt«, fragte Biggi. »Gastein oder der Mond?«

»Gastein«, sagte Ladi.

»Wieso glaubst du das?«

»Weil man den Mond sehen kann und Gastein nicht.«

»Du bist süß!« lachte Biggi. »Warst du eigentlich schon einmal in Gastein?«

»Nein.«

»Wohin fahren deine Eltern im Sommer mit dir zur Erholung?«

»Erholung?« fragte Ladi verständnislos.

»Weißt du nicht, was Erholung ist?«

»Nein.«

»Paß auf, Ladi: Wenn dein Papi den ganzen Tag gearbeitet hat – was macht er dann am Abend?«

»Das möchte die Mami auch gern wissen«, antwortete Ladi.

»Dein Papi erholt sich«, erklärte ihm Biggi. »Erholung ist Freizeit, Urlaub, Ferien. Wohin fahrt ihr also im Sommer zur Erholung?«

»Nach Kärnten. Mit dem Onkel Wronsky und der Tante Vera.«

»Gut. Da können wir gleich ein bißchen rechnen. Dein Papi und deine Mami sind ein Paar. Jede Zweiheit nennt man ein Paar. Das können zwei Menschen sein, zwei Tiere, zwei Dinge. Dein Papi und deine Mami sind also ein Paar – und Onkel Wronsky und Tante Vera sind auch ein Paar. Wenn du nun zwei Paare zusammengibst – was kommt da heraus?«

»Eine Bridgepartie«, sagte Ladi.

Biggi war bereits eine Woche bei Goldmanns, als es eines Nachts ein furchtbares Gewitter gab. Es regnete, stürmte, donnerte, und in der Nähe schlug der Blitz ein. Ladi fürchtete sich, er flüchtete zu seinem Vater ins Bett.

»Das war heute nacht ein Sauwetter«, sagte er am nächsten Morgen beim Frühstück.

»Ladi«, sagte Biggi vorwurfsvoll, »sag nicht Sauwetter, das gehört sich nicht. Da hast du einen Schilling, wenn du mir versprichst, so etwas nicht mehr zu sagen. Weißt du vielleicht noch mehr solche Worte?«

»O ja«, lachte Ladi, »aber da ist jedes mindestens fünf Schilling wert.«

Goldmann schimpfte, dann verließ er das Haus.

Am Abend war ein Herrentreffen im Kaffeehaus, anschließend ging man auf einen Drink zu Goldmann. Goldmanns Freunde, unter ihnen Spannagl, wollten Ladi sehen. Goldmann rief nach Biggi und bat sie, ihn zu bringen. Alle begrüßten den Kleinen, und Spannagl erkundigte sich: »Wie geht es dir denn ohne deine Mami?«

»Ladi geht es gut«, antwortete der Fünfjährige.

»Hast du dich gestern nacht bei dem Gewitter nicht gefürchtet?«

»Ladi hat sich gefürchtet. Ladi hat bei Papi geschlafen.«

»Sag nicht immer ›Ladi‹«, ermahnte ihn Biggi. »Sag, *›ich‹* habe bei Papi geschlafen.«

Darauf Ladi: »Sie auch, aber das war vorgestern.«

Peinlich! Spannagl erzählte es seiner Frau als Geheimnis – am nächsten Tag kam Hermine zurück.

Ein Mann, der seiner Frau ein Geheimnis anvertraut, hat entweder kein Geheimnis oder keine Frau.

Mancher Junge ist schlimmer als die Nachbarskinder, von denen seine Mutter ihm sagt, daß er nicht mit ihnen spielen dürfe.

James Bond

Ladi – der Goldengel, wie seine Mutter ihn nannte – hatte sein Vorhaben, Indianer zu werden, aufgegeben. Der »Schnelle Pfeil« hatte resigniert, die alte Perücke seiner Mama, die einst als Skalp an seinem Gürtel hing, lag müde in einer Ecke. Nach einer kurzen Periode, in welcher Ladi Gastarbeiter werden wollte, hatte er eine andere Idee: Ölscheich! Er versteckte seinem Vater den Benzinkanister, seiner Mutter das Salatöl, bis ihn der Verrat zweier Mitmenschen bewog, auch diesen Beruf aufzugeben. Aber Ladi hatte bald ein neues Zukunftsideal. Er wollte Detektiv werden. Und kein kleiner Kommissar wie die Kellers und Derricks, sondern ein Superman, ein Unbesiegbarer, mit einem Wort: James Bond. Was brauchte er dazu? Vor allem Geld, wie sollte er sonst zu einem gepanzerten James-Bond-Auto kommen, ganz abgesehen von den Maschinenpistolen und dem sonstigen Berufswerkzeug. Es war ihm klar, er mußte sich die notwendigen finanziellen Mittel als Privatdetektiv verschaffen.

Ich versuchte, ihm das auszureden, da ich voraussah, was mit Ladi Bond über die arme Familie hereinbrechen würde. Und ich sollte recht behalten. Man konnte in der nächsten Zeit kein Wort mehr sprechen, das nicht für Ladis Ohren bestimmt war. Er horchte an den Türen, lauerte hinter Vorhängen, lag unter Betten, klebte sich Bärte ins Gesicht und setzte Brillen auf – ich fühlte, es drängte ihn, seinen ersten Fall zu lösen. Gelegenheit dazu gaben ihm seine Eltern. In einem Schrank stehend, wurde er Zeuge eines Streites zwischen Mutter und Vater. Letzterer behauptete, auf einer Geschäftsreise in München gewesen zu sein, aber seine Frau glaubte ihm nicht. Das war der Moment, in dem Ladi zuschlug. Während sein Vater nichtsahnend vor dem Fernsehschirm saß, schlich er leise ins Schlafzimmer, durchsuchte sämtliche Anzüge seines Vaters und präsentierte ihm später, von Mann zu Mann, die Rechnungen eines Salzburger Hotels: ein Abendessen für zwei Personen, eine Flasche Sekt, ein Doppelzimmer. Für die Herausgabe dieses wichtigen Beweisstückes verlangte Ladi einen Betrag von fünfzig Schilling, sein Vater gab ihm zwei Ohrfeigen, als Ladi aber drohte, die Rechnungen seiner Mutter zu zeigen, kam es zu einer dramatischen Vater-Sohn-Szene. Walter Goldmann verfluchte sein Kind und gab ihm die fünfzig Schilling.

Der nächste Fall war die Mutter. Hermine Goldmann brachte ein Traumkleid nach Hause, ganz billig, aus einem Schlußverkauf, wie sie ihrem Gatten erzählte. Ladi, der Detektiv, zweifelte an der Wahrheit ihrer Worte. Unter einem Tisch verborgen, belauschte er ein Telefongespräch seiner Mutter mit seiner Großmutter. Er erfuhr, daß das Kleid das Fünffache gekostet habe.

»Wo hast du das Geld hergenommen?« fragte Oma.

»Du weißt doch«, lachte Ladis Mutter. »Mein geheimes Sparbuch.«

Ladi hatte genug gehört, er kroch unter dem Tisch hervor und setzte seiner Mutter den Plastikrevolver an den Rücken. Erschreckt fuhr sie herum. »*Du* bist da, mein Goldbub?« fragte sie, anstatt zu sagen: »Was willst du, du Mistfratz, du elender?«

»Ich gebe dir eine Minute Zeit«, sagte Ladi. »Entweder du gibst mir hundert Schilling, oder ich erzähle die Geschichte Papa.« Die Mutter kreischte auf. Ihr Ladi, ihr Kind, wollte sie verraten! »Wo hast du das bloß her?« jammerte sie. »Von James Bond«, sagte Ladi. Ladis Mutter, die keine Ahnung von derlei Filmen hatte, sagte streng: »Dann verbiete ich dir, in Zukunft mit ihm zu verkehren!«

Ladi blieb hart. Die Mutter tat ihm leid, aber er brauchte das

Geld für das James-Bond-Auto. »Entweder du gibst mir hundert Schilling«, sagte er, »oder ich gehe ins Geschäft hinunter.« Die Mutter zählte, was sie an Kleingeld hatte, es waren zweiundvierzig Schilling vierzig. Ladi gab sich zufrieden. Er ging. Die Mutter kränkte sich ein paar Minuten, dann bewunderte sie Ladis Geschäftssinn. Er wird ein großer Kaufmann werden, mein Bub, dachte sie und war wieder glücklich.

Nun kam *ich* dran. Aus meinem Schreibtisch, der immer offensteht, fehlte ganz plötzlich ein Päckchen mit rosa Briefen, die mit einem blauen Seidenband zusammengebunden waren. Wo waren die Briefe? Sie waren uralt und stammten von einer ehemaligen Verlobten. Ich bin eine romantische Natur und hatte nie das Herz gehabt, sie zu zerreißen. (Ich meine die Briefe und nicht die Verlobte.) Ich suchte in allen Fächern, die Briefe waren nicht da. Wo waren die Briefe? Plötzlich fiel es mir wie Schuppen von den Haaren. Das kann nur James Bond gewesen sein. Ich nahm mir den Lausbuben vor.

»Wo sind die rosa Briefe, die in meinem Schreibtisch waren?« schnaubte ich. Er sollte gleich wissen, daß ich keinen Zweifel hegte, daß er sie gestohlen hatte. Er wird natürlich leugnen, aber das wird ihm nichts nützen.

Ladi sah mich an, fast spöttisch, wie mir schien: »Ich habe sie der Absenderin zurückgebracht«, sagte er kalt. »Es war gar nicht leicht, sie zu finden. Sie hat bereits zum drittenmal die Wohnung gewechselt.«

Ich spürte, wie ich rot anlief. »Was hast du ihr gesagt?« fragte ich.

»Ich habe gesagt«, antwortete Ladi, »daß du hundert Schilling dafür verlangst. Sie hat sie mir auch gegeben. Fünfzig davon sind für dich.«

Zuerst wollte ich ihn umbringen, dann sah ich im Geist die Schlagzeilen der Morgenzeitung vor mir: »Wiener Schriftsteller ermordet James Bond!«

»Wo wohnt sie?« schrie ich. Der Detektiv wurde blaß und gab mir die Adresse.

Ich nahm ein Taxi und fuhr zu ihr, ich mußte ihr die Sache erklären.

Eine ältere Dame öffnete die Tür, ganz ihr Gesicht, es mußte Melittas Mutter sein.

»Kann ich Ihre Tochter Melitta sprechen?« fragte ich.

»Tochter?« wiederholte sie verwundert. »Ich *bin* Melitta. Und Sie?«

»Ich bin dein ehemaliger Verlobter«, sagte ich. So lange hatten wir uns nicht gesehen.

Verächtlich blickte sie mich an. »Willst du noch mehr Geld von mir?« fragte sie. »Ich habe nie viel von dir gehalten, aber ich hätte nicht gedacht, daß du mich einmal erpressen würdest.«

Ich erklärte ihr den Sachverhalt, sie glaubte mir nicht.

»Geh«, sagte sie, »bevor ich die Polizei verständige. Ich bin frisch verheiratet, und mein Mann ist sehr eifersüchtig.« Ich sah sie mir an. Der Zahn der Zeit hatte an ihr genagt. Worauf war der eifersüchtig? Im selben Moment öffnete sich die Tür, ihr Mann trat ein. Er war sehr jung, sie war sehr reich. Jetzt wußte ich, worauf er eifersüchtig war.

»Wer ist der Mann?« fragte er und zog eine Pistole.

»Mein ehemaliger Verlobter«, sagte Melitta. Er richtete die Pistole auf mich.

Schnitt: nächstes Bild. Ladi hatte Angst bekommen und war zu meiner Frau gegangen. Er erzählte ihr, was passiert war. Meine Frau glaubte, daß es sich bei Melitta um eine aktuelle Freundin handle, und fuhr mit Ladi mir nach. Die beiden stürzten in dem Augenblick ins Zimmer, in dem Melittas Mann die Pistole auf mich gerichtet hatte.

»Meine Frau!« stammelte ich.

»Du Schuft!« sagte meine Frau.

»Beleidigen Sie ihn nicht«, sagte meine Verlobte, »er kann anscheinend wirklich nichts dafür.«

»Wer sind *Sie*?« fragte meine Frau, spitz wie ein Stacheldraht.

»Seine Verlobte«, sagte Melitta.

»Ah!« schrie der Eifersüchtige. »Du bist doch mit mir verheiratet!«

»Schuld an allem ist der!« rief ich und zeigte auf Ladi. »Diese Ausgeburt der Hölle!«

Ladi ergriff die Flucht, wir verfolgten ihn. Es war in einer Villengegend, es dämmerte bereits, Ladi kletterte über einen Zaun, wir kletterten ihm nach, jeder versprach ihm eine andere Belohnung, wenn wir ihn erwischen würden: die Zähne einschlagen, Haare ausreißen, Knochen brechen und ähnliche freundliche Dinge. Ladi drehte den Kopf nach uns – da geschah es: Ladi fiel in einen Teich.

Die Mutter brachte James Bond ins Bett, der Superman hatte sich erkältet, der Unbesiegbare hatte Fieber. Während der nächsten drei Tage hatte er Zeit, über sich und seinen künftigen Beruf nachzudenken. Er verzweifelte an seinen nächsten Verwandten, die seine kriminalistische Begabung nicht anerkennen wollten. Er hatte nur einen Wunsch: weg von den Menschen. Im Fernsehen gab es eben einen Film: »Reise zur Antarktis.« Da faßte er den Entschluß. Er wird ein Pinguin werden.

In den folgenden Wochen kamen wir nicht zur Ruhe. Dauernd hüpfte etwas im alten Frack seines Vaters vor uns herum, bewegte die Schösseln und bespritzte uns mit Wasser.

Ich habe nichts gegen die Flügel kindlicher Phantasie, aber die Flügel meines Neffen Ladi müßte man stutzen.

Kinder sind wie kleine Engel. Je länger die Beine werden, desto mehr schrumpfen die Flügel.

Die drei Wünsche

Unsere Schullesebücher werden reformiert – und mit Recht. Man kann einem Kind, das beim Anblick eines Autos nicht mehr »Töff-töff« ausruft, sondern sagt: »Das ist ein Audi 80 GT, mit vollsynchronisiertem Vierganggetriebe, Schaltung mit Mittelschaltknüppel, Stadtverbrauch 13,4 Liter«, weder Ludwig Uhland noch Friedrich Rückert vorsetzen. Ja, nicht einmal Friedrich Schiller. Denn wenn besagtes Kind hört: »Ich sei, gewährt mir die Bitte – in eurem Bunde der Dritte«, wird es im besten Fall annehmen, daß es sich um einen Fall von Gruppensex handelt. Und doch! Unsere guten, alten Märchen sollten der Jugend erhalten bleiben.

So dachte ich, bis mich die Lindingers – ein befreundetes Ehepaar – baten, bei ihrem fünfjährigen Heinz Babysitter zu spielen, da sie Karten für die Oper hätten. Ich sagte zu. Ich wußte nicht, daß der Bub ein Satan war.

Am Anfang plauderten wir. Heinz fragte: »Wenn ich groß bin, werde ich dann eine Frau bekommen, wie Mama eine ist?«

»Ja«, sagte ich.

»Und wenn ich nicht heirate, werde ich ein alter Junggeselle werden wie Onkel Felix?«

»Ja«, sagte ich wieder.

Worauf Heinz feststellte: »Dann bin ich in einer schrecklichen Lage.« Ich lachte.

Wir spielten Shilo-Ranch. Heinz zeigte mir seine Schießkünste. Er zielte mit seinem Bolzenrevolver auf eine Konservendose, die er ungefähr drei Meter von mir entfernt aufstellte, und landete sein Geschoß auf meiner Nase. Ich lachte nicht. »Du wirst jetzt schlafen gehen«, sagte ich.

Heinz dachte nicht daran. »Nicht, bevor meine Mama zurückkommt«, sagte er trotzig.

Meine Nerven vibrierten, aber ich redete ihm gütig zu: »Schau doch die kleinen Hühnchen an«, sagte ich, »die gehen auch ins Bettchen.«

»Aber die alte Henne geht mit ihnen«, stellte er fest, und ich mußte ihm recht geben.

»Ich werde dir ein Märchen erzählen«, schlug ich vor.

Er war einverstanden. »Aber beeil dich«, meinte er, »ich möchte den Fernseh-Nachtkrimi nicht versäumen.«

So erzählte ich ihm das Märchen von den »Drei Wünschen«. Erinnern Sie sich noch daran? Wenn nicht, will ich kurz resümieren: Ein armes Köhlerpaar saß am Abend in seiner Hütte. Sie hatten nichts zu essen, und die Frau seufzte: »Ach!« – im Märchen sagen die Menschen immer »Ach!« – »Ach, wenn wir doch nur nicht so arm wären!« Da trat eine schöne Fee ein und sagte: »Ich will euch drei Wünsche gewähren, aber bedenkt gut, was ihr wünscht, es könnte sonst euer Verderben sein!« Und verschwand. Die beiden wußten nicht, wie ihnen geschah, und sie dachten nach, was sie sich wünschen sollten. Die Frau war zu nervös, um denken zu können. »Ich wünschte mir«, sagte sie unbewußt, »daß wir eine große, dicke Wurst in der Schüssel hätten!« Schwups – lag eine große, dicke Wurst in der Schüssel. Zornig sprang der Mann auf. »Das hast du von deiner Freßgier!« schrie er. »Der erste Wunsch ist vertan! Ich wünschte, daß dir die Wurst an der Nase kleben würde!« Schwups – klebte die Wurst unter der Nase der Frau, so daß sie aussah wie Josef Stalin. Die Frau aber weinte. Nun war auch der zweite Wunsch weg, und mit der Wurst unter der Nase konnte sie nicht einmal mehr unter die Menschen gehen. Was blieb dem Mann übrig? Er mußte wünschen, daß die Wurst wieder in die Schüssel zurückfliegen möge, und das tat er denn auch. Die beiden aber blieben arm, und wenn sie nicht gestorben sind, dann sind sie es noch heute.

Heinz, das Wohlstandskind, hörte mir skeptisch zu. Vor allem konnte er nicht verstehen, wie zwei Leute so arm sein konnten, daß sie nicht einmal eine Wurst zum Abendessen hatten. Die Frau hätte doch einen Halbtagsjob annehmen und der Mann schwarz arbeiten können? Und eine Fee? Was war das? Ich sah ein, daß ich dem Kind das Märchen auf andere Weise erzählen mußte. Ich begann:

Herr und Frau Köhler, ein junges Ehepaar, saßen in ihrer Wohnung in einem Wiener Gemeindewolkenkratzer.

»Ach«, seufzte Frau Köhler – sie seufzte auch »Ach!« –, »ach, wenn wir doch nur ein Auto hätten!«

»Hab Geduld!« meinte Herr Köhler. »Sobald wir die amerikanische Superküche abbezahlt haben und die letzte Rate für die Waschmaschine und den Fernsehapparat sowie die erste Rate für den Plattenspieler und den Videorecorder erledigt ist, brauchen wir nur noch ein Jahr zu warten, dann gehören auch das Schlafzimmer und die Schmalfilmkamera uns, und dann kann ich mir im Büro einen Vorschuß nehmen und die Anzahlung für das Auto leisten.«

»Ach!« seufzte Frau Köhler wieder. »Warum sind wir so arm!«

Da wurde es hell im Zimmer, und ein Ratenhändler trat ein. »Ich kann euch, ohne daß ihr eine Anzahlung geben müßt, drei Wünsche gewähren. Aber bedenkt gut, was ihr wünscht, es könnte sonst euer Verderben sein!« Und verschwand.

»Ich wünsche mir ein Auto!« sagte Herr Köhler, und – schwups – das Auto stand vor dem Haus. Außer sich vor Freude eilten die beiden die Treppe hinunter, da kam aber auch schon ein Polizist auf sie zu und fragte barsch: »Wissen Sie nicht, daß hier Parkverbot ist?«

»Wir haben den Wagen erst bekommen«, stammelte Herr Köhler, »wir haben noch keine Ahnung . . .«

»Dann lesen Sie!« unterbrach ihn der Polizist unfreundlich und wies auf eine Tafel: »Parken nur von Montag bis Freitag.«

»Dann ist ja alles in Ordnung«, meinte Frau Köhler. »Heute ist Dienstag.«

Der Polizist zeigte auf eine zweite Tafel: »Parken nur von sieben bis zwölf.«

Herr Köhler sah auf die Uhr. »Es ist zehn!«

»Dann lesen Sie dort!« sagte der Polizist. »Parken nur an ungeraden Tagen. Heute ist ein gerader, das kostet sie hundert Schilling.«

Herr Köhler bezahlte, und die beiden fuhren dem Wienerwald zu.

Auf der Autobahn hatten sie die erste Panne. Herr Köhler öffnete in der glühenden Sonnenhitze die Kühlerhaube und untersuchte den Motor.

»Das ist *deine* Schuld!« sagte Frau Köhler wütend. »Kaum hatte uns der Mann die drei Wünsche gewährt, mußtest du dir gleich ein Auto wünschen!«

»Aber, Liebling«, beruhigte sie Herr Köhler. »Du wolltest doch auch immer ein Auto haben. Und außerdem haben wir ja immer noch zwei Wünsche offen.«

»Wenn *du* sie tust«, meinte Frau Köhler gereizt, »dann wird schon etwas Gescheites herauskommen!«

Im selben Augenblick raste ein Wagen vorüber – leider zu nah – und nahm ein Stück des Kotflügels mit.

»Stehenbleiben!« rief Frau Köhler aufgeregt, aber der Wagen fuhr weiter.

An seiner Stelle kam ein Gendarm.

»Was ist hier passiert?« fragte er.

»Fahrerflucht!« schrie Frau Köhler. »Der Wagen dort hat uns gestreift. Nehmen Sie sofort den Tatbestand auf! Der Mann muß bestraft werden! Der ist ja eine Gefahr für die Menschheit! Wir stehen ruhig hier, mein Mann repariert den Motor, auf einmal rast er vorüber und reißt uns den Kotflügel weg! Wissen Sie, was da hätte geschehen können? Der Rowdy gehört eingesperrt! Lebenslänglich! Wie kommt man dazu? Ein neuer Wagen und schon beschädigt! Das muß er bezahlen, und wenn ich durch alle Instanzen gehen muß!«

»Wissen Sie die Nummer des Wagens?« erkundigte sich der Gendarm.

»Die weiß *ich*!« sagte Herr Köhler. »Ich dachte mir noch, die beiden ersten Zahlen sind das Alter meiner Frau –« Frau Köhler unterbrach ihn rasch: »Dann reden wir nicht weiter drüber und seien wir froh, daß *uns* nichts passiert ist!«

Sie stiegen ein und fuhren weiter. Sie kamen auf die Bundesstraße, plötzlich kam aus einer Seitenstraße ein anderer Wagen, und es krachte.

»Sie!« schrie Herr Köhler aufgebracht. »Können Sie nicht aufpassen?«

»Das fragen Sie *mich*?« schrie der andere zurück. »Wo ich seit zwanzig Jahren Taxichauffeur bin? Wenn S' net stehenbleiben können, dann rennen S' daneben her und halten S' die Radeln!«

»Beleidigen Sie meinen Mann nicht!« kreischte Frau Köhler.

»Sie san ganz stad!« rief der Taxichauffeur. »Schauen S' mein' Kotflügel an! Der schaut aus wie ein Stoppelzieher!«

Frau Köhler stieg aus dem Wagen. »Polizei!« rief sie. »Polizei!«

»*Sie* rufen die Polizei?« fragte der Chauffeur. »Wo Sie in meinen Wagen hineingefahren sind wie in eine Garage? Schauen S' Ihnen die Karosserie an! Im Auto bin i von z'haus wegg'fahren und auf Rollschuh' komm i ham!«

Eine größere Menschenmenge hatte sich angesammelt.

»Wir müssen den Wagen abschleppen lassen«, flüsterte Herr Köhler seiner Frau zu.

»Abschleppen?« weinte sie. »Den neuen Wagen?«

Herr Köhler beruhigte sie. »Wir werden einen anderen bekommen. Wir haben ja noch zwei Wünsche gut.«

»Zwei haben wir gut und einen haben wir verschenkt!«

schluchzte sie weiter. Und wütend setzte sie fort: »Ich wünschte, daß der ganze Wagen beim Teufel wäre!«

Die Leute sahen sich um – der Wagen war weg!

»Wo ist der Wagen?« fragte der Taxichauffeur starr.

»Fort!« schrie Frau Köhler außer sich. »Und mein Mann mit ihm! Jetzt ist der zweite Wunsch auch verloren!«

Herr Köhler aber sah sich plötzlich samt seinem Auto in einen großen, hohen Raum versetzt, dessen Wände rot austapeziert waren. Hinter einem roten Schreibtisch sah er einen rotgekleideten Herrn sitzen, den fragte er: »Wo bin ich denn da?«

»Beim Teufel«, sagte der Herr gemütlich.

Köhler riß Mund und Augen auf. Dann begriff er. Seine Frau hatte den zweiten Wunsch getan. »Sie sind –?« fragte er ängstlich.

Der Herr beruhigte ihn. »Nur der Portier. Ich empfange die Neuangekommenen und nehme ihre Daten auf. Steigen Sie aus, bitte! Sie heißen?«

Herr Köhler stieg aus. »Kurt Köhler«, sagte er.

»Geboren?« fragte der Portier. »Wenn ja, wieso – wenn nein, wie oft?«

»Das verstehe ich nicht«, sagte Herr Köhler.

»Das versteht keiner«, antwortete der Portier. »Verheiratet? Wenn ja, warum – wenn nein, mit wem?«

Köhler sah ihn verständnislos an.

»Antworten Sie!« forderte ihn der Portier auf, jetzt schon in dem gewissen Beamtenton. »Ich brauche das für die Eintragung. Geschieden? Wenn ja, wohin – wenn nein, woher?«

»Warum fragen Sie so unsinnige Sachen?« wollte Köhler wissen.

»Weil das meine Strafe ist«, sagte der Portier. »Ich war auf Erden Sektionschef und muß mich jetzt wegen der vielen Formulare, die ich herausgegeben habe, mit den dümmsten Fragen herumschlagen. Beruf? Wenn ja, wodurch – wenn nein, seit wann? Sollte letzteres der Fall sein, ist genau anzugeben a) mit wem und b) wie hoch.«

Köhler begann seinen Fall zu erklären. »Passen Sie auf«, begann er. »Meiner Frau und mir wurden drei Wünsche gewährt. Mein erster Wunsch war ein Auto. Dieser Wagen hier.«

»O je!« meinte der andere. »Da kommen Sie ja in die Hölle für Autofahrer. Da beneide ich Sie nicht. Das ist eine der häßlichsten Abteilungen, die wir haben, um seine Sünden abzubüßen. Täglich neue Vorschriften, neue Einbahnstraßen, neue Umleitungen ... wo Sie heute parken durften, ist es morgen verboten ... alle Hauptstraßen sind Fußgängerzonen ...«

Köhler verlor die Geduld. »Begreifen Sie denn nicht?« fragte er. »Ich gehöre gar nicht hierher. Ich bin noch nicht tot!«

»Nicht tot?« fragte der Portier stirnrunzelnd.

»Nein! Meine Frau hat bloß den *Wagen* zum Teufel gewünscht und nicht *mich*!«

»Das ist egal«, meinte der Portier. »Von uns kommt keiner zurück.«

»Doch!« sagte Köhler fröhlich. »Ich habe ja noch einen Wunsch frei! Ich wünsche mir, wieder bei meiner Frau zu sein!«

Schwups, war er bei seiner Frau im Gemeindewolkenkratzer. Die beiden waren glücklich, in einem Jahr hatten sie ihren Wagen, und wenn sie keinen Unfall gehabt haben, dann leben sie noch heute.

Heinzi hatte interessiert zugehört. Jetzt schlief er, zufrieden lächelnd, ein.

Märchen bleiben Märchen. Man muß sie nur den Kindern von heute verständlich machen. Am nächsten Tag schickte ich »Die drei Wünsche« in meiner Fassung ins Ministerium, zur Begutachtung für das reformierte Lesebuch.

Es gibt keine Kinder mehr – und nicht nur, weil es die Pille gibt.

Es gibt verschiedene Arten von Besuchen. Da sind zum Beispiel die erwünschten und die unerwünschten Besuche. Läutet es bei mir an der Tür, nehme ich sofort meinen Aktenkoffer – bei Regenwetter auch Mantel und Schirm – und öffne. Ist es ein unerwünschter Besuch, sage ich: »Wie schade! Eben muß ich gehen!«, ist es ein erwünschter, sage ich: »Wie schön! Eben komme ich nach Haus!« Und dann gibt es noch eine Art von Besuchen, das sind die

Krankenbesuche

Ich lag in der Klinik. Ich hatte sie: die Modekrankheit – den Kreislaufkollaps. Alle meine Kollegen hatten schon einen gehabt, nur ich nicht. Ich schämte mich. Ich mied ihre Gesellschaft, ich ging nicht mehr unter Menschen. Man sagte von mir: »Wie soll er noch schreiben können? Er ist veraltet. Nicht einmal einen Kreislaufkollaps hat er noch gehabt!« Ich versuchte es mit allen Mitteln. Ich rauchte zuviel, ich trank zuviel, ich arbeitete zuviel. Das Resultat? Die Leute fragten mich: »Was machen Sie, daß Sie immer so gut und gesund aussehen?« Ich haßte sie. Ich versuchte es auf andere Weise. Ich hörte auf zu rauchen, zu trinken, zu arbeiten. Da – eines Tages – bekam ich ein Schwindelgefühl, meine Knie zitterten, der Boden schwankte unter meinen Füßen, der Blutdruck sank – noch wagte ich es nicht, das Unglaubliche zu fassen. Ich fuhr zum Arzt, er untersuchte mich: Kreislaufkollaps! Wäre ich nicht zu schwach gewesen, ich hätte ihn umarmt.

Nun lag ich in der Klinik – krank, aber von einem tiefen Selbstbewußtsein durchdrungen. Ich hatte ihnen bewiesen, daß ich nicht schlechter war als sie. In meinem Zimmer lag ein zweiter Kollaps: Herr Kleinfeld. Er hatte mir gegenüber ein Minderwertigkeitsgefühl, weil sein Kollaps nicht so ausgeprägt war wie der meine. Schwester Maria vertraute mir sogar an, daß die

Ärzte im Zweifel wären, ob es überhaupt ein Kollaps sei. Ob es sich nicht nur um einen kleinen Nervenzusammenbruch handle. Er tat mir leid, aber was kümmerte es mich? Hauptsache, ich hatte meinen Kollaps.

Es kam der Tag, an dem wir zum erstenmal Besuch empfangen durften. Wir freuten uns aus vollem Herzen – da kamen sie auch schon an: meine Frau, meine Schwägerin Hermine mit Sohn Ladi, Frau Kleinfeld und ihre Freundin, Frau Hummer. Wer meine Bücher »Krokodile fliegen nicht«, »Ich erinnere mich nicht« und »Seid nett zu Vampiren« gelesen hat (Köchelverzeichnis 214, 215, 216), wird wissen, welch ein Gefühl ich empfand, als ich meinen Neffen Ladi sah. Er war ein Labsal für jeden Kranken. Wir machten die Damen miteinander bekannt.

»Diese Männer!« seufzte Frau Kleinfeld. »Einen so zu erschrecken!«

»Hat man Sie auch so überrascht mit der Nachricht?« fragte meine Frau.

»Überrascht? Ich sitze Montag abend vor dem Fernsehapparat –«

»Kojak!« rief Ladi dazwischen. »Bum! Bum!« Er verschanzte sich hinter dem oberen Ende meines Bettes, wodurch mir die Tafel mit meiner Krankheitsgeschichte auf den Kopf fiel, was mir eine Rißwunde auf der linken Stirnseite eintrug.

»Ladi!« warnte Hermine.

»Hattest du eine schöne Krankenschwester?« fragte mich Ladi. »Papa war einmal sechs Wochen in einem Sanatorium, und Mama hat gesagt, nur wegen der Krankenschwester. Er hätte schon nach vier Wochen nach Hause kommen können.«

»Sei still!« rief Hermine drohend.

»Sie wollten etwas erzählen«, wandte sich meine Frau schnell an Frau Kleinfeld, um die unangenehme Situation zu überbrücken.

»Ja. Ich sitze also Montag abend vor dem Fernsehapparat –«

»Dienstag«, korrigierte Frau Hummer.

»Montag. Erinnere dich, ich war vorher bei dir zur Anprobe. Meine Freundin schneidert nämlich«, erklärte sie den anderen Damen.

»Mein Hobby«, warf Frau Hummer ein. »Ich hatte einmal einen Modesalon, bin aber jetzt verheiratet und arbeite nicht mehr.«

»Außer für mich«, meinte Frau Kleinfeld stolz. »Das Kleid, das ich anhabe, ist auch von ihr.«

»Schick!« sagte meine Frau.

»Sehr fesch!« sagte Hermine.

»Unten zipft es«, sagte Ladi.

Er war ein Lausbub, aber er hatte recht: Das Kleid zipfte.

»Wo lassen *Sie* arbeiten?« erkundigte sich Frau Hummer bei meiner Frau. »Als Künstlerin haben Sie sicher einen erstklassigen Couturier.«

»Das ist verschieden«, log meine Frau. »Ich lasse immer dort arbeiten, wo ich gerade auftrete. In Rom bei Schuberth, in Paris bei Courrège . . .«

»Und in Wien bei Frau Wondrak«, ergänzte Ladi. »Mama sagt immer, von der würde sie sich nicht einmal einen Knopf annähen lassen.«

»Ladi!« fauchte Hermine ihn an. Ich fühlte es: Ladi ging am Rande einer Ohrfeige spazieren. Wenn es einen Ohrfeigenfahrplan gäbe, müßte sie in längstens einer Minute eintreffen. Meine Frau trat Ladi heftig mit dem Fuß gegen das Schienbein.

»Au!« schrie er auf. »Bum! Bum!« Er kletterte auf das Bett Kleinfelds, deckte sich mit Kleinfelds Körper und schrie: »Ihr werdet nicht schießen, oder ihr trefft meine Geisel!«

Kleinfeld, der diese Geiselnahme nicht erwartet hatte, zitterte am ganzen Leib.

»Ladi!« rief Hermine. Ladi heulte. Die Ohrfeige war fahrplanmäßig angekommen.

»Ein aufgewecktes Kind!« meinte Frau Kleinfeld und lächelte maliziös.

»Kümmern Sie sich nicht um ihn«, bat Hermine. »Sie wollten doch erzählen, wie Sie die Nachricht von der Erkrankung Ihres Mannes bekommen haben.«

»Ach ja. Ich sitze also Montag abend vor dem Fernsehapparat –«

»Dienstag«, warf Frau Hummer wieder ein. »Montag spielten wir Bridge.«

»Stimmt!«

»Sie spielen Bridge?« fragte meine Frau sofort.

»Leidenschaftlich gern.«

»Wir spielen auch – meine Schwägerin und ich.«

»Da könnten wir doch einmal eine Partie zu viert –?«

»Das wäre reizend!«

»Papa sagt immer, mit der Tante kann man nicht spielen, sie versteht nichts von Bridge!« rief Ladi dazwischen.

»Schweig!« Das klang zweistimmig. Meine Frau und meine Schwägerin hatten sich zu einem Duo vereinigt. Mit dem Soloeinsatz »Du Fratz – geh hinaus!« schob Hermine ihren Sprößling vor die Tür. Ich will es gleich vorwegnehmen – er blieb nicht lange draußen. Nach fünf Minuten brachte ihn Schwester Maria mit ernstem Gesicht herein. »Wem gehört dieser Bengel?« fragte sie. Sie – die Immergeduldige. »Er hat eine Injektionsnadel von einem Tablett genommen und hat sie Schwester Klara, als sie sich bückte, in den Rücken gestoßen!«

»Sie lügt!« rief Ladi. »Es war nicht der Rücken!«

Seine Mutter zerrte ihn an der Hand zu einem Stuhl. »Da bleibst du sitzen!« schrie sie. Vom Nebenzimmer klopfte man an die Wand. »Und sei brav, sonst darfst du nicht mehr mitkommen, wenn der Onkel wieder krank ist! Entschuldigen Sie, Schwester!« flehte sie. Und Schwester Maria, die Allesertragende, rauschte, ohne ein Wort zu erwidern, hinaus.

»Wie war das also?« fragte meine Frau. »Wie haben Sie die Nachricht von der Erkrankung Ihres Mannes bekommen?«

»Ach, auf eine ganz rücksichtslose Weise«, antwortete Frau Kleinfeld. »Ich sitze vor dem Fernsehapparat – es war Dienstag, meine Freundin hat recht –, plötzlich werde ich aus dem

Krankenhaus angerufen, daß man eben meinen Mann eingeliefert hat. Sie können sich meinen Schreck denken. Ich hatte das Abendessen fertig – ich hatte an diesem Abend zum erstenmal Persisches Pilaf gemacht, nach einem Rezept, das man mir in Teheran gegeben hat –«

»Sie waren in Teheran?« unterbrach meine Frau sie. »Wir auch!«

»Ach ja? Mein Mann will seither nur persisch essen!«

Um Gottes willen, fuhr es mir durch den Kopf. Hoffentlich fällt jetzt nicht das Wort »Hammel«, sonst wird mir schlecht. Ich habe von einem dieser verfluchten persischen Hammel Gelbsucht bekommen.

»Vorige Woche hatten wir Hammelragout –«

Da war es schon. Ich fühlte, wie Leber und Galle einander zunickten, als wollten sie sagen: »Auf geht's, Freunderl!«

»Interessant! Wie bereiten Sie das zu?«

Wozu fragt meine Frau? Will sie mich umbringen? Kleinfeld verdrehte die Augen, seine Miene verriet mir alles. Nicht *er* wollte persisch essen. Sie – nur sie! Ihm wurde genauso übel davon wie mir.

»Es ist ganz einfach«, begann Frau Kleinfeld. »Sie nehmen kleingeschnittenes Hammelfleisch –«

Vorsicht! warnte meine Galle. Aber wer hörte schon auf sie? Kleinfeld griff sich mit beiden Händen auf den Unterleib.

»Rösten es«, setzte Frau Kleinfeld fort, »geben Pfeffer und Salz dazu, feinzerdrückten Knoblauch, gehackte Petersilie, Tomatenmark und Madeirasauce, rösten gehackte Zwiebeln in Butter und legen sie auf das Hammelfleisch –«

Nein, bitte nicht! Ich sah auf meine Hände, sie waren wie Herbstlaub. Sie färbten sich gelb. Kleinfeld krümmte sich vor Schmerzen – man bemerkte es nicht.

»Wenn es Sie interessiert, lasse ich Ihnen einige Rezepte zukommen. Oder noch besser – Sie kommen zu uns zum Abendessen – auf einen gebratenen Hammelrücken mit Speck und Bratkartoffeln.«

»O fein!« freute sich meine Frau. »Mein Mann wird begeistert sein!«

Dein Mann! Wenn er dann noch lebt, dieser Mann! Ich hätte gern einen Arzt verlangt, aber vor den Damen? Kleinfeld hatte es besser als ich – er war ohnmächtig geworden.

»Schön, daß wir uns so gut verstehen«, meinte Frau Kleinfeld. »Übrigens – ich heiße Kamilla!«

»Ich heiße Cissy!«

»Ich heiße Hermine!«

»Und ich Vally!«

»Servus!« Sie küßten sich über unsere Betten hinweg. Frau Kleinfeld duftete nach Hammelfett. Ich bekam Fieber, ich fühlte es, ich sah den Persienurlaub vor mir: Teheran, Hammelfleisch, Knoblauch, Speck, Öl, Oliven, Hammelzunge, Hammelfüße, Hammelnieren – ich konnte nicht mehr! Es wunderte mich nicht, daß der Schah jedes Jahr einmal nach Europa kommt, um sich durchuntersuchen zu lassen. Mein Magen! Einen Arzt, bitte! Zwei Ärzte, drei Ärzte!

Schwester Maria trat ein. »Wer hat geläutet?« fragte sie. Niemand. Doch! Ladi! Er hatte mit der Klingel gespielt! Er ist ein Lausbub, der Lausbub, aber Allah segne ihn, Gott behüte ihn, Buddha wache über sein Leben, Manitou nehme ihn in die ewigen Jagdgründe auf, und die tapfersten Helden der Roten mögen seine Sklaven sein. (Mit den »Roten« spiele ich auf keine politische Partei an.)

»Es ist Zeit, daß Sie gehen«, sagte Schwester Maria, »für den ersten Besuch war es lange genug. Das viele Sprechen strengt die Patienten an.« Das viele Sprechen! Nicht ein Wort haben wir gesprochen! Trotzdem – Schwester Maria ist ein Engel. Die Damen gingen. Keine hatte uns nach unserem Befinden gefragt – weder Kleinfeld noch mich. Wir verbrachten eine unruhige Nacht. Am nächsten Morgen kam die ärztliche Visite, Kleinfeld und mir wurde die Gallenblase entfernt, und diesmal war ich so gar nicht stolz darauf, daß meine Operation schwieriger war als seine.

Was hatte ich erreicht? Nichts. Wenn jemand einen meiner Kollegen trifft und die Rede auf mich kommt und wenn dieser Jemand fragt: »Was hatte er, daß er so lange im Krankenhaus war?«, dann antwortet man nicht, wie ich es erwartet hatte, mit gebührender Ehrfurcht: »Einen Kreislaufkollaps!« – nein, man sagt geringschätzig: »Eine Gallenblasengeschichte.«

Die vier Damen kommen noch immer zusammen, sie spielen Bridge, sie geben Damenjausen, sie haben denselben Friseur, dieselbe Masseuse. Kleinfeld und ich aber haben einen Verein gegründet, dessen oberstes Ziel es ist, Krankenbesuche in Spitälern nur bei wirklich gesunden Patienten zu erlauben.

Die deutsche Sprache ist eine schöne Sprache. Die Sprache der Dichter und Denker. Man unterscheidet zwei Arten von Deutsch – Süddeutsch und Norddeutsch, zwei Gruppen, welchen eine Menge von Dialekten angehören. Dann gibt es aber noch ein drittes Deutsch:

Das Fernsehdeutsch

Mein Neffe Ladi, damals acht, Bubi Wimmer und Pauli Pinagl, acht und neun, stehen in der Wohnung von Ladis Eltern am Fenster und blicken auf die Straße hinunter. Im Haus gegenüber befindet sich eine Diskothek. Zwei Polizisten kommen eben um die Ecke.

»Die Polente«, sagt Ladi.

»Wo?« fragt Bubi.

»Dort. Siehst du die Bullen nicht, Dreckskerl?«

»Okay, okay!« beruhigt ihn Bubi. »Ob die in den Schuppen gehen?«

»Leicht möglich«, mischt sich nun Pauli ins Gespräch. »Sind vielleicht hinter 'nem Dealer her.«

»Denkst du, daß es dort unten Stoff gibt?« erkundigt sich Ladi.

»Klar, Mensch. Hast du noch nie die Typen gesehen, die dort rumschleichen? Hängen völlig durch.«

»Sollen eine verdammt heiße Show abziehen dort drüben«, meint Bubi.

»Heiße Show«, murmelt Ladi verächtlich. »Hast du die neue Zeichenlehrerin gesehen? Wenn die die Beine übereinanderschlägt – das ist 'ne Show! Spitze! 'ne tolle Nummer!«

»Müde Mieze«, meint Bubi blasiert. »Mein Bruder hat jetzt 'n Mädchen – das ist 'ne Biene, Jungs! Optimal! Wenn ich älter wäre, an die würde ich mich ranschmeißen.«

»Du würdest deinen eigenen Bruder austricksen?«

»Klar, Mensch! Er hat mich auch verpfiffen, wie ich neulich die Schule geschwänzt habe.«

»Hat er Mäuse?«

»Mein Bruder? Nein. *Sie* hat die Kohlen.« Sie blicken wieder auf die Straße.

»Seht ihr den beknackten Gent, der aus dem Schuppen kommt?« fragt Ladi. »Das ist der Oberboß.«

»Ob der eine Kanone hat?«

»Muß er haben. Der Laden ist unheimlich scharf. Und er ist ein Kerl. Ein Wort zu dem, und du glaubst, dich streift ein Bus. Außerdem hat er einen gefährlichen –« Ladi stockt.

»Was hat er?« fragt Pauli.

»Einen gefährlichen –«, er weiß nicht weiter.

»Spuck aus, Mensch!« sagt Bubi. »Mach schon!«

»Moment«, beruhigt ihn Ladi, geht zur Tür und ruft ins Nebenzimmer: »Papi, wie heißt Hund auf deutsch?«

O Fernsehen! Hätte es dich zu Lessings Zeiten gegeben, er hätte nicht »Nathan, der Weise« geschrieben, sondern »Nat, das Superhirn«.

Der Mensch soll sich nicht ärgern. Wozu auch? Die Lebenshaltung wird teurer – Sie ärgern sich –, die Lebenshaltung wird trotzdem teurer. Die Frau Ihres besten Freundes geht durch – Sie ärgern sich –, die Ihre bleibt trotzdem da. Und nur ja keinen Ärger hinunterschlucken. Das macht krank, bringt Gelbsucht und Magengeschwüre. Reden Sie sich frei. Spülen Sie Ihren Ärger von der Seele. Sollten Sie nicht wissen, was ich meine, lesen Sie:

Von der Seele gesprochen

Man soll keine Illustrierten lesen. Man soll sie lesen, aber nicht ernst nehmen. Man soll sie ernst nehmen, aber nicht versuchen, etwas von dem Gelesenen auszuprobieren. Ich habe gegen diese drei Regeln verstoßen. Ich habe eine Illustrierte gelesen, ich habe sie ernst genommen, und ich habe etwas von dem Gelesenen ausprobiert. Da stand: »In Japan, in der Stadt Mitsuhito, gibt es einen sonderbaren Neujahrsbrauch. In der Silvesternacht versammeln sich Familie, Freunde und Verwandte in einem Zimmer, stopfen sich die Ohren zu und sagen – durcheinanderredend – alles, was sie im Laufe des vergangenen Jahres an den andern geärgert hat. Ist es vorüber, ist man wieder gut Freund.«

Ich erzähle davon bei Ladis Geburtstagsfeier – er wurde damals zwölf – und, ich weiß nicht, wie es kam, plötzlich war es eine beschlossene Sache, den japanischen Neujahrsbrauch bei unserer Silvesterparty zu praktizieren.

Geladen waren: Dr. Robinson, Mela Robinson, Dr. Wronsky, Vera Wronsky, Walter Goldmann, Hermine Goldmann und beider Sohn Ladi.

Man soll nicht neugierig sein, man soll niemanden hereinlegen wollen, und man soll nicht zu wissen begehren, was andere, in einem Fall wie dem oben geschilderten, sagen werden. Ich war neugierig, ich wollte die andern hereinlegen, und ich begehrte zu wissen, was sie in einem Fall, wie dem oben geschilderten, sagen werden. Ich versteckte Tonbandgeräte. Hinter Blumen, hinter Büchern, hinter allen Gegenständen, hinter welchen man Tonbandgeräte verstecken kann.

Die Gäste trafen ein. Wir scherzten noch über unser Vorhaben, dann gingen wir in das für unseren Zweck bestimmte Zimmer. Meine Frau verteilte Oropax, man steckte sich die Kügelchen in die Ohren, ich prüfte, ob sie fest genug drinnen waren – es konnte beginnen. Von den Tonbändern hatte niemand eine Ahnung – nicht einmal meine Frau. Die Anwesenden sprachen zuerst vor sich hin, dann wurden sie immer wütender, sie drohten mit den Fäusten, sie rissen sich bei den Haaren, Goldmann warf seiner Frau zornige Blicke zu, Robinson knirschte mit den Zähnen, Wronsky sah fuchtig auf mich, Vera war gereizt, Mela empört, Hermine zischte wie eine Schlange, Ladi schien zu fluchen, meine Frau war furios. Ich tat, als ob ich mitmachen würde.

Am nächsten Morgen nahm ich mir die Tonbänder vor. Ich war neugierig, was meine Freunde sich von der Seele geredet hatten. Ich konnte das mit ruhigem Gewissen tun – ich hatte im Laufe des Jahres keinem von ihnen auch nur den kleinsten Anlaß zum Ärgern gegeben.

Das 1. Tonband – Dr. Robinson: »Ich halte das für den größten Blödsinn! Seit dem Frühstück habe ich nichts zu mir genommen – anstatt gleich zu Tisch zu gehen, soll ich mir vorher den Ärger von der Seele reden! In zehn Minuten den Ärger eines ganzen Jahres! Wozu? Morgen früh ärgere ich mich ja doch wieder! Es fängt schon an, wenn meine Frau mit dem Frühstück kommt und sagt: ›Da ist das Kaffeedschi!‹ Seit 19 Jahren sagt sie: ›Da ist das Kaffeedschi!‹ Wenn sie nur ein einziges Mal sagen würde: ›Da ist der Kaffee!‹ Nein – immer ›das Kaffeedschi!‹ Ich weiß, daß es da ist! Ich sehe es, ich rieche es, ich hasse es! Wie gern möchte ich sie betrügen, aber mit wem? Meine Sekretärinnen werden von ihr ausgesucht, und sie schauen danach aus! Und diese Schwiegermutter, die mir immer erzählt, daß sie Schauspielerin war und daß sie der Feind bei einem Fronttheaterauftritt gefangengenommen hat! Das muß Napoleon gewesen sein! Und diese Klienten! Dieser Bamberger! Sagt mir frech ins Gesicht, er weiß nicht, wozu er zu einem so teuren Anwalt geht, wie ich einer bin! Es gibt Hunderte Bücher über Gesetze, da hätte er dasselbe lesen können, was ich ihm gesagt habe! Das stimmt, Herr Bamberger, aber ich weiß die Seite, auf der es steht! Und dieses Finanzamt! Wenn das so weitergeht, wird man bald wie ein Pferd arbeiten müssen, um wie ein Hund leben zu können! Und diese Wieners mit ihren ewigen Einladungen! So schön könnte ich jetzt beim Fernsehen sitzen! Zwei Folgen von dem Durbridge-Krimi habe ich gesehen – heute ist der Schluß, und ich werde nie erfahren, wer der Mörder ist! Und warum das alles? Damit ich hier ein hartes Steak zu essen bekomme, genauso zubereitet, wie ich es nicht mag! Oh, wie ich dieses Paar nicht leiden kann! Sie mit ihrer ewigen Politik – und er mit seinen dummen Witzen! Am liebsten würde ich ihm sagen –« Ich schaltete ab. Ich hätte nie gedacht, daß Robinson so schlecht von mir sprechen könnte. Ich nahm das zweite Tonband zur Hand.

2. Tonband – Mela Robinson: »Meinen Ärger soll ich mir von der Seele reden? Dazu würde ich Jahre brauchen! Am Morgen beginnt es. Da komme ich mit dem Frühstück und sage: ›Da ist das Kaffeedschi!‹ Seit 19 Jahren sage ich: ›Da ist das Kaffeedschi!‹ Ein einziges Mal möchte ich sagen: ›Da ist der Kaffee!‹ – nein, ich sage immer wieder: ›Da ist das Kaffeedschi!‹ Ich weiß, es freut ihn, und so opfere ich mich. Und was ist der Dank? Wie behandelt er mich? Wenn ich ihn frage: ›Was gibt es noch auf der Welt außer unserer Liebe?‹ – sagt er: ›Nichts, aber was gibt es heute zum Abendessen?‹ Am liebsten ist mir der Februar. Da sehe ich ihn um drei Tage weniger. Neulich, bei Wimmers, als die Herren sich zurückgezogen hatten, kam ich gerade dazu, als sie über ihre Frauen sprachen. ›Meine Frau‹, sagte der junge Dr. Pommer, ›sieht aus wie ein Filmstar.

Raquel Welch!‹ ›Meine Frau‹, sagte mein Mann, ›sieht ebenfalls wie ein Filmstar aus. Woody Allen!‹ Alle lachten, und er weiß bis heute noch nicht, daß ich es gehört habe. Aber ich habe meine Revanche! Ich betrüge ihn! Ja, mein Lieber, jetzt, wo du die Ohren zugestopft hast, kann ich es dir ja sagen: Ich habe einen Freund! Ich – Woody Allen! Und weißt du, wen? Bobby Singer! Bobby, Süßer, du wolltest mich heute anrufen, während mein Scheusal beim Fernsehen sitzt – und jetzt muß ich hier bei den Wieners sein und kann nur an dich denken! Warum bin ich hier? Warum *muß* ich hier sein? Nur um ein Steak zu essen, das ich zu Hause besser gehabt hätte, um mich von ihrer ewigen Politik langweilen zu lassen und von seinen dummen Witzen! Besonders er –« Ich schaltete aus. Also sie auch!

3. Tonband – Dr. Wronsky: »Was soll ich mir von der Seele reden? Ich habe keinen Ärger! Ich bin ein zufriedener Mensch, verdammt noch einmal! D. h., Ärger hat jeder Mensch – oder soll ich, als Dentist, mich freuen, wenn Patienten mich mit Zähnen anlachen, die sie noch nicht bezahlt haben? Überhaupt dieser Beruf! Warum bin ich nicht Gynäkologe geworden, wie ich es wollte? Da hätte ich mit schönen Frauen zu tun gehabt anstatt mit faulen Zähnen! Und ich sehne mich nach schönen Frauen! Birgit, meine neue Sprechstundenhilfe – die wäre was für mich! Sie ist ein Wunder an Schönheit! Robinson meint, daß das ein Blödsinn ist. Ein Wunder ist etwas, das man wohl sehen, aber nicht angreifen kann. Das ist ja bei Birgit der Fall. Leider! Aber was weiß Robinson? Ich habe bald genug von ihm! Setzt sich in meinen Stuhl, läßt sich von mir behandeln, fragt nicht nach dem Honorar und bleibt es schuldig! Und mit diesem Menschen muß ich meinen Urlaub verbringen! Nur weil unsere Frauen miteinander befreundet sind. Dabei sind sie gar nicht mehr so miteinander befreundet, seit sie beide auf Bobby Singer fliegen. Ich glaube, er hat sich für Mela Robinson entschieden. Schade! Hätte er sich für meine Frau entschlossen, hätte ich einige freie Abende in der Woche gehabt und hätte

Birgit überreden können, mit mir essen zu gehen. Wie schön wäre es gerade heute gewesen – Silvester! So muß ich diese nervtötende Party mitmachen! Diese Wieners –« Ich schaltete aus. Wronsky war also auch nicht unser Freund. Ich nahm das 4. Tonband zur Hand.

4. Tonband – Vera Wronsky: »Ja, ja, ich rede mir den Ärger von der Seele! Den Ärger, daß ich Mela nicht sagen kann, daß Bobby mich liebt und daß er nur auf den Moment wartet, um mit ihr Schluß zu machen! Und diese Birgit – diese Gans! Mein Mann bemüht sich um sie! Warum will sie nicht? Warum bleibt sie kalt wie ein Fisch? Ich sehe schon, ich werde mit ihr reden müssen, damit ich mehr Zeit für Bobby habe. Bobby, Süßer, du wolltest mich heute anrufen, während mein Ekel beim Fernsehen sitzt – jetzt bin ich hier bei den Wieners. Ich denke an dich! Bussi! Wenn der Abend schon zu Ende wäre! Nach dem Essen wird sie anfangen zu politisieren, und er wird dumme Witze machen! Sie geben doch diese Parties nur, um seine Witze zu testen. Wenn wir darüber lachen, verwendet er sie auf der Bühne oder in seinen Büchern. Liebst du mich, Bobby? Sag ja! Wenn du mich nicht lieben würdest – ich würde es nicht aushalten hier unter diesen Menschen!« Ich schaltete aus. Die Enttäuschung wurde immer größer.

5. Tonband – Walter Goldmann: »Den Ärger soll ich mir von der Seele reden? Was habe ich davon, wenn es täglich neuen Ärger gibt? Allein im Geschäft! Diese Spesen! Das Heizöl ist so teuer, daß es billiger käme, wenn man sein Geld verbrennen würde! Und diese Börse! Ich möchte ein einziges Mal ein paar von den Aktien kaufen, die immer steigen, wenn man sie nicht hat! Morgen ist wieder ein Wechsel fällig! Gestern habe ich den Betrag noch gehabt, heute ist er weg! Das Geld geht so schnell von Hand zu Hand, daß die Bazillen drauf seekrank werden! Und diese Familie! Meine Frau hat sich eine Pelzkappe gekauft! Wenn einem das Wasser überm Kopf zusammengeht, braucht man keine Pelzkappe! Und das Auto! Gestern hat sie die Fahrprüfung gemacht – natürlich ist sie durchgefallen! Jetzt

macht sie sie in 14 Tagen wieder! Zum Glück kann sie nicht denselben Prüfer bekommen – der muß drei Wochen im Spital bleiben! Und dieser Schwiegervater! An allem, was ich tue, hat er etwas auszusetzen. Ich habe ihm zwar das Haus verboten, aber er kommt, während ich im Geschäft bin. Ich weiß es, weil ich gesehen habe, daß jemand mein Photo auf der Kredenz angespuckt hat. Und dieser Ladi, dieser Lausbub! Auf der Straße muß er Fußball spielen und eine Schaufensterscheibe einschlagen! Wer wird sie bezahlen? Ich! Und in diesem Zustand, den Kopf voller Sorgen, muß ich noch zu den Wieners gehen! Was wird sein? Sie wird politisieren, und er wird alte Witze erzählen! Wenn ich so könnte, wie ich wollte, ich würde –« Ich drehte ab. Daß Goldmann gegen uns ist, hätte ich nie gedacht.

6. Tonband – Hermine Goldmann, die wir immer »Die Stille« nennen: »Endlich kann ich meinen Ärger in die Welt hinausschreien! Mir könnt ihr alle den Buckel runterrutschen, wie ihr da seid! Dr. Robinson, der beste Freund meines Mannes, der gar nichts dagegen hätte, einmal mit mir zu schlafen! Auch Dr. Wronsky, der mir schon einige diesbezügliche Anträge gemacht hat! Alle, alle würden sie wollen – nur nicht mein Mann! Der denkt nur ans Geschäft! Für ihn ist die häßlichste Frau sexy, wenn sie fünf Meter Stoff bei ihm kauft! Und diese Mela! Bildet sich weiß Gott was ein, weil Bobby Singer ihr den Hof macht! Und Vera ebenfalls! Die dummen Gänse wissen nicht, daß er das bloß tut, um sein Verhältnis mit mir zu verschleiern! Bobby, Süßer, du wolltest mich heute anrufen, während mein Alter beim Fernsehen sitzt! Leider mußten wir zu den Wieners gehen! Nicht gerne, glaube mir! Ich vertrage weder ihre Gespräche über Politik noch seine abgestandenen Witze! Er glaubt, daß nur er ein gutes Gedächtnis hat! Diese Witze habe ich schon von meinem Vater gehört, der wenigstens vorausgeschickt hat, daß sie von unserem Großvater stammen. Das wird wieder ein langweiliger Abend werden! Am liebsten möchte ich –« Ich drehte ab. Das waren also meine Freunde!

7. Tonband – Ladi. »Meine Eltern ärgern sich. Worüber?

Wahrscheinlich über mich. Was werden sie erst morgen sagen, wenn ein Polizist kommen und ihnen erzählen wird, daß ich im Kino zu einem Mädchen frech geworden bin? Ich ärgere mich ja selbst! Schuld daran ist mein Schulkollege, der Gutmann! Warum hat er mir eingeredet, daß ich endlich einmal mit einem Mädchen ins Kino gehen muß? Ich habe die Lissy Papanek eingeladen, die zwei Jahre älter ist als ich. ›Weißt du auch, was du zu tun hast?‹ hat mich der dumme Gutmann gefragt. ›Natürlich‹, habe ich geantwortet. ›Zuerst kaufe ich ihr Zuckerl – dann, wenn es finster wird, lege ich meinen Arm um sie und gebe ihr einen Kuß.‹ ›Und wenn sie dich zurückstößt?‹ fragt der Gutmann. ›Dann nehme ich ihr die Zuckerl wieder weg‹, sage ich. Dazu ist es aber gar nicht gekommen. Die Lissy Papanek hat zu schreien angefangen, ist davongelaufen und hat sich von einem Polizisten nach Hause bringen lassen. Und morgen geht der Polizist zu meinen Eltern und in die Schule. Und ich muß hier sitzen, bei meinem Onkel und meiner Tante, die mir heute besonders auf die Nerven gehen. Immer haben sie gute Lehren für mich, aber was man mit einem Mädchen macht, das einem aus dem Kino davonläuft, das haben sie mir nicht gesagt. Wenn ich ihnen einmal so beibringen könnte, was ich denke –« Ich drehte schnell ab. Ich wollte nicht wissen, was Ladi sich denkt.

Das war also am nächsten Morgen.

Am Abend vorher, nach dem Schlußpfiff, nahmen wir uns die Stöpsel aus den Ohren, gingen zu Tisch, alle lobten das Steak und beteuerten uns, wie glücklich sie wären, Silvester bei uns verbringen zu dürfen. Ich hielt eine kurze Neujahrsansprache, die in einem Toast auf unsere treue, ewigwährende Freundschaft ausklang.

Und wir *blieben* auch gute Freunde. Die andern wußten ja nicht, was *ich* wußte, und ich verriet es keinem. Ich war sie alle schon so gewöhnt.

Tiere, die sich nicht leiden können, besuchen einander nicht. Davon könnte der Mensch lernen. (Ich setze gleich hinzu, daß ich diese Weisheit von meinem Vater habe, der immer vorausgeschickt hat, daß sie von meinem Großvater stammt.)

Apropos: Das von meiner Frau besprochene Tonband habe ich gar nicht erst abgehört. Wer weiß –?

Es gab Zeiten, in denen der glühende Liebhaber dem kleinen Bruder seiner Angebeteten einen Schilling schenkte, damit er ihm eine Locke vom Haar seiner Schwester bringe. Heute bringt er ihm für zehn Schilling die ganze Perücke. Aber welcher Liebhaber gibt sich heute mit einer Locke zufrieden? Und welcher Junge mit einem Schilling? Die Zeiten haben sich geändert. Früher gab es Themen, über die die jungen Leute nicht reden durften – heute reden sie von nichts anderem. Und doch: Es ist alles Erziehungssache. Ich las neulich den Rat eines Sexualpsychologen, schon bei den Fünfjährigen mit der sexuellen Aufklärung zu beginnen. Folgt ihm nicht, ihr Eltern! Ihr bringt die Kinder um das schönste Erlebnis! Sie sollen selber draufkommen! Bleibt bei den guten alten Märchen. Sie regen die Phantasie des Kindes an und schüren seine Ideale. Glaubt mir! Bleibt bei

Rotkäppchen, Aschenbrödel und Schneewittchen

Mein Schwager Goldmann, seine Frau Hermine und beider Sohn Ladi, damals fünf, hatten zu Abend gegessen. »Wirst du mir ein Märchen erzählen, Papi?« fragte Ladi.

»Nein«, antwortete Goldmann schnell, »das wird die Mami tun.«

»Ich habe keine Zeit«, sagte Hermine. »Ich muß den Tisch abräumen und das Geschirr in die Spülmaschine geben. Erzähl nur du.«

»Was soll ich erzählen?« fragte Goldmann verzweifelt. »Er unterbricht mich doch immer.«

»Heute wird er ein braves Kind sein und wird dich nicht unterbrechen. Nicht wahr, Ladi?«

»Nein«, versprach Ladi. Ob er mit diesem nein meinte, daß er kein braves Kind sein oder daß er nicht unterbrechen werde, ging aus seiner Antwort nicht klar hervor.

»Also gut.« Goldmann ergab sich in sein Schicksal, und während Hermine den Tisch abräumte und Schüsseln, Teller und Besteck in die Küche trug, begann er: »Es war einmal ein König, der hatte eine Frau.«

»War das eine Königin?« fragte Ladi.

»Ja.«

»Ist jeder Mann, der eine Königin zur Frau hat, ein König?«

»Ja.« Dieses zweite »Ja« klang bereits etwas gereizt.

»Wieso hast du dann neulich gesagt, daß der Mann von der Königin von England ein Herzog ist?«

»Weil er aus keiner königlichen Familie stammt.«

»Was ist das, eine königliche Familie?«

»Eine Familie, in der es immer nur Könige gab. In meiner Familie gab es immer nur Bürger, also bin ich aus einer bürgerlichen Familie.«

»Und wenn einer ein Arbeiter ist?«

»Dann ist er aus einer Arbeiterfamilie.«

»Und ein Bauer?«

»Aus einer Bauernfamilie. Und jetzt gib Ruh! Bei dir muß man wirklich eine Engelsgeduld haben.«

»Was ist das, ein Engel?«

»Ein Engel ist ein himmlisches Wesen, das Flügel hat.«

»Ist Onkel Robinson ein Engel?«

»Nein. Wie kommst du darauf?«

»Weil die Tante Mela der Mami erzählt hat, daß der Onkel Robinson eine Freundin hat, daß sie ihm aber die Flügel stutzen wird.«

Goldmann versuchte, seine Wut hinunterzuschlucken. »Willst du das Märchen hören – ja oder nein?« fragte er.

»Ja«, sagte Ladi.

»Dann paß auf!« Er beruhigte sich wieder. »Der König hatte eine Tochter, die so schön war wie keine zweite. Ihre Haut war weiß wie Schnee, und ihre Lippen waren rot wie Blut. Deshalb wurde sie von allen Leuten Schneewittchen genannt.«

»Was ist das, ein Wittchen?«

»Das ist Altdeutsch«, sagte Goldmann schnell, weil er nicht zugeben wollte, daß er es selbst nicht wußte.

»Was ist das, Altdeutsch?«

»Eine Sprache.«

»Spricht die Oma Altdeutsch?«

»Nein!!!« rief Goldmann.

»Sie ist aber alt.«

»Das hat damit nichts zu tun! Altdeutsch hat man im Mittelalter gesprochen!« Goldmann griff sich ans Herz. »Ich erzähle dir weiter: Die Königin war die Stiefmutter des Mädchens –«

»Was ist das, eine Stiefmutter?« unterbrach Ladi.

»Stiefmutter ist die zweite Mutter! Wenn ein Mann zum zweitenmal heiratet, dann ist die zweite Frau die Stiefmutter seiner Kinder!«

»Ist unsere Hausbesorgerin eine Stiefmutter?«

»Ist sie die zweite Frau des Hausbesorgers?«

»Ja – und Kinder hat sie auch.«

»Dann ist sie die Stiefmutter. Hör weiter zu: Diese Stiefmutter war sehr schön –«

»Die Hausbesorgerin?«

»Die Königin!« schrie Goldmann. »Sie war sehr schön«, wiederholte er lautstark, »und auf ihre Stieftochter sehr eifersüchtig. Denn immer, wenn sie vor dem Spiegel stand und fragte:

›Spieglein, Spieglein an der Wand,
Wer ist die Schönste im ganzen Land?‹,
dann antwortete der Spiegel:
›Ihr, Frau Königin, seid die Schönste hier,
Doch Schneewittchen ist noch tausendmal schöner als Ihr!‹«

»Kann ein Spiegel reden?« fragte Ladi.

»Nein«, stöhte Goldmann, der etwas ähnliches erwartet hatte.

»Wieso konnte dann der Spiegel antworten?«
»Weil es ein Zauberspiegel war.«
»Haben wir auch einen Zauberspiegel?«
»Nein.«
»Warum haben wir keinen Zauberspiegel?«
»Weil es keine Zauberspiegel gibt!« schrie Goldmann wieder.
»Warum hast du dann gesagt, daß die Königin einen Zauberspiegel hatte?«
»Weil es damals noch welche gegeben hat! Soll ich dir weitererzählen?«
»Ja.«
»Die Königin war also eifersüchtig und befahl ihrem Jäger, Schneewittchen in den Wald zu führen und zu töten und ihr zum Zeichen, daß die Prinzessin tot sei, ihre Leber zu schikken.«
»Zum Essen?«
»Nein!«
»Wozu denn?«
»Damit sie weiß, daß Schneewittchen tot ist!« zischte Goldmann zwischen den Zähnen. »Der Jäger aber«, fuhr er fort, »hatte Mitleid mit Schneewittchen, er ließ sie laufen, tötete ein Reh und schickte der Königin die Leber des Rehs.«
»Kann man die essen?«
»Ja.«
»Warum haben wir dann nie Rehleber? Immer nur Kalbsleber?«
»Weil die Kalbsleber besser ist.«
»Warum hast du dann gestern gesagt, daß dir die Kalbsleber schon zum Hals herauswächst? Und die Mami hat gesagt, was dir zum Hals herauswächst, ist keine Kalbsleber, sondern dein häßlicher Adamsapfel, der ihr schon vor der Hochzeit nicht gefallen hat?«
»Sei still«, flehte Goldmann und grub sich die Fingernägel in die Innenfläche seiner Hände.

»Kann man Adamsäpfel essen?«

»Nein!!!«

»Warum hat dann Onkel Wronsky gesagt, daß er den Zwergrattler von der Tante Spannagl auf den Schoß genommen hat und daß ihn der Zwergrattler in den Adamsapfel gebissen hat?«

»Warum, warum, warum! Hast du nicht versprochen, nicht zu unterbrechen?«

»Ja.«

»Dann hör zu!«

»Warum soll ich zuhören?«

»Weil ich dir ein Märchen erzähle!«

»Warum erzählst du mir ein Märchen?«

»Weil du es verlangt hast!!!«

»Warum habe ich es verlangt?«

»Das weiß ich nicht!« Goldmann sprang auf. »Weil du ein Quälgeist bist! Eine Nervensäge! Ich kann nicht mehr!« Mit zitternden Händen nahm er die Vase vom Klavier und warf sie zu Boden.

Hermine kam aus der Küche. »Was ist denn los?« fragte sie erschrocken.

»Es geht nicht«, weinte Goldmann. »Auf alles, was ich sage, fragt er warum?«

»Er ist doch ein Kind«, antwortete Hermine gereizt. »Wenn er nicht fragen würde, wie sollte er dann später einmal alles wissen? Ich habe meinen Vater auch immer gefragt, und er hat mir alles erklärt.«

»Das scheint aber nicht viel gewesen zu sein«, höhnte Goldmann, »sonst hättest du neulich, als du das Kreuzworträtsel lösen wolltest, gewußt, daß Leda die Geliebte des Zeus war.«

»Warum hätte ich das wissen sollen?« schrie nun auch Hermine. »Ich kümmere mich nicht um diese Weiber!«

»Weiber?« lachte Goldmann, und sein Lachen war ausgesprochen beleidigend. »Leda war kein Weib. Leda war ein Schwan!«

»Na und?« tobte Hermine. »Soll ich alle Schwäne beim Namen kennen? Du hast keine Ahnung, wie man ein Kind erzieht!«

»Und du?« brüllte Goldmann. »Du läßt doch dem Lausbuben alles durchgehen!«

»Das sagst du *mir*?« kreischte Hermine. »Du bist doch ein Monstrum von einem Vater!«

»*Was* bin ich?« fragte Goldmann starr.

»Ein Monstrum!!«

»Sag das noch einmal!«

»Ein Monstrum! Ein Monstrum! Ein Monstrum!« Feindselig standen sich die beiden gegenüber.

»Papi«, fragte Ladi unschuldig. »Was ist das, ein Monstrum?«

Goldmann verließ das Zimmer und schlug die Tür hinter sich zu, Hermine fiel in einen Stuhl und weinte.

J. W. Rochester sagte: Bevor ich heiratete, hatte ich sechs Theorien über die Erziehung von Kindern. Jetzt habe ich sechs Kinder und keine Theorie.

Ein Junge kommt ins Mannesalter, wenn er von dem Mädchen, das er gestern beim Schwimmen noch ins Wasser gestoßen hat, heute einen Kuß verlangt. Damit beginnt

Der Ernst des Lebens

Ladi war sechzehn. Die Schule hatte ihn mit Freuden entlassen – nun hieß es, einen Job suchen. Natürlich wird er eines Tages das elterliche Geschäft übernehmen – Textilwaren en gros –, aber den Beruf erlernen soll er anderswo. Goldmann, sein Vater, war zu dem Entschluß gekommen, nachdem er sich mit einigen Geschäftsfreunden besprochen hatte.

Der erste, den er traf, war Wimmer. »Sie haben doch Ihren Sohn bei sich im Geschäft?« erkundigte er sich.

»Ja.«

»Was macht er?«

»Spesen.«

Der zweite war Knoll.

»Sie haben doch Ihren Sohn bei sich im Geschäft?«

»Ja.«

»Was macht er?«

»Gestern hat er Fliegen gefangen.«

»Sonst nichts?«

»Einen Schmetterling.«

Der dritte war Berisch.

»Sie haben doch Ihren Sohn bei sich im Geschäft?«

»Alle beide.«

»Was machen sie?«

»Der eine macht nichts.«

»Und der andere?«

»Der hilft ihm dabei.«

Goldmann beriet sich mit seiner Frau. Hermine weinte, doch sah sie es ein: Ladi mußte praktizieren – und nicht bei seinem Vater. So kam er zu Pelzer.

Pelzer kannte Ladi, seit dieser zur Welt gekommen war, und hatte immer viel Gefallen an ihm gefunden. Er begann sofort, ihn zu unterrichten.

»Bei mir werden nicht viele Worte gemacht«, begann er, »du mußt lernen, selbständig zu handeln. Wenn dir etwas auffällt, mußt du sofort wissen, was du zu tun hast. Keinen Befehl abwarten, keine Aufforderung – nur fragen: Soll ich oder soll ich nicht? Verstanden?«

»Jawohl, Herr Chef«, entgegnete Ladi. »Herr Chef . . .« Ladi zögerte.

»Was willst du?«

»Soll ich das Hemd, das Sie da tragen, zur Putzerei bringen oder nicht?«

Pelzer lachte. Der Bub gefiel ihm.

Am nächsten Tag kam Ladi ins Chefbüro, ohne anzuklopfen, ohne zu grüßen.

Pelzer saß hinter seinem Schreibtisch. »Was gibt's, Ladi?« fragte er freundlich.

»Ich möchte heute nachmittag nicht ins Büro kommen – ich möchte zum Fußballmatch gehen.«

»Hm«, machte Pelzer, »darüber könnte man reden, wenn du ordentlich darum ansuchst. Setz dich an meinen Schreibtisch – ich werde dir zeigen, wie *ich* das machen würde. Du bist jetzt der Chef – und ich bin der Ladi.«

Ladi setzte sich belustigt an den Schreibtisch, Pelzer ging hinaus und klopfte von draußen an die Tür.

»Herein!« sagte Ladi.

Pelzer trat ein. »Guten Tag, Herr Chef!« grüßte er.

»Guten Tag, lieber Ladi!« dankte Ladi herablassend. »Was bringst du mir?«

»Ich hätte eine Bitte, Herr Chef . . .« sagte Pelzer devot.

»Sprich, lieber Ladi, sprich!«

»Da ich im Geschäft ja ohnedies noch nicht viel zu tun habe«, setzte Pelzer fort, »und heute das große Ländermatch stattfindet, wollte ich mir erlauben, Herrn Chef zu bitten, mir heute nachmittag freizugeben.«

»Aber gern, lieber Ladi!« antwortete Ladi jovial. »Geh zu dem Match, nimm deine Freundin mit – und hier hast du zweihundert Schilling, damit ihr euch schöne Sitzplätze leisten könnt!«

Pelzer lachte, er gab Ladi zweihundert Schilling. Der Bub gefiel ihm.

Einige Tage später sagte er zu Ladi: »Sorge dafür, daß ich nicht gestört werde. Wenn mich jemand sehen will, sagst du: ›Der Chef ist nicht da.‹ Sagt er, er weiß, daß ich da bin, sagst du, ich bin nicht zu sprechen.«

»Und wenn er sagt, daß er den Herrn Chef sprechen *muß*?«

»Dann sagst du: ›Das sagen alle!‹ Verstanden?«

Pelzer ging in sein Büro. Eine halbe Stunde später erschien eine Dame.

»Sie wünschen?« fragte Ladi höflich.

»Ich möchte den Chef sprechen«, sagte die Dame.

»Der Herr Chef ist nicht da.«

»Ich weiß, daß er da ist.«

»Der Herr Chef ist nicht zu sprechen.«

»Ich *muß* ihn sprechen. Ich bin seine Frau.«

Worauf Ladi sagte: »Das sagen alle.«

Pelzer verging das Lachen. Der Bub gefiel ihm nicht mehr. Er warf ihn hinaus.

Pelzer und Goldmann wurden Todfeinde. Ladi kam zu Schmiedl.

Schmiedl war nicht so umgänglich wie sein Vorgänger. Er begann sofort, Ladi zu unterweisen. »Ich halte vor allem auf Höflichkeit. Wenn ich etwas sage, hast du mit ›ja, Herr Chef‹, ›nein, Herr Chef‹, ›bitte, Herr Chef‹ oder ›danke, Herr Chef‹ zu antworten. Hast du mich verstanden?«

»Klar, Mensch!« antwortete Ladi.

Schmiedl schluckte – er sagte nichts.

In der ersten Woche kam Ladi um eine Stunde zu spät.

»Wo warst du so lange?« schnauzte Schmiedl ihn an.

»Ich habe mir die Haare schneiden lassen.«

»Während der Bürozeit?«

»Sie wachsen mir doch auch während der Bürozeit.«

»Aber nicht alle!«

»Alle habe ich mir auch nicht schneiden lassen.«

Schmiedl schluckte zweimal – er sagte nichts.

Am Nachmittag kam Schmiedl unerwarteterweise ins Geschäft. Ladi sah zum Fenster hinaus. »Wie kommt es«, schrie Schmiedl, »daß du niemals arbeitest, wenn ich zur Tür hereinkomme?«

»Das kann ich Ihnen sagen«, entgegnete Ladi. »Weil Sie Gummisohlen tragen.«

Schmiedl schluckte dreimal – er sagte nichts.

Gegen Abend kam er wieder überraschend – Ladi war auf dem Verkaufspult eingeschlafen.

»Das ist doch die Höhe!« brüllte Schmiedl so laut, daß Ladi die Watte aus den Ohren fiel. »Am Morgen kommst du zu spät, am Nachmittag schaust du zum Fenster hinaus, und jetzt schläfst du? Würdest du mir vielleicht erklären, warum das so ist?«

»Weil ich nicht einen Moment sein kann, ohne etwas zu tun«, sagte Ladi.

Schmiedl schluckte nicht mehr. Er warf ihn hinaus.

Schmiedl und Goldmann wurden Todfeinde.

Ladi kam zu Blauberg, mit dem Goldmann eigentlich keine Freundschaft verbindet. Blauberg hatte eine Sekretärin: Uschi – jung, hübsch, sexy. Ladi war es bald aufgefallen: Sobald Blauberg nach Fräulein Uschi verlangte, ging sie in sein Büro – aber das eine Mal *mit* Stenoblock und Kugelschreiber, das andere Mal ohne.

Eben war sie ohne gegangen. Ladi schlich zur Tür und blickte durchs Schlüsselloch. Was er da sah, verwirrte ihn derart, daß er, als Uschi wieder herauskam, seinen Schreibtisch nicht mehr rechtzeitig erreichte. Uschi erfaßte mit einem Blick die Situation.

»Wenn ich dem Chef sage, daß du durchs Schlüsselloch geschaut hast, während ich bei ihm im Zimmer war«, sagte sie, »wirst du gekündigt.«

Ladi zeigte keine Besorgnis.

»Wenn *ich* ihm sage, was ich gesehen habe«, meinte er frech, »bekomme ich Gehaltserhöhung.«

Er sollte recht behalten. Noch im selben Monat wurde sein Gehalt verdoppelt, nach zwei Monaten bekam er wieder eine Erhöhung und nach drei Monaten wieder.

Goldmann war stolz auf seinen Sohn. Ausgerechnet Blauberg, mit dem ihn keinerlei Freundschaft verband, war mit Ladi so zufrieden, daß er ihn die ganze Praktizierzeit über behielt.

Erklärung:

Blauberg konnte Ladi erst hinauswerfen, nachdem er von seiner Frau geschieden worden war und Uschi geheiratet hatte.

Das tat er denn auch.

Man soll seinen Kindern schon in der frühesten Jugend beibringen, immer im Leben die Wahrheit zu sagen – außer, man ist überzeugt, daß sie einmal perfekte Lügner werden können.

Der Lügenbaron

Eines Tages fragte mich mein Neffe Ladi, zehn: »Was ist das – ein Münchhausen?«

»Warum willst du das wissen?« erkundigte ich mich. Wenn Ladi etwas fragt, ist es immer angezeigt, zuerst nach dem Warum zu forschen, weil seine Neugier manchmal sehr unangenehm werden kann. Einmal, im Alter von sechs, besuchte er mit seiner Mutter eine Tante, die in einer Klinik lag. Während sich die beiden Frauen miteinander unterhielten, fragte er eine Dame, ebenfalls eine Patientin: »Wie lange liegst du schon hier?«

»Sechs Wochen«, sagte die Dame.

»Zeig mir dein Kind«, bat Ladi.

Die Dame lächelte. »Ich habe kein Kind.«

Ladi sah sie verwundert an. »Da nimm dir ein Beispiel an meiner Tante«, sagte er. »Die liegt erst zwei Tage hier und hat schon Zwillinge!«

Deshalb fragte ich ihn, als er erfahren wollte, was ein Münchhausen sei: »Warum willst du das wissen?«

»Weil unser Lehrer heute zum Lechner gesagt hat, daß er ein Münchhausen ist.«

»Da hat er den Lechner wahrscheinlich bei einer Lüge ertappt.«

»Ja. Dabei war es keine richtige Lüge.«

»Wieso nicht?«

»Weil der Lechner gestern den Lehrer gefragt hat, ob er

nachmittags fehlen darf, er muß zum Zahnarzt gehen – und dann hat ihn ein anderer Bub beim Fußballmatch gesehen.«

»Also war es doch eine Lüge.«

»Nein.«

»Wieso nicht?«

»Weil es ein Spiel zwischen Apothekern und Zahnärzten war, und sein Zahnarzt war Mittelstürmer.«

»Hm!« Ich räusperte mich. »Freiherr von Münchhausen war ein Offizier, der durch unglaubliche Kriegs-, Jagd- und Reiseabenteuer, die er im Freundeskreis erzählte, bekannt wurde. Später dichtete man ihm alle möglichen Lügen an, und wenn heute einer lügt, sagt man von ihm, er sei ein Münchhausen.«

»Aha!« sagte Ladi, sonst nichts. Aber dieses »Aha« hätte mir zu denken geben müssen. Leider bin ich ein naiver Mensch.

Am nächsten Tag rief Pfandl an: »Ich wollte dir nur mein Bedauern aussprechen.«

»Wozu?«

»Zu dem Malheur mit deiner Wohnung. Es muß furchtbar sein.«

»Was?«

»Das Malheur mit deiner Wohnung.«

»Was für ein Malheur? Was für eine Wohnung?«

»Es freut mich, daß du es nicht zu schwer nimmst.«

»Was?«

»Das Malheur mit deiner Wohnung.«

»Langsam. Sag mir, was für ein Malheur du meinst.«

»Das Malheur mit deiner Wohnung.«

»Was gibt es mit meiner Wohnung für ein Malheur?«

»Sie ist doch ausgebrannt.«

»Was?«

»Deine Wohnung.«

»Hör zu: Ich stehe hier in meiner Wohnung – es gibt kein Malheur, sie ist nicht ausgebrannt.«

»Ich verstehe, daß du es noch nicht sagen willst. Vielleicht wegen der Versicherung.«

»Wegen was für einer Versicherung?«

»Wegen der Feuerversicherung. Wahrscheinlich willst du erst den Schaden berechnen.«

»Was für einen Schaden?«

»Von dem Malheur in deiner Wohnung.«

»Jetzt habe ich genug!« schrie ich wütend. »Wenn du mich zum Narren halten willst, dann –«

»Bitte, bitte!« unterbrach er mich beleidigt. »Ich dachte, daß wir Freunde wären.«

»Sind wir ja auch!« sagte ich verzweifelt. »Aber –« Schluß. Er hatte den Hörer aufgelegt.

Ich dachte nach. Wie kam er auf die Idee, daß meine Wohnung ausgebrannt sei? Unwillkürlich sah ich mich um, ob nicht vielleicht doch ein kleines Feuer – da läutete wieder das Telefon. Es war mein Kollege Mario, ein Schlagerdichter. »Reg dich nicht auf«, sagte er mit einer merkwürdig umflorten Stimme. »Ich muß dir eine furchtbare Nachricht überbringen.«

»Was ist los, um Gottes willen?«

»Setz dich zuerst hin – ich weiß, wie es dich treffen wird. Du warst ja viel besser mit ihm als ich.«

»Mit wem? Was ist passiert?«

»Sitzt du?«

»Ja.«

»Poldi hat heute nacht seine Frau erschlagen.«

»Nein!!!«

»Leider.«

»Ich weiß, daß sie nicht gut miteinander gelebt haben«, stammelte ich entsetzt. »Aber Poldi? Und auf diese Weise?«

»Wir müssen ihm irgendwie helfen.«

»Ich rufe sofort Dr. Robinson an. Er muß mir den besten Verteidiger nennen.«

»Tu das. Du hörst später nochmals von mir. Tschau!«

»Tschau!« Ich wählte die Nummer Robinsons. »Robinson? Etwas Schreckliches ist geschehen! Poldi hat seine Frau erschlagen!«

»Poldi?!?«

»Ja. Du weißt bestimmt einen erstklassigen Verteidiger. Kosten spielen keine Rolle.«

»Da gibt es nur Dr. Ammerland. Hoffentlich hat er Zeit. Ich rufe ihn sofort an und melde mich dann bei dir.«

»Ist gut!« Wir legten auf. Ich wollte die furchtbare Neuigkeit meiner Frau erzählen – da – wieder das Telefon. Es war Poldi.

»Poldi!« sagte ich erschüttert. »Wie konntest du dich so hinreißen lassen!«

»Du weißt es schon?« fragte Poldi, wie ich fand, etwas zu fröhlich für seine Lage.

»Mario hat mich verständigt. Robinson besorgt dir einen tüchtigen Verteidiger. Dr. Ammerland.«

»Ich brauche keinen Verteidiger«, meinte Poldi etwas verwundert. »Es geschah ja auf ihr Verlangen.«

»Auf ihr Verlangen?«

»Ja. Wir haben wieder einmal gestritten – und da hat sie mir den Vorschlag gemacht.«

»Sie dir???«

»Ja. Ich hätte mich doch nie getraut.«

»Du kannst mir doch nicht einreden, Poldi, daß sie dir den Vorschlag gemacht hat, sie zu erschlagen!«

»Erschlagen! Wieso?«

»Poldi, wenn du jetzt Sinnesverwirrung vortäuschen willst – das nimmt dir kein Richter von der ganzen Welt ab.«

»Sinnesverwirrung? Ich war schon lange nicht so bei Verstand wie heute. Du selbst hast mir doch oft genug den Rat gegeben.«

»Jetzt red dich bloß nicht auf mich aus ...«

»Ich weiß nicht, warum du so entsetzt bist?! Ich bin sie los! Es wird alles wieder sein wie früher! Und sie will nichts von mir! Sie will nur frei sein!«

»Wovon sprichts du?«

»Von meiner Scheidung! Meine Frau läßt sich scheiden!«

»Scheiden?«

»Ja!«
»Du hast sie nicht erschlagen?«
»Wie kommst du darauf?«
»Wir reden später. Jetzt muß ich sofort Robinson anrufen.«
Ich rief an.
»Du bist es!« sagte Robinson voller Freude. »Eben wollte ich *dich* anrufen. Es ist mir gelungen. Ammerland übernimmt den Fall!«
»Hör gut zu, Robinson: Es war ein Irrtum. Poldi hat seine Frau nicht erschlagen, sie lassen sich bloß scheiden.«
»Warum hast du mir dann erzählt –? Das verstehe ich nicht.«
»Ich verstehe es auch nicht. Ich hatte es von Mario. Du mußt Ammerland absagen.«
»Das kann ich nicht.«
»Du mußt!«
»Das ist unmöglich. So ein prominenter Kollege. Schließlich hat er es mir zuliebe getan.«
»Wenn aber Poldi seine Frau nicht erschlagen hat?«
»Dann *soll* er sie erschlagen!« rief Robinson wütend. »Und dich dazu!« Mit einem Fluch knallte er den Hörer auf die Gabel.
Es läutete an der Tür. Ich öffnete – draußen stand Hermine Goldmann mit Rosen in der Hand.
»Du Ärmster!« sagte sie mitleidig. »Wo ist sie?«
»Wer?«
»Deine Frau.«
»Warum?«
»Ich möchte sie besuchen. Ich habe ein paar Rosen mitgebracht. Sie soll sich nichts draus machen, wer weiß, wozu es gut ist. Ich habe es auch erst als Erwachsene bekommen.«
»Was?«
»Scharlach.«
»Scharlach? Meine Frau hat Scharlach?«
»Weißt du es denn nicht?«

»Ich weiß überhaupt nichts mehr!«

Im selben Moment kam meine Frau herein.

»Du bist nicht im Bett?« fragte Hermine entsetzt.

»Nein«, sagte meine Frau verwundert.

Jetzt wurde es mir zuviel. »Weißt du nicht«, schrie ich, »daß man mit Scharlach nicht spaßt! Überhaupt wenn man ihn als Erwachsener bekommt?«

»Doch, das weiß ich. Aber wer hat hier Scharlach?«

»Du!«

»Weiß sie es denn nicht?« wandte sich Hermine an mich.

»Anscheinend. Ich wußte es ja auch nicht. Übrigens« – mir begann ein Licht aufzugehen –, »von wem weißt *du* es?«

»Ladi hat es mir erzählt. Du hast ihn doch heute früh getroffen und hast es mir sagen lassen ...«

»Ich habe ihn weder getroffen, noch habe ich dir etwas sagen lassen.«

»Das verstehe ich nicht ...«

»Ich schon. Geh nach Haus und gib ihm zwei Ohrfeigen. Eine für mich – die zweite für Baron Münchhausen!«

Die beiden Frauen sahen mich verständnislos an.

Als Ladis Vater von der Sache hörte, nahm er sich seinen Sohn vor, sagte ihm die Worte des Pylades aus Goethes »Iphigenie«: »Zwischen uns sei Wahrheit!« – und gab ihm eine dritte.

Aus Ladis Abendgebet: »Lieber Gott! Beschütze mich, beschütze Papi und Mami, beschütze Onkel und Tante Robinson, Onkel und Tante Wronsky, und beschütze dich selbst, sonst kannst du uns nicht beschützen!«

Man kann über Ladi sagen, was man will, er ist

Ein liebes Kind

Es stand fest: Mela Robinson, Vera Wronsky und Hermine Goldmann werden ihre Ferien gemeinsam verbringen. Sie hatten vor, eine Entschlackungskur zu machen, nicht nur, um ihren Körper innerlich zu reinigen, sondern auch, um ein paar Kilos zu verlieren.

Robinson, Wronsky und Goldmann, die Ehegesponsen der drei Damen, saßen im Kaffeehaus, besprachen dieses Vorhaben und beschlossen, sich danach zu richten. Sie nahmen drei Zettel, schrieben auf jeden Zettel einen ihrer Namen und warfen sie in einen Hut. Anton, der Ober, sollte einen Zettel ziehen. Anton zog den mit »Goldmann«, und somit war dieser auserkoren, als Sprecher für die drei zu fungieren. Also trat Goldmann, der Vater Ladis, vor die drei Damen hin und sagte:

»Ihr werdet euren Urlaub gemeinsam verbringen, was mit uns geschieht, das kümmert euch nicht. Aber so lassen wir uns nicht behandeln. Darum haben wir beschlossen, ebenfalls zusammen auf Urlaub zu gehen. Ich habe gesprochen. Einer für alle, alle für einen.«

»Einer für alle, alle für einen!« wiederholten die beiden anderen, und alle drei legten wie zum Schwur die Hände aufeinander, ganz wie die drei Musketiere. Wenn sie angenommen hatten, daß ihre Frauen darüber lachen würden, hatten sie sich geirrt.

»Das könnte euch so passen«, sagte Mela. »Ich kann mir schon jetzt denken, was dabei herauskommen würde«, sagte

Vera, und »Ihr haltet uns wohl für vollkommene Idiotinnen«, sagte Hermine. Und ehe Goldmann noch sagen konnte, daß niemand auf Erden vollkommen sei, setzte sie schon hinzu: »Außerdem, was geschieht mit Ladi?«

Das war ein Argument, dem sich auch Goldmann nicht entziehen konnte. Ladi konnte nicht allein bleiben. »Ladi fährt natürlich mit euch«, sagte Goldmann schließlich.

»Kommt gar nicht in Frage«, entgegnete Mela Robinson entschieden. »Wir haben vor, eine strenge Kur zu machen, das Kind würde uns dabei stören.«

»Sehr richtig«, trat Vera ihr zur Seite. »Was meinst *du*?« wandte sie sich an Hermine.

In Hermine erwachten die mütterlichen Gefühle. »Ich muß natürlich auf den Jungen Rücksicht nehmen«, sagte sie.

»Mußt du?« höhnte Mela. »Wohin gedenkt ihr denn zu fahren?« fragte sie ihren Gatten.

»Das wissen wir noch nicht«, antwortete Robinson. »Nach Kärnten, in irgendeinen kleinen Ort, fernab von jeder Autobahn, wo wir in der Sonne liegen und mit der Seele baumeln können.«

»Mit der Seele baumelt man in Niederösterreich«, korrigierte Mela.

»*Wir* baumeln mit der Seele in Kärnten«, blieb Robinson stur.

»Dort können wir auch ein bißchen schwimmen«, meinte Wronsky.

»Oder radfahren«, setzte Goldmann hinzu.

»So!« meinte Mela ironisch. »Mit der Seele baumeln, schwimmen, radfahren. Das alles kann Ladi auch. Oder?« fragte sie Hermine.

»Natürlich kann er das.«

»Na also. Ladi wird euch, wie ihr seht, nicht stören.«

»Trottel! Mit der Seele baumeln!« zischte Wronsky, als er sich mit seinen Freunden auf den Erker zurückgezogen hatte, und warf Robinson einen gereizten Blick zu. Man gebraucht oft das Wort: Wenn Blicke töten könnten. Hätte dieser Blick töten können, hätte Robinson sich aufgelöst wie in einem Säurebad.

»Und du?« zischte er zurück. »Denkst du, daß radfahren ein gescheiter Einfall war?«

»Ladi wird kein Problem sein«, beruhigte Goldmann die beiden. »Wir werden ihn mitnehmen.«

Aber Ladi, damals acht, wollte gar nicht mitgenommen werden. »Ich will mit der Mami fahren!« rief, schrie, brüllte er.

»Das kannst du nicht«, erklärte ihm Hermine. »Wir fahren in eine Kuranstalt, wo man nichts zu essen bekommt. Willst du, daß du nichts zu essen bekommst?« Das wollte Ladi *nicht.* Er war ein Freund von gutem Essen. Er schwankte.

»Wenn du mit deinem Vati fährst«, versuchte Mela ihn herumzukriegen, »kannst du essen, soviel du willst. Wiener Schnitzel, Sachertorten, alle möglichen Eisspezialitäten . . .«

Ladi hatte sich bereits entschieden, aber er fühlte, daß da noch allerhand zu holen war. Er beschloß daher, auf alle Fälle zu weinen.

»Weine nicht!« Hermine hielt sich nervös die Ohren zu. »Fahr mit deinem Vater, und du bekommst ein schönes Geschenk. Was willst du haben? Ein Puzzlespiel?«

»Nein!«

»Einen Fußball?« fragte Vera lächelnd und hätte ihm am liebsten eine Ohrfeige gegeben.

»Nein!«

»Eine Fotokamera?« Mela wußte nicht, wie ihr das eingefallen war, aber sie schien Erfolg zu haben.

Ladi spitzte die Ohren. »*Was* für eine Fotokamera?« fragte er. »Eine vollautomatische?«

»Natürlich«, sagte Mela.

»Mit eingebautem Blitz?«

»Mit allen Schikanen.«

»Mit einer Tragtasche und einem Riemen, damit ich sie umhängen kann?«

»Mit allem, was du willst.«

Hermine kannte ihren Sohn und verstand es, sein scheinbares Zaudern auszunützen. »Da kannst du alles aufnehmen, was du siehst«, redete sie ihm zu. »Die Wiese, den Wald, einen Hasen, ein Rehlein, einen Schmetterling, der auf einer Blume sitzt, ein Bienchen, welches Honig nippt – alles, alles.«

Ladi entschloß sich. »Dann fahre ich mit dem Vati«, sagte er. Die drei Frauen atmeten auf, die Männer zuckten zusammen, Ladi bekam die Kamera. Zwei Tage später erfolgte die Abreise. Die drei Damen fuhren mit Melas Wagen gen Osten ins Burgenland – die dreieinhalb Mann gen Süden nach Kärnten. Die Damen in die Kuranstalt, die Männer ins Blaue.

In Kärnten angelangt, fuhren sie durch einen kleinen Ort und kamen an einem Espresso vorüber. Das Servierfräulein stand eben auf einer Leiter, putzte Fenster und zeigte dabei ein Paar schöne Beine.

»Hier bleiben wir«, entschied Robinson sofort. »Mit der möchte ich einen Roman erleben.«

»Ich wäre schon mit einer Kurzgeschichte zufrieden«, seufzte Wronsky.

Goldmann schüttelte den Kopf. »Ihr denkt nur an die Weiber«, sagte er. Sie stiegen aus, merkten, daß das Espresso zu einem Hotel gehörte; das Servierfräulein, ein hübsches junges Mädchen, stieg von der Leiter, brachte ihnen drei Mokka und für Ladi ein Cola, es stellte sich heraus, daß sie die Tochter des Hotelbesitzers war, und so wurde sie von Robinson eingeladen, bei ihnen Platz zu nehmen. »Waren Sie nicht im letzten Winter in Wien?« erkundigte er sich.

»Ich? Nein.«

»Komisch. Ich hätte schwören können, Sie gesehen zu haben. Da war ein Mädel – ebenso hübsch wie Sie. Ich erinnere mich genau. Es war am selben Tag, an dem meine Schwiegermutter starb. Ich saß im Kaffeehaus und spielte Karten –«

»Am Tag, an dem Ihre Schwiegermutter starb, spielten Sie schon Karten?« wunderte sich das Mädchen.

»Aus Pietät«, sagte Robinson schnell. »Sie hat dem Pikkönig

so ähnlich gesehen.« Alle lachten, auch Ladi. In Wirklichkeit war das alles nicht wahr. Robinsons Schwiegermutter war am Leben, er wollte bloß einen Witz anbringen und mit dem Mädchen zu flirten beginnen.

»Haben Sie Zimmer frei?« fragte Wronsky.

»Ja.«

»Dann könnten wir doch gleich hier wohnen«, schlug er vor.

Die drei bekamen drei Zimmer, Ladi schlief natürlich bei seinem Vater. Untertags war er nur bei den Mahlzeiten zu sehen, sonst streifte er mit seiner Kamera umher und nahm alles auf, was er sah. Die Wiese, den Wald, einen Hasen, ein Rehlein, einen Schmetterling, der auf einer Blume saß, ein Bienchen, welches Honig nippte – alles, alles.

In den folgenden drei Wochen hatten die Freunde ihren Spaß. Ladi störte sie überhaupt nicht. Am Tag war er, wie bereits erwähnt, nicht zu sehen, und am Abend fiel er, bedingt durch seine Streifzüge mit der Kamera, todmüde ins Bett. Goldmann konnte das nur recht sein.

Das Mädchen, ihr Name war Elfi, stellte den dreien zwei Freundinnen vor: Rosi und Evelyn. Sie machten Ausflüge, schwammen im See, bald fanden sich die Paare, jedes ging seine eigenen Wege. Robinson fuhr mit Rosi nach Villach tanzen, Wronsky mit Evelyn nach Klagenfurt ins Kino, Elfi zeigte Goldmann ein idyllisches Plätzchen im nahen Wald, wo niemand hinkam und sie nicht gesehen werden konnten. Man machte Mondscheinpartien auf dem See, es kam zu Schmusereien mit Küssen, Goldmann besuchte Elfi auf ihrem Zimmer, leider kam grad in jener Nacht ihr Verlobter, ein Bundesheersoldat, überraschend auf Urlaub, Goldmann mußte zum Fenster hinausspringen – sie erlebten allerhand Abenteuer. Schnell – *zu* schnell – waren die drei Wochen um, sie mußten nach Hause.

Auch die Frauen kamen zurück. Jede von ihnen hatte an Gewicht verloren, natürlich unter großen seelischen Opfern. »*Ihr* habt euch natürlich gut unterhalten«, sagte Mela zu den drei Männern.

»Wir?« Robinson sah scheinheilig auf die beiden anderen, die ebenso scheinheilig neben ihm standen. »Wir konnten es kaum erwarten, bis die drei Wochen um waren. Es war langweilig, ausgesprochen langweilig.«

»Ausgesprochen langweilig«, wiederholten die beiden und dachten mit Wehmut an ihre Erlebnisse in Kärnten. »Ein Urlaub ist nur schön«, fügte Wronsky hinzu, »wenn ihr dabei seid.«

»Und du?« wandte Hermine sich an Ladi. »Hast du fleißig fotografiert?«

»Ja«, sagte Ladi.

»Was hast du denn alles aufgenommen?«

»Alles. Die Wiese, den Wald, einen Hasen, ein Rehlein, einen Schmetterling, der auf einer Blume saß, ein Bienchen, welches Honig nippte ...«

»Er war sehr brav«, lobte Goldmann ihn.

Hermine ließ die Filme entwickeln, Dias anfertigen und rahmen. Als alles fertig war, lud sie die Freundinnen zur Vorführung ein, natürlich mit ihren Männern. Für nachher war ein kleines Büffet vorbereitet, Stühle wurden aufgestellt, man nahm Platz, Ladi stellte sich hinter den Vorführungsapparat, den Hermine noch schnell gekauft hatte, das Licht wurde abgedreht, und Ladi begann, die Bilder auf die ebenfalls rasch besorgte Leinwand zu werfen. Man sah die Wiese, den Wald, einen Hasen, ein Rehlein, einen Schmetterling, der auf einer Blume saß, ein Bienchen, welches Honig nippte, sah Robinson in inniger Umarmung mit Rosi, Wronsky in einer Kußszene mit Evelyn, Goldmann mit Elfi im Walde liegend, auf dem idyllischen Plätzchen, wo niemand hinkam und sie nicht gesehen werden konnten, sah die sechs bei einer Mondscheinpartie auf dem See, Robinson, ebenfalls im Mondschein, mit Elfi im Wasser schwimmend, Wronsky, auch ihn im Mondschein, mit Evelyn auf einer Bank sitzend, und zwar in einer ziemlich eindeutigen Situation, man sah Goldmann, der in Unterhosen aus einem Fenster sprang, sowie einen Bundesheersoldaten, der, am selben Fenster stehend, drohend die Faust schüttelte –

»Genug!« schrie Mela. »Ich lasse mich scheiden!«

»Ich auch!« schrie Vera, und zu Hermine gewandt: »Du hast es gewußt! Du wolltest uns blamieren!«

»Du bist ja verrückt!« schrie Hermine. »Wenn ich es gewußt hätte, hätte ich doch verschiedenes nicht vorführen lassen! Ich lasse mich auch scheiden!«

Sie verließen die Wohnung, die Männer rannten ihnen nach, Ladi aß das Büffet auf.

Erst nach einigen Tagen kehrte die Ruhe wieder ein. Robinson kaufte Mela einen Zobel, Wronsky schenkte Vera eine Perlenkette, und Goldmann verehrte seiner Frau eine Brillantbrosche. Versöhnt saßen die sechs bei Goldmanns im Salon, und Ladi knipste sie.

Kleine Geschenke erhalten die Feindschaft – große Geschenke die Freundschaft.

Warum sorgen wir uns wegen der verrückten Teenager? Noch ein paar Jahre, und sie sind verrückte Erwachsene.

Generationsproblem

Mein Schwager Walter Goldmann machte sich Sorgen. »Du mußt mit ihm reden«, sagte er mir am Telefon. Er, das war Ladi, sein Sohn, mein Neffe, damals fünfzehn. »Auf dich hört er«, setzte er fort. »Es handelt sich um seine Kleidung. Ich führe jetzt neben meinem Textilgeschäft eine exklusive Herrenmodenboutique, ich verkaufe die feinsten Stoffe, die elegantesten Krawatten, die ausgesuchtesten Hemden – und mein Sohn? Was trägt er? Blue jeans und T-Shirts. Das ist nicht gut fürs Geschäft. Was werden die Kunden denken? Uns dreht er die teuersten Sachen an, und er selber scheint nichts davon zu halten, sonst ließe er seinen Sohn nicht so herumlaufen. Das mußt du ihm beibringen.«

»Gut«, sagte ich, »ich werde es versuchen.«

»Du mußt mit ihm reden«, sagte mir meine Schwägerin Hermine am Telefon. Er, das war Ladi, ihr Sohn, mein Neffe, damals fünfzehn.

»Es handelt sich um seine Kleidung. Walter führt jetzt neben seinem Textilgeschäft eine exklusive Herrenmodenboutique, er verkauft die feinsten Stoffe, die elegantesten Krawatten, die ausgesuchtesten Hemden – und unser Sohn? Was trägt er? Blue jeans und T-Shirts. Das ist nicht gut für unser Geschäft. Was werden die Kunden denken? Uns dreht er die teuersten Sachen an, und er selber scheint nichts davon zu halten, sonst ließe er seinen Sohn nicht so herumlaufen. Das mußt du ihm beibringen.«

»Gut«, sagte ich, jetzt schon etwas gereizt, »ich werde es versuchen.«

»Du mußt mit ihm reden«, sagte mir meine Frau am Mittagstisch. Er, das war Ladi, Walter und Herminens Sohn, unser Neffe, damals fünfzehn. »Es handelt sich um seine Kleidung. Walter führt jetzt neben seinem Textilgeschäft eine exklusive Herrenmodenboutique, er verkauft die feinsten Stoffe, die elegantesten Krawatten, die ausgesuchtesten Hemden – und sein Sohn? Was trägt er? Blue jeans und T-Shirts. Das ist nicht gut für Walters Geschäft. Was werden die Kunden denken?«

»Uns dreht er die teuersten Sachen an, werden sie denken«, unterbrach ich sie ärgerlich, »und er selber scheint nichts davon zu halten, sonst ließe er seinen Sohn nicht so herumlaufen! Das muß ich ihm beibringen!«

»Ja«, meinte meine Frau verwundert. »Woher weißt du das?«

»Ich habe es oft genug gehört!«

»Okay, dann unternimm etwas.«

Ich überlegte. Daß es nicht leicht sein würde, war mir klar. In einer schlaflosen Nacht legte ich mir einen genauen Plan zurecht. Am Morgen saß ich an meinem Schreibtisch und schrieb mir eine Rolle: die Rolle des gütigen Onkels. Am Vormittag lernte ich sie auswendig. »Hör mich an, Ladi«, begann ich, »ich habe etwas mit dir zu besprechen. Es ist nichts Wichtiges, bloß ein guter Rat, aber du solltest darüber nachdenken. Es handelt sich um deine Kleidung.« Das war der Anfang – nun weiter. »Ehe du zur Welt kamst, versuchte die Jugend, der drohenden Vermassung zu entgehen. Sie haßte das Establishment, sie wollte die bestehende Ordnung stürzen, sie wollte keine Zwänge, sie wollte ausbrechen. Um uns Erwachsenen zu zeigen, daß sie anders sind als wir, ließen die Jungen sich Bärte stehen, Mähnen wachsen, gaben es auf, sich anständig zu kleiden, trugen Blue jeans und T-Shirts – und sahen einer aus wie der andere. Alle gleich. So wurden sie erst recht zur Masse. Und so ist es noch heute. Deshalb will ich dir sagen –«

»Guten Morgen, Onkel!« Ladi kam zur Tür herein und unterbrach mein Rollenstudium.

»Guten Morgen, Ladi«, sagte ich freundlich. »Gut, daß du kommst, ich habe etwas mit dir zu besprechen. Es ist nichts Wichtiges, bloß ein guter Rat, aber du solltest darüber nachdenken. Es handelt sich um deine Kleidung.« Den Anfang hatte ich hinter mir – nun weiter. Aber Ladi wartete gar nicht erst ab.

»Gefällt sie dir?« fragte er erfreut. »Das kann ich verstehen. Ich wollte *auch* mit dir reden, es ist *auch* nichts Wichtiges, *auch* bloß ein guter Rat, aber du solltest *auch* darüber nachdenken. Es handelt sich um *deine* Kleidung. Du suchst doch immer lustige Ideen für deine Geschichten – ich glaube, ich habe eine. Schau dir doch einmal an, wie komisch ihr Opas angezogen seid, und schreib darüber. Geht ihr ins Theater, geht ihr dunkel, geht ihr zu einem Abendessen, geht ihr im Smoking, geht ihr auf den Jägerball, geht ihr im Trachtenlook, geht ihr auf den Opernball, geht ihr im Frack – ihr schaut einer aus wie der andere. Alle gleich. Ich zerbrösle mich vor Lachen, wenn ich meinen Vater sehe, wenn er ausgeht – dann kommst du und schaust genauso aus und Onkel Robinson und Onkel Wronsky auch. Das ist doch eine Vermassung.«

Ich senkte beschämt den Kopf. »Schau *uns* an«, sprach Ladi weiter, »wie verschieden *wir* uns anziehen! Unsere Blue jeans zum Beispiel. Die einen haben einen roten Flicken eingesetzt, die andern einen grünen, die einen haben ihn auf dem rechten Knie, die andern auf dem linken. Das ist persönliche Note! Oder unsere T-Shirts! Auf jedem steht etwas anderes drauf! ›I like music‹, ›I like Coke‹, ›I like Elvis‹, ›I like hash‹! Aber ihr? Ihr könntet doch auch auf euer Frackhemd schreiben: ›I like the Bettelstudent‹ oder ›I like the Zigeunerbaron‹! Ihr habt keine Phantasie! Und die engen Kragen! Und erst die Krawatten! Einmal gestreift, einmal getupft, dann wieder gestreift, dann wieder getupft! Warum bindet ihr euch nicht gleich einen

Strick um den Hals? Darüber müßtest du einmal eine Geschichte schreiben!«

Was hiermit geschehen ist.

Die Jugend weiß nichts, aber was sie weiß, weiß sie besser.

Was dem einen recht ist, ist dem andern billig – solange sich kein Anwalt dazuschlägt. Anwälte verteuern die Sache. Sie sind gute Redner und gute Rechner, weshalb ich mich gar nicht wunderte, daß mein Freund und Anwalt Dr. Robinson einmal der einzige war, der meinem Neffen Ladi bei einer arithmetischen Hausaufgabe helfen konnte. Es war

Eine schwierige Rechnung

Ein kluger Mann sagte einmal: Anwälte sind Menschen, die uns aus all den Ärgernissen befreien, in die wir nie geraten würden, wenn es keine Anwälte gäbe. Und doch – ich bewundere sie. Wenn ich einen Anwalt kennenlerne, betrachte ich zuallererst seine Ohren. Sie kommen mir vor wie zwei Buchstützen – was dazwischen ist, sind eine Menge Bände mit einer Unzahl von Paragraphen, aus denen sie, sobald sie ihn brauchen, immer den richtigen hervorholen. Gewinnt ein Anwalt einen Prozeß, sagt er zu seinem Klienten: »Ich habe den Prozeß gewonnen«, verliert er ihn, sagt er: »Sie haben ihn verloren.« Aber ich will jetzt nicht von Prozessen reden, sondern von einer Rechenaufgabe, die nur der findige Kopf eines Anwalts lösen konnte. Wir saßen wieder einmal im Kaffeehaus: Robinson, Wronsky und ich. Plötzlich kam mein Neffe Ladi zur Tür herein.

»Dein Vater ist nicht hier, Ladi«, sagte ich.

»Ich weiß es«, antwortete Ladi, damals zwölf, »ich komme zu dir. Mein Mathelehrer hat uns wieder einmal eine Aufgabe gegeben, die ich nicht lösen kann, und da habe ich mir gedacht, vielleicht kannst du mir helfen.«

»Was ist mit deinem Vater?« fragte ich geschmeichelt. »Hilft *er* dir nicht?«

»Er hat es versucht, aber nach einer halben Stunde hat er das Buch an die Wand geschleudert, hat zwei Aspirin genommen und hat sich ins Bett gelegt.«

»Und was ist mit deiner Mutter?«

»Die hat es auch versucht, die hat zwei Valium genommen.«

»Na schön«, sagte ich gütig. »Setz dich zu uns, trink eine Tasse Schokolade und zeige mir die Rechnung.« Ladi ließ sich das nicht zweimal sagen. Er setzte sich zu uns, nahm eine Tasse Schokolade, zwei Sachertorten und ein Baiser mit Schlagobers. Inzwischen studierte ich die Rechenaufgabe, und ich muß gestehen, daß mir nach und nach schwül wurde. Da stand folgendes:

Ein Rennstallbesitzer stirbt und hinterläßt seinen drei Söhnen siebzehn Pferde. Laut Testament soll der älteste die Hälfte bekommen, der mittlere ein Drittel und der jüngste ein Neuntel. »Das ist doch ganz einfach«, sagte ich im ersten Moment. »Da sind einmal siebzehn Pferde. Der älteste Sohn bekommt die Hälfte, die Hälfte von siebzehn ist –« Moment! Ich stutzte. Die Hälfte von siebzehn ist achteinhalb. Der Vater konnte doch dem Sohn kein halbes Pferd hinterlassen. Ich ging weiter: Der zweite Sohn bekommt ein Drittel. Ein Drittel von siebzehn ist, grob gerechnet, fünf Komma sechs Pferde! Der dritte Sohn bekommt ein Neuntel, das ist, wieder grob gerechnet, eins Komma acht Pferde! Das ist doch nicht möglich!

»Hast du es schon?« fragte Ladi.

»Noch nicht, aber gleich.« Was sollte ich ihm sagen, wo er so an mich glaubte?

»Darf ich mir eine Cremeschnitte nehmen?«

»Nimm dir, was du willst, mein Kind«, sagte ich. *Ich* nahm ein Miltaun. Der Schweiß stand mir auf der Stirn.

»Was hast du?« fragte Wronsky. »Ist dir schlecht?« Wer von meinen Lesern Dr. Wronsky noch nicht kennt: Er ist mein Dentist.

Ich las ihm die Rechnung vor: Ein Rennstallbesitzer stirbt und hinterläßt seinen drei Söhnen siebzehn Pferde. Laut Testament soll der älteste Sohn die Hälfte bekommen, der mittlere ein Drittel und der jüngste ein Neuntel.

»Das kann doch nicht so schwer sein«, meinte Wronsky.

»Wir haben siebzehn Pferde. Der älteste Sohn bekommt die Hälfte. Die Hälfte von siebzehn ist –« Er stockte.

»Na?« fragte ich schadenfroh.

»Die Hälfte von siebzehn ist achteinhalb«, sagte Wronsky zögernd. »Das weiß jedes Kind.«

»*Das* weiß jedes Kind«, gab ich gereizt zu. »Aber die Hälfte von siebzehn Pferden! Du kannst doch ein Pferd nicht halbieren! Und was ist mit dem Drittel und mit dem Neuntel? Der Mann war ein Rennstallbesitzer, also dürfte es sich um Rennpferde handeln! Sollen die zerstückelten Pferde ein Rennen gewinnen?«

Wronsky nahm ein Aspirin, ein Valium und ein Miltaun. »Bei Pferden kenne ich mich nicht aus«, sagte er. »Ich bin Dentist – laß es mich mit Zähnen versuchen. Ein Rennstallbesitzer stirbt und hinterläßt seinen drei Söhnen siebzehn Zähne.«

»Das ist doch noch dümmer!« rief ich. »Was sollen die drei mit siebzehn Zähnen machen?«

»Laß mich nur«, beharrte Wronsky. »Wir legen die Zähne dann auf Pferde um.«

Ich wurde wütend. »Wie willst du die Zähne auf Pferde umlegen?« knirschte ich. »Können Zähne beim Rennen laufen? Kannst du mit Pferden beißen?«

»Laß mich. Ich weiß, was ich will. Ein Rennstallbesitzer stirbt und hinterläßt seinen drei Söhnen siebzehn Zähne. Der älteste bekommt die Hälfte – das sind achteinhalb Zähne.« Wronsky stöhnte. »Das geht nicht«, sagte er.

Ladi freute sich, weil es uns auch nicht gelang, die Aufgabe zu lösen. »Darf ich mir eine Punschtorte nehmen?«

»Ja!« sagte ich bissig und verwünschte ihn im stillen.

Robinson hatte bis dahin Zeitung gelesen. »Was habt ihr denn für ein Problem?« fragte er.

»Eines, bei dem uns nicht einmal ein Rechtsanwalt helfen kann«, entgegnete ich. Ich las ihm die Aufgabe vor: »Ein Rennstallbesitzer stirbt und hinterläßt seinen drei Söhnen siebzehn Pferde. Laut Testament soll der älteste Sohn die Hälfte bekommen, der mittlere ein Drittel und der jüngste ein Neuntel.«

»Hm«, machte Robinson. Dann schwieg er. Ich beobachtete ihn und sah, wie es in den Gesetzbüchern zwischen seinen Ohren arbeitete. »Das ist nicht schwer«, meinte er dann.

»So?« fragte Wronsky höhnisch. »Dann verrate uns doch die Lösung.«

»Ganz einfach«, sagte Robinson ruhig. »Ich gebe ein Pferd dazu.«

»Dazu?!?«

»Ja. Dann sind es achtzehn, die Hälfte von achtzehn ist neun, ein Drittel ist sechs und ein Neuntel ist zwei. Der älteste Sohn bekommt neun Pferde, der mittlere sechs und der jüngste zwei.«

Wronsky und ich starrten ihn an wie ein Wunder, Ladi schob die Torte weg, was bei ihm etwas heißen will. »Da muß ich die Probe machen«, sagte er aufgeregt und addierte: »Neun und sechs ist fünfzehn und zwei ist – siebzehn!« rief er überrascht. »Jetzt sind es wieder siebzehn! Was mache ich jetzt?«

»*Du* machst gar nichts«, sagte Robinson ruhig, »ich nehme mein Pferd wieder zurück, und alles ist in Ordnung.« Sprach's, bezahlte und ging.

Die Sache läßt mir keine Ruhe. Siebzehn Pferde konnten in Drittel und Neuntel geteilt werden, nur weil Robinson ein Pferd dazugegeben und wieder weggenommen hatte – noch dazu ein Pferd, das er gar nicht besaß. Typisch Anwalt!

Aus Kindern werden Leute – aus Leuten Menschen – aus Menschen Kinder. Das ist der ewige Kreislauf in unserem Leben.
Bleiben wir bei der ersten Station: Aus Kindern werden Leute.

Ladis erste Liebe

Als mein Neffe Ladi, damals zwölf, sein erstes Fahrrad bekam, fuhr er stolz um den Häuserblock herum, in dem er mit seinen Eltern wohnte, und diese, ebenso stolz, standen am Fenster und sahen ihm zu. Als er zum erstenmal an ihnen vorüberfuhr, nahm er die Hände von der Lenkstange und rief: »Schau, Papi – keine Hände!« Beim zweitenmal nahm er die Füße von den Pedalen und rief: »Schau, Mami – keine Füße!« Beim drittenmal blickte er unglücklich hinauf und rief: »Schau, Papi – keine Zähne!« Keine Aufregung, lieber Leser, ich weiß, das ist ein alter Witz. Schon Noah erzählte ihn während der Sintflut in der Arche – statt des Fahrrades war es ein Kamel –, und sein Sohn Japhet bemerkte: »Den kenne ich schon.« Cäsar erzählte ihn Kleopatra, als er sie zur Königin von Ägypten eingesetzt hatte – statt des Kamels war es ein Elefant –, und Kleopatra sagte gelangweilt: »Den kenne ich schon.«

Wallenstein erzählte ihn während des 30jährigen Krieges in Eger – statt des Elefanten war es ein Pferd –, und sein Hausastrologe Seni sagte: »Den kenne ich schon.« Wallenstein ärgerte sich darüber, er ging zu Bett und knurrte: »Stört mich nicht, ich gedenke einen langen Schlaf zu tun.« Er stellte noch die Stiefel vor die Tür – dann wurde er ermordet.

Sie werden sich fragen, waurm *ich* diesen Witz erzähle? Weil er bezeichnend ist für das Leben meines Neffen Ladi – vor allem für seine erste Liebe.

Ladi war siebzehn geworden und hatte sich zu einem äußerst

hübschen Jungen herausgemausert. In den letzten drei Jahren hätte man das nicht für möglich gehalten. Mit vierzehn schoß er plötzlich in die Höhe, aus seinem Kinn sproß ein zarter Flaum, sein Gesicht war voller Pickel, seine Arme und seine Beine wurden immer länger, seine Ärmel und seine Hosen immer kürzer, wenn er sang, klang es bald nach Maria Callas, bald nach Giuseppe Taddei – und jetzt? Man hätte es nicht für möglich gehalten – er war wirklich ein hübscher Junge geworden. Die Mädchen lachten ihn an, er lachte zurück, aber ich glaube nicht, daß er sich ernsthaft für eine von ihnen interessierte. Bis Doris kam. Doris Lappländer, die Tochter von Leo Lappländer, einem der wenigen noch reichen Textilfabrikanten.

Kennengelernt hatte er Doris auf dem Philharmonikerball. Ladi konnte damals noch nicht tanzen, aber mit Doris tanzte er.

»Sind Sie aus Skandinavien?« erkundigte sie sich.

»Nein. Warum?«

»Weil Sie tanzen, als ob Sie Schneeschuhe anhätten.«

Ladi lernte tanzen.

Sie gingen skilaufen. »Sie laufen wie mein Vater«, fand Doris.

»Wie läuft Ihr Vater?«

»Gar nicht«, lachte Doris und fuhr ihm davon. Ladi lernte skilaufen. Er lernte segeln, surfen, Tennis spielen.

Sie gingen ins Kino. Hier brauchte er nichts zu lernen. »Würden Sie um Hilfe rufen, wenn ich Sie küßte?« flüsterte er.

»Würden Sie Hilfe *brauchen*?« flüsterte sie zurück.

Ladi küßte sie. Er fühlte sich glücklich, glücklich wie damals, als er auf seinem ersten Fahrrad an seinen Eltern vorüberfuhr, die Hände von der Lenkstange nahm und rief: »Schau, Papi – keine Hände.«

Die beiden »gingen« miteinander. Man sagt »sie gehen«, auch wenn sie fahren, reiten oder fliegen. Doris gehörte zur Wiener Schickeria, man sah sie auf allen Parties, und bald stand es in den Klatschspalten, daß Ladi ihr ständiger Begleiter war. Und eines Abends, als sie von einer solchen Party kamen und

Doris' Eltern verreist waren, nahm sie ihn in die Wohnung mit. Ladi war selig, selig wie damals, als er auf seinem ersten Fahrrad an seinen Eltern vorüberfuhr, die Füße von den Pedalen nahm und rief: »Schau, Mami – keine Füße!«

Doris' Eltern blieb das Interesse, das Ladi an ihrer Tochter nahm, natürlich nicht verborgen. »Hättest du etwas dagegen«, fragte Frau Lappländer ihren Gatten, »wenn sie ihn heiraten würde?«

»Nein«, meinte Lappländer. »Er ist ein netter junger Mann, ein bißchen *zu* jung, aber es muß ja nicht *gleich* sein. Außerdem heiratet man heute jung.«

»Und seine Eltern?« fragte Frau Lappländer.

»Ich habe mich nach ihnen erkundigt. Der Vater hat ein Textilgeschäft, das zu meiner Fabrik passen würde. Warten wir, bis der junge Mann mit mir spricht. *Mein* Vertrauen hat er hundertprozentig.«

»Meines auch«, sagte Frau Lappländer.

Einige Tage später rief Ladi bei Lappländer im Büro an und fragte, ob er ihn sprechen könne.

»Aber natürlich!« jubelte Lappländer erfreut. »Wann wollen Sie kommen?«

»Wenn es geht, sofort«, antwortete Ladi. »Ich rufe von der Telefonzelle gegenüber an.«

»Dann kommen Sie sofort! Ich erwarte Sie!« Während Ladi mit dem Lift hinauffuhr, rief Lappländer seine Frau an: »Es ist soweit!« triumphierte er. »Ladi will mit mir sprechen!«

»Ein Herr Goldmann ist da«, meldete die Sekretärin durch die Sprechanlage.

»Lassen Sie ihn herein!« Und zur Frau: »Er ist schon da! Ich rufe dich später an!« Es klopfte an die Tür. Er legte den Hörer auf.

»Herein!« sagte er.

Ladi trat ein. Er schien etwas verlegen zu sein. »Guten Tag«, sagte er.

»Guten Tag, junger Mann!« empfing Lappländer ihn jovial. »Nehmen Sie Platz! Was verschafft mir das Vergnügen?«

»Ich weiß nicht, wie ich es Ihnen sagen soll«, meinte Ladi zögernd.

»Aber, aber!« machte Lappländer. »Sprechen Sie nur! Immer frisch von der Leber weg!«

»Ich weiß nicht ...« Ladi wollte nicht mit der Sprache heraus.

»Na kommen Sie, kommen Sie!« munterte Lappländer ihn auf. »Sie werden doch vor mir keine Angst haben? Ich bin doch kein Unmensch!«

»Das hat Ihre Tochter auch gesagt ...«

»Sie haben also schon mit ihr geredet?«

»Ja, natürlich ...«

»Und? Was hat sie gesagt?«

»Daß ich es Ihnen ungeniert sagen soll. Es war eigentlich ihre Idee.«

»Na sehen Sie! Sie sind ein netter junger Mann – Sie besitzen mein volles Vertrauen. Also los, worum handelt es sich?«

Ladi zögerte noch immer. »Ich erwarte von meiner Tante eine kleine Erbschaft, die ich aber erst im Herbst ausbezahlt bekomme ... Etwas habe ich selbst ...«

»Das ist doch nicht wichtig«, meinte Lappländer. »Wir müssen doch nicht gleich vom Geld reden.«

»Doch«, beharrte Ladi, »das müssen wir. Doris und ich wollen gemeinsam in Urlaub fahren – und da wollte ich Sie bitten, ob Sie mir nicht bis zum Herbst zehntausend Schilling borgen würden.«

Lappländer starrte ihn an. »Was?« rief er wütend. »Geld wollen Sie haben? Ich dachte, Sie wollen meine Tochter heiraten! Die hätte ich Ihnen gegeben! Aber zehntausend Schilling? Ich kenne Sie doch kaum! Hinaus!«

Ladi stand auf der Straße. Er fühlte sich unglücklich, so unglücklich wie damals, als er auf seinem ersten Fahrrad an seinen Eltern vorüberfuhr und rief: »Schau, Papi – keine Zähne!«

Heute ist das längst vergessen. Ladi ist verheiratet – natürlich *nicht* mit Doris; er hat zwei Kinder und ist glücklich – daß es nicht mehr sind.

Der größte intellektuelle Snob ist jener, der sich Witze, die ihm gefallen, in lateinischer Sprache notiert.

Lateinische Sprach – schwere Sprach!

In einem gewissen Alter sollte einem jede Aufregung erspart bleiben.

Mein lieber Schwager Walter Goldmann, seine Frau Hermine und sein Sohn Ladi, damals acht, waren bei uns zum Kaffee. Sie unterhielten sich mit meiner Frau im Wohnzimmer, während ich in meinem Arbeitszimmer saß und meine Korrespondenz erledigte. Plötzlich öffnete sich die Tür – Ladi schlüpfte herein.

»Onkel«, sagte er, »Mama hat gesagt, ich soll dich nicht stören, aber ich möchte dich etwas fragen.«

»Los!« ermunterte ich ihn jovial.

»Du bist doch ein Mensch, der alles weiß.«

»Alles nicht«, antwortete ich mit gespielter Bescheidenheit, »aber vieles.«

»Du sprichst Französisch.«

»Ja.«

»Du sprichst Englisch.«

»Ja.«

»Du kannst Latein.«

Hoppla! Ich kann *nicht* Latein, meine Kenntnisse in dieser Sprache beschränken sich auf QUO VADIS und VENI, VIDI, VICI, aber das brauchte der Bengel nicht zu wissen.

»Ich habe ein Buch geschenkt bekommen.«

»Und?«

»Ich bin eben dabei, es zu lesen.«

»Brav.«

»Aber da kommen zwei Wörter vor, die ich nicht verstehe.«

»Und zwar?«

»Ergo und item.« Es war leichter, als ich dachte.

»Das ist nicht schwer«, sagte ich daher. »Ergo ist ein lateinisches Wort und heißt folglich.«

»Und item?«

»Heißt ebenso.«

»Also auch folglich.«

»Nein. Ergo heißt folglich und item heißt ebenso.«

»Aber wenn ergo folglich heißt und item ebenso, dann heißt doch item auch folglich.«

Ich begann nervös zu schlucken. »Nein«, sagte ich. »Ich werde dir ein Beispiel geben: Dr. Robinson erwartet mich um vier Uhr im Kaffeehaus, ergo muß ich jetzt gehen.«

»Warum ergo?«

»Weil ergo folglich heißt.«

»Du hättest also genausogut folglich sagen können?«

»Ja.«

»Warum hast du es dann nicht gesagt?«

Ich fühlte, wie mir das Blut zu Kopf stieg. »Weil es mir gepaßt hat, ergo zu sagen«, antwortete ich gereizt. »Ich hätte hundertmal folglich sagen können! Tausendmal! Hunderttausendmal! Niemand hätte es mir verboten! Wir leben in einer Demokratie, in der alles erlaubt ist! Ich kann folglich sagen, aber ich kann item auch ergo sagen!«

Ladi sah mich freudig an. »*Wie* kannst du ergo sagen?«

»Item.«

»Das ist das andere Wort, das ich nicht verstehe.«

»Ja, und ich habe es dir erklärt! Ergo heißt folglich, und item heißt ebenso!«

»Also auch folglich«, meinte Ladi stur.

»Nein!!«

Goldmann kam ins Zimmer. »Da bist du ja, Ladi!« sagte er.

»Wir suchen dich schon in der ganzen Wohnung.« Er wandte sich an mich. »Du kommst doch am Freitag zur Eröffnung von Wimmers Möbelfabrik ›Tyrolienne‹. Ich weiß nicht, warum er sie so nennt, aber –«

»Das ist doch ganz einfach. Er erzeugt rustikale Möbel, ergo nennt er die Fabrik ›Tyrolienne‹. Ich finde das ganz natürlich.«

»Natürlich ist es natürlich. Aber wer ist der andere?«

»Welcher andere?«

»Der Ergo. Du hast doch gesagt, der Ergo nennt die Fabrik ›Tyrolienne‹?«

»Ich habe nicht gesagt, der Ergo nennt die Fabrik ›Tyrolienne‹, ich habe gesagt, ergo nennt er die Fabrik ›Tyrolienne‹!«

»Wer?«

»Der Wimmer.«

»Na eben. Weil du sagst, der Ergo . . .«

Ich hielt mir den Kopf. »Ergo – das habe ich Ladi eben erklärt – ist ein lateinisches Wort und heißt folglich.«

»Seit wann sprichst du mit mir lateinisch?«

»Ich spreche nicht lateinisch mit dir«, stöhnte ich, »ich habe zufällig das Wort ergo gebraucht.«

»Und das heißt folglich?«

»Ja.«

»Da hättest du doch gleich folglich sagen können . . .«

Ich mußte mir den Hemdkragen aufmachen. »Selbstverständlich hätte ich folglich sagen können – ich wollte aber ergo sagen, folglich sagte ich ergo!«

»Und das ist lateinisch?«

»Ja!«

»Kannst du denn lateinisch?«

»Das steht hier nicht zur Debatte! Zur Debatte steht einzig und allein, ob ich folglich oder ergo sage! Ich kann folglich sagen, ich kann aber item auch ergo sagen!«

»Wer ist *das* wieder?«

»Wer?«

»Der Item.«

»Ich habe nicht gesagt *der* Item – ich habe gesagt item! Das ist auch ein lateinisches Wort und heißt ebenso!«

»Also auch folglich.«

»Nein!!!«

Ladi freute sich wie ein Verrückter. Er hatte sich in ein Fauteuil geworfen und strampelte mit den Beinen.

»Das verstehe ich nicht«, sagte Goldmann.

»Und *ich* verstehe nicht, daß *du* es nicht verstehst!« sagte ich.

Hermine kam ins Zimmer. »Was habt ihr denn?« fragte sie erstaunt.

»Mein Schwager will mir Lateinunterricht geben!« entgegnete Goldmann gereizt.

Ich wandte mich an Hermine. »Ich habe ihm bloß erklärt«, sagte ich ruhig, »daß ergo folglich heißt und item ebenso.«

»Also auch folglich«, sagte Hermine. »Das ist doch ganz einfach. Ich begreife nicht, Walter, daß du das nicht verstehst.«

Ladi stieß einen Freudenschrei aus.

»Nein, Hermine!« weinte ich. »Es sind *zwei* Wörter. Ergo heißt folglich und item heißt ebenso.«

»Er ist verrückt«, meinte mein Schwager. »Wenn ergo folglich heißt und item ebenso, dann heißt ergo item und item ergo.«

»Nein!!«

»Schrei nicht mit Walter!« empörte sich Hermine. »Er hat ganz recht. Wenn Papa Vater heißt und Papi ebenso, dann heißt Papi Vater!«

Ladi krümmte sich vor Lachen.

Meine Frau trat ein. »Wo seid ihr denn? Ihr laßt mich allein sitzen?«

»Dein Mann hat eine Art, mit uns zu sprechen«, meinte Goldmann erbost, »die ich mir nicht bieten lassen kann!«

»Walter hat recht«, sekundierte ihm seine Gattin.

»Was ist denn geschehen?« fragte meine Frau verwundert.

Ich zwang mich zur Ruhe. »Wir haben über die lateinische Sprache gesprochen«, begann ich.

»Das stimmt nicht«, unterbrach mich Goldmann. »Wir haben über Wimmers Möbelfabrik gesprochen. Ich habe gesagt, daß er sie ›Tyrolienne‹ nennt, darauf hat *er* gesagt, der Ergo –«

»Ich habe nicht *der* Ergo gesagt, ich habe bloß ergo gesagt!« Ich wandte mich an meine Frau. »Sag *du* ihnen, bitte, was ergo heißt!«

»Ergo heißt folglich.«

»Und item?«

»Ebenso.«

»Also auch folglich!« triumphierten Goldmann und Hermine. Ladi hüpfte herum wie ein Indianer, der soeben erfahren hat, daß die Amerikaner, in Anerkennung der Menschenrechte, beschlossen haben, die Vereinigten Staaten für immer zu verlassen.

»Nein«, versuchte es jetzt meine Frau. »Ergo ist ein Wort und heißt folglich, und item ist ein Wort und heißt ebenso.«

»Also auch folglich!« riefen die beiden wieder.

»Mir scheint, ihr wollt uns hochnehmen!« schrie Goldmann.

»Das lassen wir uns nicht gefallen!« schrie Hermine.

»Ich bitte um Ruhe!« schrie meine Frau.

»Eine Unverschämtheit!« schrie ich.

»Ich verstehe gar nicht«, schrie meine Frau weiter, »wie ihr dazu kommt, mit meinem Mann über Latein zu reden? Mein Mann kann doch gar nicht Latein!«

»Du kannst nicht Latein?« Ladi kam mit weit aufgerissenen Augen auf mich zu. »Warum hast du dann gesagt, daß du mir erklären kannst, was ergo und item heißt?«

Er begann zu weinen. Alle schauten mich an. Ich fühlte mich elend.

»Komm, Hermine!« befahl Goldmann schroff. »Ich will noch ins Geschäft – ergo muß ich jetzt gehen.«

»Und ich item!« setzte Hermine höhnisch hinzu. Die drei verließen uns. Ich saß da – verlegen, beschämt, blamiert.

»Wie konntest du sagen, daß du Latein kannst?« warf meine Frau mir vor. »Jetzt hast du den Jungen enttäucht. Es gibt nichts Schädlicheres für die Seele eines Kindes als die Enttäuschung. Ladi bewundert dich, er hält dich für ein Genie – nun mußte er erfahren, daß du nicht einmal Latein kannst und – was noch schlimmer ist – daß du ihn belogen hast.«

Ich schwieg, aber das schlechte Gewissen begann mich zu beißen. Einige Tage später ging ich zu Goldmanns. Ich hatte vor, mich bei ihnen, vor allem aber bei Ladi, zu entschuldigen. Sie ließen mich warten. Plötzlich fiel mir ein Buch in die Augen. »Für brave Kinder« stand auf dem Einband. »199 Tips, wie man Erwachsene zum besten halten kann.« Ich öffnete den Band an einer Stelle, an der ein Lesezeichen eingelegt war, und las: »Tip 147. Ergo – item. Fragt einen Erwachsenen nach der Bedeutung dieser beiden Wörter. Sagt er: Ergo heißt folglich, und item heißt ebenso, dann sagt: Also auch folglich. Der Erwachsene wird versuchen, euch mit allen Mitteln zu erklären, daß dem *nicht* so ist, aber ihr bleibt stur dabei. Er wird gereizt und nervös werden, er wird schreien, er wird wüten, er wird springen – ihr dürft ihn nicht verstehen. Versucht es – ihr werdet großen Spaß daran haben.«

Ich Trottel! Ich hatte mich gefreut, daß Ladi mich für ein Genie hielt – und nun? Es gibt nichts Schädlicheres für die Seele eines Erwachsenen als die Enttäuschung.

Wie ich später erfuhr, hatte Ladi mich mit Hilfe seiner Eltern hereingelegt. Die beiden hatten alles gewußt und mitgespielt. Es hätte mich auch gewundert, wenn es anders gewesen wäre – sie hatten sich *zu* dumm angestellt. Wann die Sache passiert ist? Am 1. April.

Goldmanns haben sich bei mir entschuldigt. Mit Walter bin ich folglich wieder gut und mit Hermine ebenso.

Viele Kinder bekämen in der Schule bessere Noten für ihre Hausaufgaben, wenn sie sie nicht von Erwachsenen schreiben ließen.

Die Geschichte vom A, das nicht arbeiten wollte

»Du *mußt* es machen!« sagte meine Frau energisch.

»Oho!« Ich pflanzte mich vor ihr auf. Was war es, was ich machen mußte oder vielmehr machen sollte und nicht wollte? Ladis Lehrerin hatte ihren Schülern eine Hausaufgabe gegeben, Thema: »Ferienerlebnisse« oder »Auf dem Lande«. Ladi, der mit der Orthographie auf gerade nicht sehr gutem Fuß stand, hatte sich hinter meine Frau gesteckt, sie möge mit mir sprechen, damit ich diese Aufgabe für ihn entwerfe.

»Du darfst das Kind nicht enttäuschen«, sagte sie.

»Das Kind ist ein Lausbub«, entgegnete ich, »der endlich lernen sollte, richtig deutsch zu schreiben. Ich kann ihm da nicht helfen. Ich *kann* nicht wie ein achtjähriger Bub schreiben.«

»Siehst du?« triumphierte sie. »Du kannst es auch nicht.«

»Weil ich meinen persönlichen Stil habe«, sagte ich, etwas stolzer, als es mein Stil verdient.

»Persönlicher Stil!« meinte meine Frau verächtlich. »Du mußt dich eben in die Seele eines unschuldigen Kindes versetzen. Du mußt naiv und harmlos schreiben.« Als ob Ladi naiv und harmlos war. Und wenn er überhaupt eine Seele hatte, war sie bestimmt nicht unschuldig. Meine Frau schilderte mir, was er ihr von seinen Ferien auf dem Lande erzählt hatte. »Du siehst, es ist keine große Sache. Wirst du es machen?«

»Nein!« sagte ich.

»Gut«, sagte sie darauf und verließ das Zimmer. Dieses »Gut!« hatte sie aber in einem Ton gesagt, daß ich am nächsten Morgen um sieben Uhr vor meiner Schreibmaschine saß und begann:

» uf dem L nde.« Was war das? Ich prüfte die Typen der Maschine. Ein Schrecken durchfuhr mich. Der Hebel des A war abgebrochen, das A bewegte sich nicht. Was tun? Um acht wollte Ladi sich den Aufsatz holen, und abschreiben mußte er ihn schließlich auch noch. Ich hatte die Lösung. Ich würde immer statt eines A ein U schreiben, ausbessern konnte er das selbst. Ich schrieb also:

Uuf dem Lunde. Im Sommer wur ich mit Pupu und Mumu uuf dem Lunde, in Unteruch um Uttersee. Wir wohnten im Hotel »Schwurzer Udler«. In der Hulle stund ein Käfig mit einem Kukudu. Er hut mir sehr gut gefullen. Eines Tuges hielt ich ihm meinen Finger hin – du schnuppte er. Du hut er mir nicht mehr gefullen.

Buld fund ich einen Kumuruden, er hieß Kurl. Wir spielten den gunzen Tug Indiuner. Mumu und Pupu gingen viel spuzieren, so hutte ich Zeit zum Spielen. Eines Tuges spielten wir wieder, ich kletterte uuf einen Buum, uuf einmul bruch der Ust ub, ich fiel zu Boden und bruch mir den Urm. Du spielten wir nicht mehr Indiuner. Pupu schimpfte und bruchte mich ins Spitul. Dort bekum ich einen Gipsverbund und mußte den Urm in der Schlinge trugen. Ulle Kinder suhen mich un, und ich wur sehr stolz. Nuch sechs Wochen nuhm mir der Urzt den Gipsverbund ub und ich spielte wieder Indiuner. Hopsussu, dus wur ein Leben! Ich schwumm im See, ich runnte im Wuld herum, die Umseln sungen, ich lug im Grus. Mit Kurl wur ich bös, weil er Ununus gegessen und mir keine duvon gegeben hutte. Ich fund einen undern Knuben, numens Wulter. Eines Tuges spielten wir wieder Indiuner, ich bund ihn mit meinem Lusso un den Murterpfuhl und ging fort. Er sollte sich ullein befreien, wie wir dus im Fernsehen gesehen hutten. Meine Mumu rief mich zum Mittugessen, und ich verguß Wulter. Erst uls ihn die Feuerwehr suchte, duchte ich wieder un ihn. Es wur ihm nichts geschehen. Sein Pupu uber stritt mit meinem Pupu, seine Mumu mit meiner Mumu, und so fuhren wir nuch Huuse. Nächstes Juhr uber fuhren wir wieder uufs Lund. –

Das Telefon schnarrte, ich hob ab. Es war der ORF. »Können Sie sofort zu uns kommen?« fragte mich jemand.

»Ju, ju!« sagte ich.

»Wie meinen Sie?« fragte man erstaunt.

»Ja, ja!« sagte ich schnell.

Ich gab die geschriebene Seite in einen Umschlag, rief meiner Frau zu: »Da liegt der Aufsatz für Ladi!« und ging.

Auf der Straße nahm ich ein Tuxi – Taxi – und fuhr zum Fernsehhaus. »Guten Tug!« sagte ich, als ich eintrat. Man sah mich verwundert an. Ich konnte den Gedanken, u für a zu setzen, nicht mehr loswerden. »Verzeihung«, sagte ich, »ich bin etwus zerstreut. Worum hundelt es sich?«

»Was reden Sie da zusammen?« fragte mich der Abteilungsleiter ungehalten.

Unglücklich erklärte ich ihm die ganze Sache, und zwar so ausführlich, daß er schließlich sagte: »Ich möchte einen Vertrug mit Ihnen muchen. Sie sollen einen Schwunk beurbeiten, und zwur ›Die spunische Fliege‹!«

Am nächsten Tag erfuhr ich, daß Ladi für meinen Aufsatz eine Strafe wegen Verhöhnung des Lehrpersonals bekommen hatte. Ich Trottel hatte vergessen, ihn aufmerksam zu machen, daß er beim Abschreiben für fast jedes u ein a setzen müsse, und er wieder war so dumm gewesen, daß er nicht von selbst darauf kam. Seine Eltern entzogen ihm für acht Tage das Abendessen. Recht geschah ihm.

Mich kostete die Geschichte hundert Schilling, die ich ihm geben mußte, damit er sich eine Woche hindurch allein verköstigen konnte.

Dus hut mun duvon, wenn mun jemund einen Gefullen tut.

Ich hasse das Fernsehen. Ich hasse es ebenso wie Haselnüsse und kann nicht aufhören, sie zu essen.

(Orson Welles)

Farbfernsehen

Wir besitzen keinen Farbfernsehapparat. Meine Frau mag keinen. Sie sagt, ein solcher Apparat ist schlecht für die Augen und schlecht für die Kasse, er verbraucht viermal soviel Strom wie ein anderer und muß dreimal so oft repariert werden. Sagt sie.

Heute rief Goldmann an. »Weißt du, daß ihr abends im Fernsehen seid?«

»Nein!« sagte ich überrascht. Ich hatte es wirklich nicht gewußt. »In was für einer Sendung?« fragte ich.

»›Wenn die kleinen Veilchen blühen‹ Wollt ihr zum Abendessen zu uns kommen? Wir haben einen neuen Fernsehapparat. Farbe.«

»Gut!« sagte ich erfreut. »Wann sollen wir bei euch sein?«

»Gegen sieben, damit wir noch gemütlich essen können.«

»In Ordnung.« Ich legte auf.

»Wenn die kleinen Veilchen blühen« war eine Operette, Musik von Robert Stolz, meine Frau spielte eine Nachtlokalsängerin, und ich hatte das Buch bearbeitet. Das fertige Produkt hatten wir nie gesehen. Ich sagte meiner Frau, daß uns Goldmanns zu den »Veilchen« eingeladen hätten, brachte ihr schonend bei, daß wir die Sendung in Farbe sehen würden, und wir waren am Abend pünktlich dort. Auch Robinsons waren da und mein Neffe Ladi, der kleine Sonnenschein des Hauses.

Von einem gemütlichen Essen war natürlich keine Spur. Es gab Suppe, gedünsteten Rindsbraten mit Kartoffeln und anschließend Eis, aber um ja nichts zu versäumen, hatte man im

Fernsehzimmer gedeckt, wo wir gezwungen waren, um einen kleinen Tisch herumzusitzen. Daß wir dauernd mit den Knien zusammenstießen, hätte mich nicht gestört, weit ärgerlicher fand ich es, daß Frau Robinson, mit Blick auf den Bildschirm, meine Kartoffeln aß. Dafür trank ich ihren Wein.

Wir sahen die Werbung, die Nachrichten, die Werbung, den Sport und die Werbung. Endlich erschien die Sprecherin. Sie hatte eben begonnen: »Guten Abend, meine Damen und Herren! Im ersten Programm sehen Sie jetzt die Operette –«, als Ladi sagte: »Die Farben sind schlecht.« Er stand auf, ging zu dem Apparat, drehte an einigen Knöpfen, und richtig – die Farben veränderten sich. Gesichter wurden rot, Nasen blau, Augen violett.

»Laß das, du Lausbub!« schrie mein Schwager Goldmann, sprang auf und gab Ladi eine Ohrfeige. Ladi heulte wie ein Kettenhund, was – gemixt mit der zarten Stolz-Musik – in einem kühnen, aber nicht reizlosen Kontrast stand. »Ich werde dir zeigen, wie man das macht!« Goldmann drehte an den Knöpfen, und wieder veränderten sich die Farben. Gesichter wurden blau, Nasen violett, Augen rot.

»Lassen Sie *mich* versuchen«, sagte Robinson. »Wir haben doch das gleiche Gerät.« Er drehte an den Knöpfen, die Darsteller wurden gelb, lang und dünn. Plötzlich sah ich Johannes Heesters in einem Lift nach oben fahren. Was war das? Das hatte ich doch nie geschrieben! Und jetzt kamen Thomas Fritsch und Peter Kraus und fuhren ebenfalls im Lift nach oben. Nun begriff ich. Alle fuhren im Lift nach oben, das Bild war nicht zu halten.

»Laß das doch!« sagte Frau Robinson ängstlich. »Du wirst den Apparat kaputtmachen, wie du den unsrigen kaputtgemacht hast.«

Goldmann wurde bleich, seine Frau faßte seine Hand, als wollte sie sagen: Was immer kommen mag, ich steh zu dir! »Keine Angst«, sagte Robinson, »ihr werdet gleich sehen.« Nichts sahen wir. Das Bild war weg, einfach weg, wir hörten

nur noch den Dialog. Plötzlich erschien etwas Giftgrünes auf dem Bildschirm, das aussah wie ein Geist, dem schlecht geworden war.

»Das sind *Sie*, Frau Cissy!« rief Frau Robinson. »Fesch wie immer!« Aber Frau Cissy entpuppte sich als Theo Lingen. Und was für ein Theo Lingen! Sein Gesicht war grün und so langgezogen, daß ich befürchtete, er könnte mit dem Kopf den Kasten durchstoßen und oben herauskommen. Meine Frau warf mir einen wütenden Blick zu. Um das zu sehen, mußte sie hier essen, wo sie eben eine Abmagerungskur machte, bei der sie bisher bloß ein Viertelkilo zugenommen hatte. Lingen ging eine Treppe hinunter und fuhr gleichzeitig mit der Treppe hinauf. Wie er das machte? Jetzt stand das Bild still. »So!« sagte Robinson zufrieden. »Jetzt ist es da!« Und schon war es weg. Ich schloß die Augen und lauschte dem Ton, der klar und rein aus dem Lautsprecher kam. Jetzt mußte das Chanson meiner Frau kommen. »Jetzt kommt dein Lied!« sagte ich, um sie gnädiger zu stimmen und um die andern darauf aufmerksam zu machen. Inzwischen hatte Robinson wieder an einem Knopf gedreht. Aus dem Apparat ertönte ein Kreischen, das selbst uns, die wir jahrelang in der Nähe einer U-Bahn-Baustelle gewohnt hatten, erzittern ließ. Robinson sprang zurück, er fürchtete einen Terroranschlag.

»Ich verstehe zwar nichts von solchen Geräten, aber laßt mich einmal probieren«, sagte ich. Goldmann wankte. Rechts wurde er von seiner Frau gestützt, links hielt er sich an einem Schrank fest. Ich drehte an einem Knopf, das Kreischen verstummte, der Ton war wieder in Ordnung. Daß das Lied meiner Frau inzwischen vorüber war, ist eine andere Sache. Liebes Fernsehen, bat ich im stillen, sei gut und funktioniere! Gib ein Bild, liebes Fernsehen, gib ein Bild! Gib ein Bild, und ich will nie wieder auf dich schimpfen!

Da war es. Heesters, Lingen, Kraus und Fritsch fuhren mit dem Lift nach unten, immer tiefer und tiefer. Mich packte die Wut. Elender Mist, fluchte ich und schlug mit der Faust auf den

Kasten. Der Lift änderte die Richtung und fuhr nach oben, immer höher und höher. Nun schlug auch Robinson zu, mit dem Resultat, daß der Lift jetzt schräg fuhr und die Darsteller zitterten. Meine Frau zog den rechten Schuh aus und schlug mit dem Absatz auf den Apparat ein, Frau Robinson folgte ihrem Beispiel, Ladi brachte Robinson einen Holzhammer, wie man ihn zum Nüsseknacken verwendet, Robinson packte die Wut, er drosch drauflos und traf meinen Daumen (ich werde nie mehr Klavier spielen können), meine Frau zog sich an einer herausstehenden Schraube eine Rißwunde zu, Frau Goldmann stand auf dem Fensterbrett, bereit, sich hinunterzustürzen, während Goldmann mit irrem Blick seine spärlichen Haare raufte. Da plötzlich – wie von Zauberhand berührt – war alles vorüber. Bild und Ton waren wieder klar, und da erschien auch schon die Sprecherin und sagte:

»Meine Damen und Herren! Wir bitten die Fernseher im Bereich des Senders Kahlenberg, die schlechte Bild- und Tonqualität zu entschuldigen.«

Beschämt setzten wir uns hin. Es war nicht nur bei Goldmanns so gewesen, sondern im ganzen Bereich des Senders Kahlenberg. Traurig drehte Goldmann den neuen Farbfernsehapparat ab ...

Am nächsten Tag erfuhren wir, daß er sich wegen Totalschadens nicht mehr aufdrehen ließ.

»Du hast recht«, sagte ich zu meiner Frau. »Ein Farbfernsehgerät braucht wirklich mehr Reparaturen.«

Eitelkeit sitzt so tief im Herzen der Menschen, daß jeder den Wunsch hat, bewundert zu werden. Selbst ich, der ich das geschrieben habe – und Sie, die es lesen.

Eitelkeit

Die drei Indianerhäuptlinge »Schneller Pfeil«, »Flinker Hirsch« und »Großer Bär« oder - wie sie von den Bleichgesichtern genannt wurden – Ladi Goldmann, Bubi Wimmer und Pauli Pinagl, kamen aus der Schule. Ladi, damals acht, war um ein Jahr früher als die beiden andern in die erste Klasse gekommen. In der zweiten hatten sie ihn eingeholt. Nun saßen Bubi und Pauli in der A-Klasse und Ladi in der B. Gemeinsam schritten sie über die Prärie – den Stadtpark – ihren heimatlichen Wigwams zu.

Flinker Hirsch war sichtlich stolz. »Heute war ich der Beste in Naturgeschichte«, sagte er.

»Uff«, machte Schneller Pfeil. »Wieso?«

»Weil ich auf die Frage ›Warum trägt der Eisbär einen Pelz?‹ gesagt habe: ›Damit ihm nicht kalt ist.‹«

»Das ist doch selbstverständlich.«

»Mein roter Bruder hat recht«, gab Flinker Hirsch zu, »aber der junge Krieger Koritschoner hat gesagt: ›Weil er in einem Stoffmantel komisch aussehen würde.‹«

»Naturgeschichte!« meinte Großer Bär verächtlich. »Psahw! Ich war heute der Beste in Deutsch. Die weiße Squaw am Katheder hat gefragt: ›Was ist das: Ich liebe, du liebst, er liebt?‹ – und Großer Bär hat es gewußt.«

»Das hätte ich auch gewußt«, sagte Schneller Pfeil. »Das ist eines von den Dreiecken, wo zum Schluß immer einer erschossen wird.«

»Schneller Pfeil ist ein Trottel!« meinte Großer Bär. »Was die weiße Squaw meinte, war die Gegenwart.«

Schneller Pfeil wurde gereizt. »Wenn Großer Bär alles weiß, ist das keine Kunst. Er ist ja ein Wunderkind.«

»Wieso?« fragte Großer Bär erstaunt.

»Weil meine Tante gesagt hat, es ist ein Wunder, daß seine Mutter weiß, wer sein Vater ist. Howgh!«

Das war dem Großen Bären zuviel. Er grub das Kriegsbeil aus und schlug dem Schnellen Pfeil die Schultasche an den Kopf.

»Uff, uff!« machte Schneller Pfeil wieder und stieß den Großen Bären mit dem Fuß gegen das Schienbein.

»Au!« schrie der Große Bär und fügte nach Indianerart prahlerisch hinzu. »Mein Vater ist besser als deiner! Mein Vater hat eine Glatze!«

»Und *mein* Vater hat eine Hornbrille!« trumpfte Schneller Pfeil auf.

»*Mein* Vater war schon zweimal in Konkurs!« warf Flinker Hirsch ein. »Außerdem haben wir Geld auf der Bank!«

»*Wir* haben einen Bungalow!« ätschte der Große Bär.

»Und wir haben Motten in der Couch!« sagte der Schnelle Pfeil, wissend, daß er damit alles geschlagen hatte.

Die beiden andern sahen ihn denn auch aus großen Augen an. Damit konnten sie nicht konkurrieren.

Um dieselbe Zeit saßen die Väter der drei im Restaurant beim Mittagessen: Goldmann (Ladis Vater), Wimmer (Bubis Vater) und Pinagl (Paulis Vater).

»Heute habe ich das Geschäft meines Lebens gemacht«, sagte Goldmann, während er die Suppe löffelte.

»Es ist komisch, aber ich auch«, schlürfte Wimmer.

»Ich will es nicht verschreien«, meinte Pinagl und aß ein Stück Matjeshering, »aber ich habe heute Abschlüsse gemacht wie seit Jahren nicht.«

»Wann gehen Sie wieder auf Geschäftsreise?« erkundigte sich Goldmann.

»Morgen«, sagte Wimmer. »Nach Hamburg.«

»Per Flugzeug?«

»Mit dem Wagen. Mit meinem Jaguar bin ich doch in ein paar Stunden dort.«

»Sie fahren einen Jaguar?« fragte Pinagl etwas geringschätzig. »Ich fahre einen Bentley.«

»Ich einen Maserati«, sagte Goldmann. »Den Bentley habe ich meiner Frau geschenkt. Wo wohnen Sie in Hamburg?«

Wimmers Augen begannen zu leuchten. »In der Alster-Pension«, sagte er. »Dort haben sie die hübschesten Stubenmädchen.«

Goldmann schmunzelte. »Da kennen Sie das Hotel Elbe nicht.«

»Hotel Elbe?« fragte Pinagl. Er sah sich verschmitzt um und dämpfte die Stimme. »Das ist nichts gegen das St. Pauli. Dort ist eine Blondine – die Vera –, von der lasse ich mir das Frühstück aufs Zimmer servieren usw.«

Wimmer lachte ironisch. »Sie sind ein Anfänger«, stellte er fest. »In der Alster-Pension ist eine gewisse Renate - von der lasse ich mir das Abendessen aufs Zimmer servieren usw.«

Spöttisch sah Goldmann die beiden an. »Im Hotel Elbe gibt es eine Anneliese, die serviert mir das Abendessen aufs Zimmer usw. – und am Morgen steht sie auf und bringt mir das Frühstück.«

Die beiden andern sahen ihn aus großen Augen an. Damit konnten sie nicht konkurrieren.

In einem kleinen Kaffeehaus saßen die Großväter der drei Jungen und spielten Rummy. Goldmann (Ladis Großvater), Wimmer (Bubis Großvater) und Pinagl (Paulis Großvater).

»Wo teilen Sie morgen?« fragte der alte Goldmann, während er sein Blatt ordnete.

»Dasselbe wollte ich auch fragen«, sagte der alte Wimmer. »Pinagls Hände gehören in Gold getaucht, aber in flüssiges.«

Pinagl wurde ungeduldig. »Spielen wir oder tratschen wir?« fragte er. »Ich spiele aus!« Er warf eine Karte auf den Tisch.

»So ein Spiel habe ich von Ihnen erwartet«, brummte der

alte Goldmann. »Seitdem man die Autos erfunden hat, sitzen die Pferde im Kaffeehaus und spielen Karten.« Er nahm eine Karte aus dem in der Mitte liegenden Päckchen. »Da haben Sie – Pikkönig!«

»Den hätten Sie sich behalten können«, brummte Wimmer. »Dazu schleppe ich mich nach meiner Meniskusoperation ins Kaffeehaus.«

»Meniskusoperation!« sagte Pinagl verächtlich. »Was würden Sie sagen, wenn Sie, wie ich, einen Oberschenkelbruch gehabt hätten? Zweimal hat man mich genagelt.«

»Na und? Mir hat man in meinem Alter den Blinddarm herausgenommen«, sagte Goldmann.

»Blinddarm!« lachte Wimmer höhnisch. »Ich habe eine Krampfadernoperation gehabt!«

»Und ich habe einen künstlichen Lendenwirbel!« triumphierte Pinagl.

»Ich habe eine Plastikkniescheibe!«

»Und ich eine Leistenbruchoperation!«

Wütend warfen sie die Karten hin.

»Sie müssen doch *immer* etwas Besseres haben als die andern!« schrie Pinagl. »Ich habe im rechten Knie eine Arthrose, daß ich stöhne vor Schmerz!«

»Und ich habe einen Ischias, daß ich brülle!«

»Streiten Sie nicht, meine Herren!« versuchte Goldmann zu schlichten. »Ich habe so etwas nie gekannt. Nur neulich, an unserem vierzigsten Hochzeitstag, habe ich mit meiner Frau eine kleine Reminiszenz gefeiert – Sie verstehen. Seither habe ich solche Kreuzschmerzen, daß ich weder stöhnen noch brüllen kann.«

»*Sie* haben mit Ihrer Frau eine Reminiszenz gefeiert?«

Die beiden andern sahen ihn aus großen Augen an. Damit konnten sie nicht konkurrieren.

Auf dem Altar der Eitelkeit wurde schon manches geopfert. Manchmal sogar die Wahrheit.

Heinrich Heine sagte: »Die Dichtkunst hat alle möglichen Tugenden – und nur einen Fehler: sie ist tot.«

»Warum«, werden Sie fragen, »müssen dann unsere Kinder in der Schule noch immer die alten Gedichte auswendig lernen?« Ich werde es Ihnen sagen: Damit ihnen die Schönheit der deutschen Sprache klar wird. Wer spricht wohl ein schöneres Deutsch als Friedrich von Schiller? Wo findet man eine erhabenere Sprache als in seinen Gedichten wie »Das Lied von der Glocke«, »Der Taucher«, »Die Bürgschaft«? Mein Neffe Ladi machte es mir wieder bewußt.

Ladi und die Bürgschaft

Ich war stockheiser. Ob do, re, mi, fa, sol, la oder si – es gab keinen Ton, den ich hervorgebracht hätte. »Es sind die Stimmbänder«, sagte Dr. Merzenberger. »Ich werde Ihnen ein Rezept schreiben.« Dr. Merzenberger schreibt gern Rezepte. Leider schreibt er sehr unleserlich. Ich weiß, daß alle Ärzte unleserlich schreiben, aber Dr. Merzenbergers Schrift ist so unleserlich, daß nicht einmal die Apotheker sie lesen können. Einem meiner Bekannten, einem gewissen Wollweber, schrieb Merzenberger einmal ein Rezept, welches Wollweber zwei Jahre hindurch als Ausweis auf den Bundesbahnen benützte, eine Saison lang als Presselegitimation für sämtliche Theater und Sportveranstaltungen, einmal holte er sich von dem Kassierer des Betriebs, in dem er tätig war, einen Vorschuß – und was das beste war: Seine Tochter spielte es in der Musikakademie auf dem Klavier und bekam ein Stipendium.

»Das heißt«, überlegte Merzenberger es sich plötzlich, »ich schreibe Ihnen kein Rezept, es würde doch nichts nützen. Sie werden mir versprechen, daß Sie vierundzwanzig Stunden lang keinen Ton reden werden, oder nur ganz, ganz leise. Nach vierundzwanzig Stunden werden Sie gesund sein.« Sein Wort in Gottes Gehörgang. »Auf Wiedersehen«, sagte ich tonlos.

Auf dem Weg nach Hause traf ich Robinson.

»Servus«, sagte er mit seiner sonoren Stimme.

»Servus«, hauchte ich ohne Ton.

»Was hast du?« wunderte sich Robinson.

Ich zeigte auf meinen Hals. »Heiser«, ließ ich ihn von meinen Lippen ablesen.

»Da gibt es nur eines«, meinte Robinson. »Du darfst vierundzwanzig Stunden kein Wort sprechen.«

»Ich bin eben dabei, das zu tun«, sagte ich wie ein amerikanischer Filmstar, dem man seine Stimme zwar bereits entzogen hatte, der aber noch nicht nachsynchronisiert worden war.

»Dann geh nach Hause«, riet mir Robinson, »und trinke einen heißen Tee. Das wird dir helfen. Servus!«

Ich winkte ihm stumm zu. Den Tee, dachte ich, werde ich im Kaffeehaus trinken. »Was darf ich bringen?« fragte Anton, der Ober.

»Einen heißen Tee«, sagte ich ohne Ton.

»Ich verstehe«, sagte Anton. »Einen weißen Kaffee, also mit viel Milch. Sonst trinken Sie aber doch den Kaffee immer eher dunkel?«

Ich schüttelte geduldig den Kopf. »Nicht weißen Kaffee«, bewegte ich meine Lippen. »Heißen Tee.« Anton verstand. Mir fiel der Witz von dem heiseren Ober ein. »Was haben Sie für Eis?« fragte ihn ein Gast. »Erdbeer, Himbeer, Vanille«, antwortete der heisere Ober ganz leise. »Haben Sie Laryngitis?« erkundigte sich der Gast. »Nein«, sagte der Ober, »nur Erdbeer, Himbeer und Vanille.«

Anton brachte den Tee. Ich trank ihn, verbrannte mir die Lippen, die Zunge, den Gaumen und wahrscheinlich auch die Stimmbänder, aber vielleicht war es gerade das, was mir, laut Robinson, helfen sollte.

Ich bezahlte und ging nach Hause. Als ich mein Arbeitszimmer betrat, saß mein Neffe Ladi, damals acht, in einem Fauteuil und wartete bereits auf mich. »Küß die Hand, Onkel!« begrüßte er mich vergnügt. Wenn mir an diesem Tag noch etwas gefehlt hatte, war es Ladi.

»Servus«, hauchte ich unhörbar. »Willst du, Gott behüte, etwas von mir?«

Ladi sah mich verwundert an. »Was hast du?« fragte er.

»Heiser«, deutete ich wieder auf meinen Hals. »Ich muß stumm sein. Vierundzwanzig Stunden.«

»Was ist mit vierundzwanzig Hunden?«

»Nicht Hunden. Stunden«, flüsterte ich lautlos. »Ich muß vierundzwanzig Stunden stumm sein.«

»Dumm sein?«

»Stumm sein!« Ich sprach tonlos, aber gereizt, weil ich überzeugt war, daß mich der Bengel genau verstanden hatte. Trotzdem setzte ich hinzu: »Ich bin krank.«

»Und da mußt du stumm sein?« fragte Ladi fasziniert. »Wo kriegt man diese Krankheit? Warum hat mein Papi sie nie? Da könnte er nicht mit mir herumschreien.«

»Genug jetzt«, versuchte ich die Sache abzukürzen. »Sag mir, was du von mir willst, und dann geh nach Hause.«

»Ich habe morgen in der Schule ein Gedicht aufzusagen, und da habe ich meinen Papi gebeten, daß er es mit mir durchnimmt, wegen der Betonung. Aber der Papi hat gesagt, er ist ein Textilexperte und kein Betonfachmann, und wenn man schon das Unglück hat, einen Dichter in der Familie zu haben, dann soll *er* es mit mir durchnehmen.«

Erst fühlte ich mich geschmeichelt, aber dann stutzte ich. Wenn man schon das Unglück hat, hat er gesagt? Mein Schwager muß mich ja schön einschätzen. »Ich kann heute nichts mit dir durchnehmen«, bedauerte ich. »Du siehst, ich habe keinen Ton in der Kehle.«

»Dann hör mich wenigstens an«, bat Ladi.

»Gut«, nickte ich mit einer Stimme wie ein Popsänger, dem man das Mikrophon gestohlen hat. »Fang an.«

Ladi begann: »Die Bürgschaft von Schiller.«

»Von Friedrich von«, korrigierte ich.

»Bitte?«

»Du sollst sagen: von Friedrich von Schiller. Schiller war ein ›von‹. Also!«

»Die Bürgschaft von – *wie* heißt er?«

»Friedrich.«

»Den Namen merke ich mir nicht«, sagte Ladi unglücklich, »den habe ich mir noch nie gemerkt. Ich verwechsle immer Friedrich mit Dietrich.«

»Versuche es! Los!« Hier steht zwar ein Ausrufezeichen, aber ich rief es ganz leise in mich hinein. Trotzdem: Ich muß furchterregend ausgesehen haben, weil Ladi erschrocken zusammenzuckte.

»Die Bürgschaft«, bibberte er. »Von Dietrich von Schiller.«

»Friedrich!« flüsterte ich wütend.

»Friedrich«, wiederholte er unglücklich. »Darf ich nicht nur ›von Schiller‹ sagen?«

»Meinetwegen.«

»Die Bürgschaft von von Schiller.«

»Warum sagst du zweimal ›von‹?«

»Einmal ›von‹, weil das Gedicht von ihm ist, und einmal ›von‹, weil du gesagt hast, daß er ein ›von‹ ist.«

»Das ist unmöglich. Sag nur ›von Schiller‹.«

»Das hab' ich vom Anfang an gesagt.«

»Los! Noch einmal!« Ich hauchte zwar, aber ich zitterte, als ob ich brüllen würde.

»Die Bürgschaft von Schiller«, begann Ladi wieder. Er war bereits leicht verzweifelt. »Zu Dionys, dem Tyrannen, schlich – Damon, den Dolch im Gewande.«

»Die Pause nach ›schlich‹ ist schlecht!« tobte ich nach innen. »Ein Gedicht muß man aufsagen, als ob es *kein* Gedicht wäre!« Ich rezitierte: »Zu Dionys, dem Tyrannen, schlich Damon – jetzt kommt die Pause –, den Dolch im Gewande. Hast du das verstanden?«

»Ja«, sagte Ladi, mit Tränen in den Augen. »Die Bürgschaft von Dietrich.«

»Friedrich!«

»Friedrich. Zu Dionys, dem Tyrannen, schlich Damon – jetzt kommt die Pause –, den Dolch im Gewande.«

»Jetzt kommt die Pause, darfst du *nicht* sagen!« Ich krächzte bereits, was ich gar nicht sollte. Warum bringt mich dieser Lausbub immer in Wut? »Weiter!« befahl ich. »Ihn schlugen die Häscher –«

»Ihn schlugen die Häscher –«

»Weiter!!!«

»Ich habe den Ort vergessen«, weinte Ladi.

»Was für einen Ort?«

»Den Ort, wo sie ihn schlugen. Jetzt fällt es mir ein: in Bande.«

»Bande ist kein Ort, du mißratener Fratz!« bebte ich am ganzen Körper. »In Bande heißt ›in Fesseln‹!«

»Warum hat er dann nicht gleich ›in Fesseln‹ geschrieben?«

»Weil er ›in Bande‹ geschrieben hat!« Ich konnte kaum noch an mich halten. Ladi war bereits am Boden zerstört. »Weiter!«

»Was wolltest du mit dem Dolche, sprich!« setzte Ladi fort. »Entgegnet ihm wütend der Finsterich.«

»Finster der Wüterich!« wisperte ich, als ginge meine Zunge auf Samtpfoten. Dabei schlug ich mit beiden Fäusten auf den Schreibtisch ein.

Über Ladis Wangen kollerten dicke Tränen. »Was wolltest du mit dem Dolche, sprich!« schluchzte er. »Entgegnet ihm finster der Wüterich. Die Stadt vom Tyrannen befrei'n – das sollst du am Kreuze berei'n.«

»Bereuen!« ächzte ich.

»Das reimt sich nicht«, heulte Ladi.

»Reimt sich nicht? Willst du Schiller lehren, was sich reimt? Vielleicht auch Goethe?« Ich deklamierte tonlos, aber mit Leidenschaft: »Es war ein König in Thule – getreu bis an sein

Grab – dem sterbend seine Buhle – einen goldenen Becher gab.«

Ladi sah mich verwundert an. »Was ist das, eine Buhle?«

»Frag deinen Vater!« regte ich mich auf. »Wenn man schon das Unglück hat, einen Textilexperten in der Familie zu haben, dann soll *er* dir sagen, was eine Buhle ist! Hinaus mit dir!« schrie ich und warf ihn hinaus. Moment! Habe ich gesagt »schrie ich«? Jawohl – *schrie* ich. Ich hatte, dank Ladi, meine Stimme wiedergefunden. Ich holte ihn zurück. »Komm herein«, sagte ich freundlich, »und verzeih mir!«

Meine Frau brachte, wie aufs Stichwort, Kaffee, Kuchen, aber nur zwei Tassen. »Du bist noch da, Ladi?« staunte sie.

»Ja«, sagte ich glücklich. Und zu Ladi gewendet: »Hast du einen Wunsch, Ladi?«

Und Ladi, dem gar nicht zum Weinen zumute gewesen war und der mich wieder einmal zum besten gehalten hatte, sagte strahlend, mit Blick auf den Kuchen: »Ja. Ich sei, gewährt mir die Bitte – in eurem Bunde der Dritte.« Und als meine Frau ihn verwundert ansah, setzte er hinzu: »Die Bürgschaft von Dietrich.«

Ich erzählte diese Geschichte später einmal Ladis Eltern und machte folgende Feststellung: Vor der Ehe ist *Schiller* der größte Dichter – *in* der Ehe der Kindermund.

Hugo Wiener

Die lieben Verwandten und andere Feinde
Ullstein Buch 20806

Immer mit der Ruhe
Ullstein Buch 20887

»Lesen Sie wohl!«
Ullstein Buch 22072

Hugo Wieners beste Geschichten
Ullstein Buch 22158

Das kann nur mir passieren
Ullstein Buch 22234

Heiterkeit auf Lebenszeit
Ullstein Buch 22289

Verliebt, verlobt, geheiratet
Ullstein Buch 22368

So spielt das Leben
Ullstein Buch 22499

Strichweise Sonne
Ullstein Buch 22636

Ich erinnere mich nicht
Ullstein Buch 22684

Doppelconférence
Ullstein Buch 22797

Hugo Wieners
Geschichte
eines erfüllten
Künstlerlebens

Amalthea

Das bewegende und zugleich amüsante Lebensbild eines großen Künstlers, der auf beinahe neunzig Jahre österreichischer Zeit-, Theater- und Kabarettgeschichte zurückblickt.

Hugo Wiener und Cissy Kraner, vereint im Leben, vereint in der Kunst. Ihr Leben war nicht nur heiter: Emigration, Südamerika, Heimweh, Rückkehr, neuer Anfang in Wien.